故事会

文摘版

第15辑

合订本

上海故事会文化传媒有限公司
上海文化出版社

图书在版编目（CIP）数据
故事会文摘版合订本. 第15辑 / 《故事会》编辑部编. -- 上海：上海文化出版社, 2020.4（2024.5重印）
ISBN 978-7-5535-1889-3
Ⅰ. ①故… Ⅱ. ①故… Ⅲ. ①故事－作品集－中国－当代 Ⅳ. ①I247.81
中国版本图书馆CIP数据核字(2020)第041711号

主　　编：夏一鸣
副 主 编：高　健
责任编辑：蔡美凤
发稿编辑：蔡美凤 胡　捷 吴　艳 高　健
装帧设计：孙　娌
责任督印：张　凯

故事会文摘版合订本. 第15辑

出　版：上海文化出版社
出　品：上海故事会文化传媒有限公司
（201101 上海市闵行区号景路159弄A座3楼 www.storychina.cn
发　行：北京大地书苑图书发行有限公司
印　刷：三河市嵩川印刷有限公司
开　本：787×1092毫米 1/32
印　张：9
版　次：2020年4月第1版
印　次：2024年5月第2次印刷
ISBN：978-7-5535-1889-3/I·737
定　价：25.00元

上海故事会文化传媒有限公司 出品（00928）

想看更多精彩故事？
扫码下载故事会APP

希望

@耘 收

一天，儿科医生沙农和助手要赶往洛杉矶抢救一名患儿。就在他们准备下高速公路的时候，一辆大货车疾速驶来，一声巨响，沙农当场失去了知觉。

消防队试图营救沙农，但汽车严重变形，普通工具根本不起作用。此时，队长克里斯决定利用强拆工具。经过半小时的努力，克里斯才将沙农从车里解救出来。就在克里斯将沙农艰难地向着安全地带挪动之时，车子突然爆炸，两个人被震晕了过去。

两个月后，沙农医生终于恢复过来。当他得知那个等他做手术的患儿已经得到了成功救治后，这才安心。克里斯第一时间赶到医院看望他。沙农一再感谢这位救命恩人。然后，他看到克里斯左手腕有块明显的圆形胎记。

原来，克里斯是早产儿，刚出生时，所有的儿科医生都断定，这孩子的成活概率很小。但有位医生力排众议："哪怕只有1%的希望都不该放弃他。"在这位医生的照料下，克里斯奇迹般地活了过来，长大后还成了消防队队长。

听完他的讲述，沙农欣慰地说："当大家都准备放弃你的时候，你的小手紧紧攥住了医生的一根手指。就在那时，医生清晰地记住了你手腕处的胎记。他感受到了你强烈的求生欲望，这让他很感动。"

带着疑惑，克里斯紧紧盯着沙农。"没错，我就是那个医生。"沙农说。

继续前进摘自《知识窗》

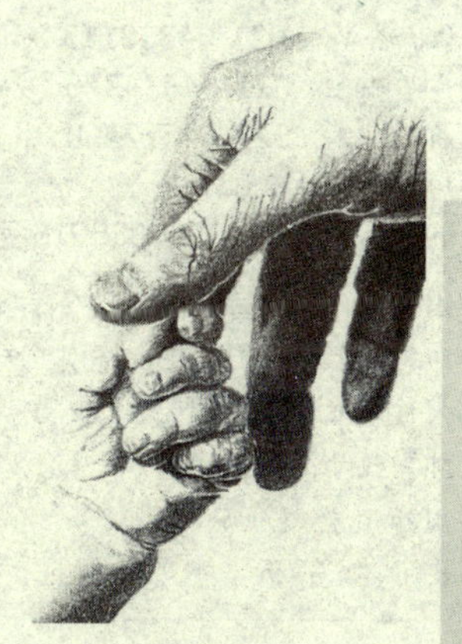

故事会 2018.03
Stories Digest
文摘版 总第43期

社长、主编：夏一鸣
副社长：张凯
副主编：高健
本期责任编辑：袁燕娜
发稿编辑：高健 田芳 蔡美凤
美术编辑：周睿
电话：021-64668742
021-54561119
邮编：200020
地址：上海市绍兴路74号
主管：上海世纪出版集团
主办：上海故事会文化传媒有限公司
出版单位：《故事会》编辑部
发行范围：公开

出版、发行电话：021-64313938

发行业务：021-64313938
发行经理：钮颖
媒介合作：021-64338113
广告业务：021-64334376
新媒体：021-64677160
广告经营许可证：
沪工商广字3100320080016号

国外发行：中国图书贸易总公司
印刷：上海四维数字图文有限公司
发行：上海邮政报刊发行局
邮发代号：4-900
国外代号：MO9178
定价：5.00元

卷首

焦点

笑点

看点

视点

亮点

故事会文摘版欢迎投稿

稿件要求：来自最新的报刊、书籍或网络，故事性强，文字明快，主题健康，视野开放，纪实或虚构均可，体现“新、知、情、趣”的特点，同时欢迎第一手的翻译作品。推荐作品须注明原文出处、原作者姓名，确保转载不存在侵害版权的行为，并请留下推荐者真实姓名及通信地址。作品一经采用，即致推荐者 50 至 200 元推荐费，并向作品著作权人支付稿酬。

故事会文摘版 投稿信箱
wenzhaiban@126.com

故事中国网：www.storychina.cn

故事会文摘
gsh-wz

故事会微信
story63

向日葵的约定

@一路开花

大学第一年，她们被分配到了同一间寝室。

同寝室四人，唯独她是农村来的姑娘，沉默寡言，带着矜持。山里的孩子，上学都特别晚，因此，相比其他三人而言，她的年龄最大。老二是个温州姑娘，心细如尘，秀气干净。老三来自内蒙古，外表粗犷，内心纤柔，家里有一块特别大的牧场。老四的外号是缺根筋，山西人，口若悬河，但反应特别慢。

手机风波

起初，老大和其他三位千金的关系并不怎么好。到底是农村来的姑娘，虽然心里憋足了劲儿，想融入她们的小帮派，和她们打成一片，却不知该怎么说、怎么做。

老二大清早在宿舍里嚷嚷着手机丢了的那天，三人都有意无意地看着老大。她们家里非富即贵，想要一部手机，根本用不着这样的。只有老大，勤工俭学，申请贷款，可狠狠苦了一年，还是得用宿舍楼里的公用电话。

老三说："别急，别急，我用我手机打一个试试。"老三掏出手机，拨了出去。结果，是一阵又一阵关机的提示音。

老二急了。老四跟着掺和："是

啊是啊，你拿人家手机也没用嘛。交出来算了！再穷，也不至于偷自己室友的东西嘛！”

老三坐不住了：“老二，昨晚你不是还发短信来着吗？发完短信，你把手机搁哪儿了？”

“我能搁哪儿？我发完短信就把手机放到枕头边了。”

老大不说话，从床上下来，打开灯，握着电筒，到处找。其他三人坐在床上看着她。十分钟后，老大跪在地上，小脸贴着冰凉的墙壁，从老二的衣柜底下摸出了沾满灰尘的手机。手机是顺着老二床边的缝隙掉下去的。打了一天的电话，发了一夜的短信，耗尽了本来就所剩无几的电量。

> 也只有向日葵知道，
> 阳光将要去哪里。

意外火灾

为了庆祝手机失而复得，三姐妹在学校的会宾楼宴请老大。

老二举着杯子说：“老大，谢谢你！你不知道，这手机有多重要，里面有七十多个追求者的信息呢！我的终身幸福就全靠它了。”

老大默默地傻笑，端着杯子，和老二碰了一下，“咕噜咕噜”，把整瓶啤酒喝了个底朝天。三姐妹全都目瞪口呆。

当夜，四人坐在会宾楼的包厢里，聊得忘乎所以。老二拍着桌子趣谈温州美少女捉弄纨绔子弟的仗义史，老三甩着头发嗷嗷地吼着不知所云的蒙古族歌曲，老四则眉飞色舞添油加醋地描述那些道听途说来的惊人求爱事件。

听完之后，三人嚷嚷着要老大表演一段。老大躲不过去，只好关了灯，坐在漆黑的包厢里给她们几人说山里的鬼故事。三个丫头平日哪听过这样的故事？虽然彼此浑身发抖，可还是紧挨在一起，听得津津有味。

回寝室之后，恰逢停电，伸手不见五指。老二怕黑，躲在蚊帐里求老大起身点蜡烛。老大翻箱倒柜，找了半天。蜡烛点上了，温红的光在漆黑处跳跃着。“老大，放近些，再放近些，我害怕。”

后来，老大是被灼热的气息逼醒的，刚睁开眼，就看到了火红的一片。老二的蚊帐被烧了大半，火苗“呼呼”地往上蹿。三姐妹从没见过这种阵仗，不知如何是好。

老二要起身，被老大喊住了：“二妹别急，先用被子捂住头，我会来救你的！”

老大一个纵身从床上跳了下来，把洗漱台上的毛巾全都扔进了水池里。“哗啦哗啦”，四个水龙头，在顷刻间全被拧开了。

老大双手开弓，攥着滴水的湿毛巾，朝起火的蚊帐一阵乱打。

火被扑灭了。老大才掀开被子，老二就哭着扑进了她的怀里。

“二妹，有没有伤着哪儿？都怪我，把蜡烛放那么近。”老大一面说，一面细致地用手触探，看老二是否伤了身体。

直到第二天，三姐妹才知道，老大昨晚那一跳，把脚给扭伤了。耽搁了一夜，脚踝肿得像个馒头。

老二哭了：“大姐，你昨晚为什么不说呢？你看，都成这样了！”

“这有啥？我在山里砍柴，不知摔过多少次，哪次不严重？”其实，三姐妹都知道，老大之所以不说，是因为大火刚过，怕她们担心。

毕业礼物

大三下学期，老二率先提议，要给老大好好过回生日。

三姐妹忙开了。老二送手机，老三送电脑，老四送衣裤。老二说：“大姐，这是我的一点心意，我实在不想看见，大冬天的你还在楼道里打公用电话。伯母会担心的。”

老三说：“马上就毕业了，写论文做简历都得用电脑。再说了，你不接受这礼物，以后，你怎么帮我们三姐妹修改论文呢？”

老四说：“大姐，我听到过好几次了，你骗伯母说，你兼职待遇不错，买了不少新衣裳，可如果你不穿着回去，伯母怎么会相信你过得很好？这两套衣服，一套是你的，一套是伯母的。”

那天，是老大第一次在她们面前流眼泪。在山里，被狗咬、被镰刀割、被牛踩，她从来都没有哭过。

大学还没毕业，老二就托父亲的关系，在温州帮老大找好了工作。老大最终还是没去。她把所有简历都投给了支援西部的工作机构。

毕业那天，老大又一次哭了。她摸摸老二的头发说：“二妹，工作了以后，可得好好找个男朋友，不能再像以前那样捣蛋了。”

接着，她转身抱了抱老三：“三妹，你虽然是个大大咧咧的姑娘，但我知道，其实你很容易受伤。大二那年，你和男朋友分手，谁都以为你无所谓。可我知道，那天晚上，你躲在被子里哭了整整一夜。

1. 答案：印度河文明和哈拉巴文化。

“老四，小飞是个好男孩，这是我观察几年得出的结果。虽然，他家里条件不好，但他勤劳、肯吃苦，你一定要把握好。”

老二说：“五年后，我们在温州聚会吧。”老三不干，说：“要去内蒙古骑马。”老四不乐意，说：“山西也不错。”

最后，是老大开口了：“妹子们，别争了，咱们在青岛读了四年大学，五年后就在青岛见面吧。”

心的方向

五年，像风一样，“呼啦啦”地从远处袭来，说过，就过了。

这五年间，她经历了太多的挫折。爱情失败，母亲早逝。她独自在西藏的莽莽雪山中，传递着温情、知识和希望。

这几年，她陆续得到了她们的消息。老二在温州开了家服装厂，情有所归；老三把她在内蒙古的牧场办成了旅游胜地；老四跟着小飞去了广州，白手起家，开了小商铺。

她没去青岛，和她们断了联系，她不想再去打扰她们的生活。只是，她没想到，她们会一起来西藏。

老二胖了不少，刚见面，就嚷嚷开了：“大姐，你可真够残忍啊，把我们丢在青岛。不过，这几年，你在外面可红了，报纸上说你是高原的格桑花，整整五年，孑然一身，把所有的青春和精力都献给了贫困山区的孩子。不过，依我看，你倒更像太阳，否则，我们三姐妹才不会成天跟向日葵一样围着你转呢。”

老大又哭了。这是向日葵和太阳的约定，也只有向日葵知道，阳光将要去哪里。

欲何依摘自《谢谢你在人海中》

汕头大学出版社

图：豆薇

【编者的话】有人说，孩子是在父母看不见的地方长大的。第一次住宿舍，和天南地北的人相识相知，又或者如少年刘强东独自在旅途中“见世面”。品读《向日葵的约定》和《独自去旅游》，看主人公怎样一步一步地成长起来。

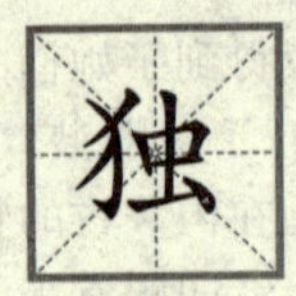
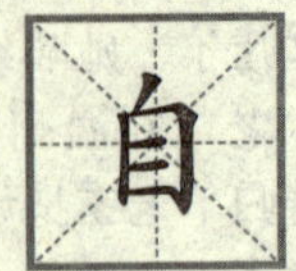
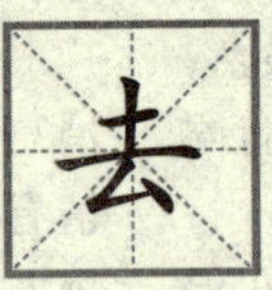

独自去旅游

@刘强东

一

我小时候跟着父母到过城里。看过城市人的生活之后，我发誓要离开村子，绝对不能像父母一样一辈子生活在这样的地方。

记得中考的时候，我爸本来答应我要是考上中专、中师或重点高中，就带我去上海玩。我考上了宿迁中学(江苏省13所重点高中之一)之后，我爸不带我去上海，他说我没出过远门。我好几天食饭无味。一天晚上，我突然想：为什么不自己出去玩？初中毕业，该是大人了。我决定去姑姑家，在湖北省黄梅县的某个镇。我要先去徐州，从徐州坐火车去南京，然后坐船去江西九江，从地图上看，湖北省黄梅县就在九江对面。

本来我们邻居的孩子小石子答应跟我一起走，我跟他保证所有费用由我出，50块钱足够我们两个人出去见见世面。他比我小两岁，一开始答应得好好的，结果当天早上反悔了。他不去，我一个人去。

我就穿着大裤衩子、两根筋汗衫，脚踩着一双拖鞋（因为是大夏天），坐汽车去徐州了。在徐州火车站，买了一张站票，晚上10点钟才发车。

二

1989年，徐州火车站还在建设中，就是一个超级大的工棚。我在候车的时候，突然一双脏兮兮的小手伸到我面前，抬头一看，来了个小女孩，大概七八岁的样子，反正已经到上小学的年龄了。她伸着手说："哥哥，给我点钱。"我很自然地掏了两毛钱给她。两毛钱在当时已经很多了，因为那时候给要饭的才一分钱、两分钱，我一下给了两毛钱，这小女孩特别高兴，跑了。

然后我捡了一张报纸看。在看报纸的时候，突然一下来了四十多个孩子，全部伸着手，让我给钱，还都乐呵呵地冲我笑！我害怕

 就是爱历史（古印度）2. 古代印度是神话之邦，直接导致什么异常发达？

了，也没见过这世面，四十多个孩子其实都比我小不了几岁。我就跑，四十多个孩子在后面追，我跑出火车站，跑到大街上，跑了很长时间才把他们甩掉！很长时间我都不敢跑回站里面去，跟做贼一样，一直等到晚上火车快要进站的时候我才偷偷摸摸溜到站里去，然后随着人流挤到检票口附近。

检票的时候，戏剧性的一幕出现了：众人一听到喊“检票啦”，一下子全部涌到了检票口。我那时个头矮，又是精瘦精瘦的，被一群成年人挤来挤去，整个身体迅速被抬离了地面，我双脚乱蹬就是够不着地，连气都喘不过来了。很快我的拖鞋也被挤掉了。

幸亏检票员老远看到我挥舞双手，冲着人群大喊：“别挤了！孩子要被挤死了！”他迅速关了检票口，人们才停止拥挤，大家七手八脚把我推到检票口，检票员才重新开放检票口。过了检票口我并没有走，另一名检票员问我怎么还不走，我说：“我的拖鞋丢了。”好在这时候我那双拖鞋竟然被人群踢到了我面前，我拿了拖鞋就跟着人群跑。到了月台就上了最近的一节车厢。

三

上了火车，心里比较紧张，因为我坐汽车时经常在起动和停车的时候因惯性险些摔倒！我心想，火车的速度比汽车快了这么多，那个惯性一定大很多！我把腿叉得开开的，侧身站立，双手死命地抓着旁边的座椅，因为心里太紧张了，加上刚刚的拥挤，满头大汗。铃响，火车就开动了，但根本就感觉不到惯性，原来火车是徐徐地开动的。

老式火车分长座和短座，长座能坐三个成年人，短座能坐两个人。

当时我身旁的长座上挤着坐了一家人，一位奶奶、一对父母和一个孩子，那孩子看着和我一样大，是个女孩，我猜想是考上好高中了，家人想犒劳她，于是带她去南京旅游。他们一家四口坐在那儿，吃着饼干。我一看那女孩扎着小辫子，穿着裙子，很漂亮，再看自己，穿着大裤衩、两根筋汗衫，显得和车厢氛围极不协调。

我第一次生出自卑感，以前不知道什么叫自卑，第一次近距离观察同龄人，听他们说话，看他们吃饼干、看新书。人家说的话是普通话，而我说的老土话。

我坐到过道上，把头埋起来，整个晚上都没敢抬起头，因为我害怕被那女孩看到，担心被她嘲笑。现在想来也许人家根本不会注意到我，但那个时候就是认为别人一定会嘲笑自己。

四

到了南京，我立即买好了去九江的船票，然后步行到码头。一路上，满街闪亮的路灯让我慢慢兴奋起来，大城市就是大城市啊！碰到超过10层的大楼，我都要停下来，上上下下仔细地看着。

坐船期间有一个插曲，一个走江湖的老头儿，在船上教我魔术。

那老头儿在船上没什么事，就教我魔术，一口气教了我38个魔术，我一学就会。他跟我说：“做一个侠士，走南闯北、见多识广。”那时候农村孩子受《少林寺》影响，都觉得侠客打抱不平、走遍全世界，能长见识，特好。老头儿一直怂恿我：“你不要回家了，跟着我吧。”他还给我买了方便面，那是我第一次吃方便面。我们农村的面条又粗又黑。第一次吃

2. 答案：宗教和哲学。

方便面，觉得太好吃了。他说："你看，好吃吧，跟着我，这样的日子天天都有。"当然了，老头儿的鼓动确实让我心动了几秒钟。

夜晚的江风稍带凉意，我站在船上，回想自己离家短短几十个小时的种种经历，第一次开始思考自己的未来，人生很短暂，我不能像我师傅（我喊老头儿师傅）做杂耍，不能让父母成为笑谈，我想做点事情，做一个很了不起的人，不能被别人看不起。所以那时候我就发誓，我一定要考中国最好的大学，我要去见识更多以前不知道的东西。

五

我花了四天的时间到了姑姑家所在的镇子。通信的信封上面就写着供销社，姑夫姓什么我都不知道。我去供销社问有没有在江苏有亲戚的，我姓刘。他们挺热心的，带着我一个个问："你们有江苏的亲戚吗？"还真有个售货员说："我们家有，姓刘。"

那就是我表姐，从来没见过，我表姐已经20岁了，就在那个供销社做售货员。一看，也不认识，吓了一跳。

那时候，我兜里还剩一块多钱，在镇上还不忘买礼品，买了香蕉——去姑姑家不能两手空手呀，失礼。买了香蕉之后，就剩两毛钱了。

到了姑姑家，姑姑差点就晕过去了。姑姑说："你爸爸已经打了五封电报了，都是询问你是否来了我这里。"她已经让我姑父回电报：未见强东。姑父正好回来了，赶紧跑出去再打：强东已到家。

因为我走的时候是偷跑出来的。第二天父母家人很着急，满村找。他们赶到邮局，把南京、上海、江西、湖北等能想到的亲戚全拍加急电报询问了一遍：有没有见我儿强东？每个亲戚都回：没见到。

那时候就算是加急电报也得一天才能到。父母都急疯了，几天几夜抱着被子睡在邮局，也没有吃饭，焦急地等待着各地亲戚们的回音。到第五天的时候，我爸已经带了钱准备去南京找电视台和广播电台登寻人启事了。等到我妈收到我姑姑姑父电报的时候，我爸已经坐长途客车去南京了，我妈租了一辆摩托车去追那个大巴车，都快过江了，才拦上大巴车。

所幸后来回去也没挨打。我爸从来没打过我。

火箭熊摘自《我的创业史》东方出版社

图：陈明贵

有一种礼物让你笑着哭

@刮油二姐夫

我上高中时，学校与日本一所中学建立了友好学校关系。

每位同学被分配到一位日本中学生做笔友，信件里是一封带照片的自我介绍信。

我的笔友是一位长相甜美的女生。她写得一手漂亮的花写体英文，必是经过修炼的。我们相聊甚欢，她会告诉我他们学校发生的趣事，而我会回应一些类似的趣事。当年，一封信辗转到学校，起码要近一个月，等待她的信让我心焦至极，拿到她的信时，我会在反复摩挲中读上好多遍。

终于有一天，学校通知我们，友好学校的学生会来中国与我们见面，届时我们会跟自己的笔友一对一地交流，还可以互赠礼物。我在课桌下的腿激动得一直抖，心念道到底要送女神什么礼物最好？

我当年何等青涩，周围没有可商量的人，就回家问了我母亲。虽然我尽量压抑住自己的情感，但我觉得她还是看出了我内心的激动我对此非常惶恐和后悔，心想以她的心思，定不会让我在这个年纪对女孩过于亲近。没想到我母亲表现得异常开明，她详细地问了平时我们会聊些什么内容，而后思考良久给出了一个她认为非常靠谱的则：既要显示我的底蕴，又能表达我的心意，还能对她有所祝福。

我按照母亲所说的，精心去挑选了礼物，并用发着红光的塑胶纸细细包装好——这在当年可是非常洋气的包装纸了。一切准备妥当，只等她来的那一天。

是日，我在陆续从旅游车上下来的学生中一眼就看到了她，果然真人的长相和衣着也很日漫风。

我们按照安排坐到一起，低头都没有说话。她书写虽远超于我，但口音浓重，我们交流的速度很慢——慢慢地说话，间或用表情和动作补充，奇怪的是，这本应是交流障碍的缓慢速度，反倒让人感觉极好。

很快就到了互赠礼物阶段。她从包里小心翼翼地拿出一个用印着樱花的油纸包得妥帖的方形纸袋，羞涩地塞给我，并冲我做出现在就拆开的动作，然后又捂嘴笑起来。我身边的同学眼睛都直了，其中一个用胳膊肘顶我，催我拆开，我满脸笑意以友好亲切的语气冲他用中文说："关你屁事！"然后用微微颤抖的双手拆开了包装。包装纸打开后，中间放着一条叠成方形的白底天蓝色花纹的围巾。我向她表态："我一定会好好戴的！"她听后又是捂嘴笑。

轮到我了。作为一个男子汉，我一定要显示我大方的气质。我双手从包里掏出那个闪红光带仙气的盒子，略带霸气大喇喇地递给她。

她微笑着，接过盒子的一瞬间险些掉到地上，做出了吃惊的表情。我则露出"傻孩子，吓一跳吧"的神秘微笑，示意她现在就拆开。她用手抠了半天粘得结实的塑料胶带，费了好大力气终于打开包装，随着那包装纸"哗啦哗啦"地被拨开，一个方盒子露了出来。里面，静静躺着我从一个知名的工艺美术商店精心挑选的礼物——大约脸盘子大的一方砚台。

她端着那坨黑魆魆的石头，看懵了，抬头瞅着我，我适时地做出以下表情："沉吧？我特意挑了块儿大的，当然沉呀！那一大坨沉甸甸的石头，代表了我的心啊，傻丫头。""希望你的英文越写越漂亮！"我激动地说。

她后来端着那方砚台上车的背影给我留下了深刻的印象。再后来我们就断了联系，我推断可能是我太有文化的缘故。我至今不愿再踏进工艺美术商店一步。

司志政摘自《哲思 2.0》

图：小黑孩

母亲的心事

@王伟锋

（文中有十处差错，你能找出来吗？答案在本期第 41 页）

林老太这次住院，是因为对窗的两只猫。

两只小猫通体雪白，趴卧在对面六楼的窗沿上。林老太揉揉眼睛，没错儿，是两只小猫，那模样像是在顷听楼下的什么动静。几个小时过去了，它们仍一动不动。

林老太是早上在客厅里看电视的时候，偶然望见这两只小猫的。

说是在看电视，其实差不多只是听了。林老太守寡多年，将儿子拉扯大。常年累月的操劳，加上时不时深夜里悲泣，林老太的眼睛早早就不行了。

对林老太来说，现实的问题就是，儿子还没女朋友呢。谈了几个都因为这样那样的原因没成，林老太总觉得是自己托累了儿子，便越发小心地不给儿子添麻烦。

中午，外面起风了。林老太赶紧上阳台收拾衣物。

这么大的风，两只小猫怎么样了？林老太不时朝对窗张望。两只小猫仍然趴在窗沿上。万一，风把猫刮下楼——林老太心里不由打了个寒站。

她甚至感觉听到了猫的叫声，在风声中凄然而又无助，一声一声，直如百爪饶心。终于，她下决心给儿子打了个电话。

儿子觉得意外，母亲很少在他上班时给他打电话，他警觉地问出了什么事。林老太怕儿子担心，就装作很随意的样子，说起了对窗的两只猫。几番对话下来，儿子释然了，不耐烦地说："什么猫啊狗的，我一上午忙得够呛。老妈，除了猫的事——你真的没其他事？也没有不舒服？有事你别瞒着我。"

林老太无语，挂断了电话。但她越想越坐不住，准备下楼，提醒一下对窗。就在下楼时，一心想着猫的林老太不慎滑倒，顺着楼梯滚落了下去……

好在伤得不重，右腿轻度骨拆，需住院治疗。儿子赶到医院时，

3. 答案：古印度人。

林老太已经打上了厚厚的石膏和绷带，躺在病床上轻声哼哼。看着匆匆赶来的儿子，林老太满心歉意，但还是说了猫的事，坚持要儿子回去一趟，提醒一下对窗。

儿子了解母亲，母亲善良，见不得别人受难，今天要不把这件事了了，她怕是要睡不着觉了。儿子叹了口气，让母亲放心，自己先打车回家，取了母亲住院所需的衣物，然后气喘嘘嘘爬上对面的六楼，敲响了厚重的防盗门。

很长时间，不见开门。对门儿倒是有人出来，孤疑地打量他。儿子硬着头皮说出事情原委，那人说："里面住着一位老人，是自己一个人住，平常这个时间肯定在家的。"

儿子心里突然有不好的预感。他下楼找到物业，给老人打电话，但电话始终没人接。还好，有一个老人女儿的电话，女儿在外地，一听也急了，但一时难以赶来，就在电话里千恩万谢地拜托物业打电话报警，说自己尽快赶来。

警察打开门进去，众人这才发现，老人赤身裸体，倒在卫生间里。白瓷砖上，是一摊暗红的血迹。人已昏迷，所幸尚有呼吸。

老人被送上救护车后，儿子忽然想起两只猫的事，走进阳台，一望之下，不禁亚然失笑。

哪里是两只猫，分明是一双雪白的鞋子。

回到医院已是夜半时分，儿子轻手轻脚走进母亲病房，替她掖了下被角。林老太忽地睁开眼睛，盯着儿子。儿子将手机伸到林老太面前，按下按键给她看。屏幕上，是两只雪白的猫在沙发上喜戏，亲密无间，一个赛一个漂亮。

林老太满意地笑了。她眨了眨眼睛，顿觉困意来袭，暂时忘却腿上的疼痛，打了个大哈欠，很快便响起了均匀的鼾声。

摘自《品读》

图：陈明贵

Wi-Fi 的解决方案

@Tango

就是爱历史（古印度）4．形成于公元前 7 世纪的婆罗门教是哪个宗教的古老形式？

逃亡

@Tango

招财猫

@Tango

珍珠警察

@Tango

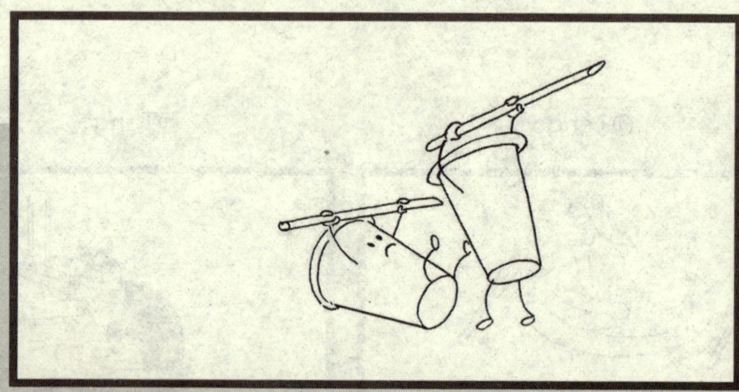

4. 答案：印度教。

抢劫

@Tango

摘自作者新浪微博 @tango2010

四哥的故事

@韩浩月

死亡的阴影

我出生在山东临沂最南端的一个村子，村名叫大埠子。同村的四哥比我大四五岁，上小学的时候，正赶上饥荒年代的尾声，家里米缸空空。有一天四哥放学回家，发现家里堂屋门紧锁着,大人在湖里（耕地里）干农活。被饥饿折磨得百爪挠心的他，搬起半边门，硬生生挤开一条缝，钻了进去。

家里任何角落都找不到现成可吃的东西，但这难不倒四哥。他眼睛一亮，发现了母亲腌制的一盆咸菜疙瘩，于是一个个吃了下去，直到吃得整个胃几乎要被胀破。

咸菜含有亚硝酸盐，这是常识，但很少有人相信，咸菜吃多了会要人命。四哥那时年纪小，大半盆咸菜下肚，亚硝酸盐开始侵蚀他的五脏六腑。直到天黑大人们回家，才发现四哥昏倒在地上，不省人事。

据四哥描述，昏迷期间，他仅剩下微弱的呼吸，心脏的跳动也几近停止。村里的赤脚医生把能用的

就是爱历史（古印度）5. 现存古印度最早的数学著作是哪部?

办法都用了，没有任何效果。等待四哥的命运，是被抛弃。

四哥的父亲在赤脚医生放弃治疗后，又请来邻村一位名叫张道中的中医。此人远近闻名，尤其擅长针灸。四哥的身上被密密地扎了一层银针。一周过去了，没有反应；十天过去了，还是没有苏醒的迹象。那位有名的中医也没有办法，不再上门。

父亲不忍心儿子就这么断气，在没有一个人支持他继续救治的情况下，每天用棉絮蘸水给四哥擦洗身体。他认为，这样可以让那些“咸菜”慢慢流失掉。空闲的时间，他就跪在床边祈祷。第十五天，四哥有了一些好转的迹象。第十六天，四哥苏醒了过来。

世道的艰辛

四哥第一年参加高考就上榜了，分数足够读当地唯一的大学，却因为交不起学费，白白浪费了那张录取通知书。四哥开始了打工生涯，流浪到河南焦作，他想攒一些学费，准备第二次参加高考。

1992年夏天，四哥的弟弟和同学一共三人，决定从临沂扒火车去看望在河南焦作打工的四哥。车过兖州的时候，他们被联防队员抓了起来。

弟弟一行三人被抓后，没有立刻被送往收容站。联防队员命令他们脱掉上衣在院子里罚站，他们如果能坚持四个小时，就放他们走。在阳光下曝晒四个小时，很容易丢掉性命。弟弟问，能不能换一种惩罚。联防队员取来一桶五升装的水，说如果他们中的一个人能一口气把这桶水喝下去，他们就可以走。

弟弟选择自己来尝试这个新惩罚。喝水之前，他哭着哀求，喝水的时候，千万不要打他的肚子，那么多水喝下去，一拳下去肚皮很有可能爆炸。联防队员默许了。弟弟艰难地喝完了那桶水，这场惩罚也就此过去了。

到达焦作与四哥碰面后，弟弟讲述了这件事，几个人抱头大哭。四哥和弟弟几个人决定回乡，又一起扒火车踏上回程，巧的是，在兖州再次被抓住了。联防队员还认得弟弟，任凭四哥怎么说自己是准备考大学的学生，怎么哭诉农家子弟出门多么不容易，仍然换不来联防队员的同情心。最终在曝晒和喝水这两种惩罚之间，四哥挺身而出，喝完了那桶水，忍着胃部的剧痛上路。

回到大埠子见到亲人，叙说这

一来一回的遭遇，所有人又一次抱在一起大哭。

悲剧的烙印

我在上海见到的四哥，已经是一位老板。数年前，他在重庆开了一家公司，专事汽车配件经营，如今他已身家不菲。

四哥的母亲去世之后，父亲独自生活在村子边缘的一个小院里，陪伴他的是一只画眉鸟和一条狗。两年前，画眉飞走了，只剩下狗。

四哥的父亲去世那天，大埠子村下了一场仿佛可以覆盖一切的大雪。有人发现他居住的小院着了火，想去救时，已经无法靠近。等到火熄灭，父亲被发现倒在煤球炉上，还保持着坐姿。

在前一天，四哥的父亲去大哥家要钱，没多要，要一百，这是每个儿子应付的抚养费。大嫂没给这笔钱，说家里太穷，拿不出来。

父亲转身去了二哥家。二嫂没说不给，而是说，就算贷款也得给这一百块钱，可是总得把款先贷出来吧。

其实四哥的父亲根本不缺钱，四哥每月都会从重庆汇来足够多的生活费，逢年过节也都会寄钱、寄东西。但父亲觉得，自己有五个儿子，不能只让老四拿钱。被两个儿媳妇拒绝之后，父亲的心凉了。他也终于给自己的不想活找到一个合适的借口，决定自行消失于这个世界。

第二天，四哥在开会时接到来自老家的电话。放下电话，他坚持开完了会，但一个字也没听进去。

四哥说了两件事，让我觉得震

5. 答案：《准绳经》。

撼，甚至以为是假的、根本不可能发生的事。第一件，是那只飞走两年的画眉鸟，在父亲去世的当天飞了回来。画眉在父亲棺前盘旋了三天，到父亲出殡那天，飞走了。

第二件，是父亲养的那条狗，在出殡那天，只要看到戴孝的人就摇尾作揖，看见没戴孝的人就狂吠不已。以后每当四哥回乡给父亲上坟时，小狗见到四哥，第一个动作就是作揖。怕我不信，四哥翻出手机里的一张照片。那条看上去很平常的土狗，真的立起后腿，用两只前腿给四哥作揖。

四哥说，父亲出殡那天，大埠子下起了大雪。大雪又一次把整个村庄覆盖，一切纯洁如初。

李金锋摘自《财新周刊》

图：豆薇

【名师有话说】挨饿、高考、打工、扒火车、当老板、丧亲，这些事看起来是四哥的故事，其实是千千万万普通中国人经历的故事。作者用高度典型化的手法塑造的四哥形象，让人同情，让人敬重，让人感到温暖。文章细节生动，尤其是那两个动物，画眉鸟和狗，它们的做法看似无法解释，但是我们分明感受到命运对好人的眷顾，这也是作者对善良人的祝福吧。

点评者：河北省保定市第二中学语文高级教师

李鸿理

不要因为没试过而抱憾终生

@李栩然

1984年冬天，北京的气温比现在要冷一些。一大早，中国科学院计算机所的一名人事干部按时上班。走进办公室前，他先到传达室拎了一把热水瓶，跟老保安开了几句玩笑，然后从写着自己名字的信格里取出了《人民日报》，一般来说他整个上午都将在读报中度过。

过去十多年里，在这个曾经参与研制过两弹一星的老牌国企里，他一直过着这种清闲如水的生活。

但就在1984年的冬天，他下决心要改变这种一成不变的生活。他联合了单位里几个同事，一起创办了一家毫不起眼的公司。为了省钱，公司的地点就设在计算机所的传达室里。

而这一年，他已经40岁。

整个公司11个人，全部都已经过了40岁。怎么看，这都是一帮“油腻”的中年人不甘寂寞，在瞎折腾。折腾的结果是，就在这个不到20平方米的传达室里，诞生了一家世界500强公司：联想。

这个40岁才创业的中年人，叫柳传志。

三年后，另一个和柳传志同龄的人，才第一次正式开始了自己的创业。这个比柳传志创业还要晚的人名叫任正非，他创办的公司叫华为。在这之前，他的职业是基建工程兵。

这两个“大器晚成”的人颇有惺惺相惜之感。据说，任正非到北京中关村，从来只见一个人，就是柳传志。

在柳传志创业十年后，1995年，一个跟当年柳传志处境很像的年轻人也做出了和他同样的选择。他从宁波邮电局辞了职，花了一千多块钱买了张飞机票，飞到了广州。三年后，这个叫丁磊的年轻人创立了一家名叫网易的公司。这时候的丁磊才26岁。

有意思的是，就在丁磊辞职的前一年，有一个叫杨致远的人创立了一家名叫雅虎的公司，正好也是26岁。

更有意思的是，这家公司后来一度做得非常大，市值数百亿美元。大到很多创业公司都没被它放在眼里，在可以收购的时候选择了放弃，其中的两家，一家叫谷歌，一家叫Facebook。

但在风光不再的时候，反倒做了笔伟大的投资。那就是以10亿美元投资阿里巴巴。

正好也是那一年，后来创立了阿里巴巴的马云，刚满30岁。在杨致远创立雅虎的时候，他正在严肃而认真地思考自己该何去何从。

一年后，马云从杭州电子工业学院正式辞职，成立了中国第一家商业网站“中国黄页”。然后带着这个听起来很有“内涵”的正经网站，四处推销。

当时，央视《东方时空》跟随马云拍了一部专题片《生活空间·书生马云》，记录了马云在北京推广中国黄页，却到处被人当骗子的窘境。

> 马云说：“我看见很多优秀的年轻人，是晚上想想千条路，早上起来走原路。”

刚过而立之年的马云，坐在车里非常沉默，疲倦而伤感。在离开北京时，他发誓说：“北京，我一定会回来的！再回来时，北京一定不能这么对待我！”

就像马云说的：“我看见很多优秀的年轻人，是晚上想想千条路，早上起来走原路。”要真正地实现自己心底最深层的目标和想法，还是要靠一点一点、一步一步地去行动。因为，最让人抱憾终生的，不是我做不到，而是我没试过。

田宇轩摘自微信公众号栩先生

图：小柯

转角遇到它

@黄镜滔

“好故事”就是值得讲且世人也愿意听的东西。
愿《故事会》文摘版越办越好。

黄镜滔

一

时刻已滑向二十一点，我长叹一口气，为加班到这个点感到怅惘。收拾好东西，我离开了公司。

走至半路，耳畔传来阵阵微弱的喵喵声。我顺着叫声而去，只见一只虎斑纹猫咪小身子颤抖着。它看起来很干净，不像是流浪猫。

好奇心促使我凑过去，它蹭了蹭我的腿，然后躺倒在我的面前。

我估摸它是饿了：“想吃火腿肠吗？随我来。”它像是听懂了，随我走了。

我来到便利店，给它买了一根火腿肠。看它三下五除二把火腿肠吞进了肚子里，然后看向我，两个灯泡似的眼睛放着楚楚可怜的光。

我于是又给它买了几根。在它吃的时候，我不禁伸手摸摸它的脑袋，像是小绒球。我忽然发现，它额头上的条状斑纹很像一个“王”字，这使我联想到了老虎。

“好啦，‘小脑斧’，你慢慢吃，我先回去啦。”我给它取了个外号。

回去的时候，我就有一种很强烈的感觉，我会和它再次相遇。

果然，第二天上班，我又碰到了小脑斧。它蹲伏在人来人往的公司门口，因为怕冷，小爪蜷缩在肚子下。它看到我，眼睛一亮，立时迈着小短腿跑过来，围着我打转。

“哎呀，现在我可没吃的。”我边走边安抚它，它依旧傻傻地跟着。

我走进大厦，它被关在了玻璃

6. 答案：梵藏、大雄、室利驮罗和作明。

门外，可怜兮兮地望着我。

我跨门而出，一把抓起它，塞进了我的手提袋里。

毕竟是上班时间，不能明目张胆地把小脑斧露出来，就托要好的同事把它安置在公司的机房里。

我告诉小脑斧："你要乖，不要叫，我下班就来接你。"

没想到小脑斧很是遵守诺言，整个白天都待在机房里一动不动。

"你真打算养它？"同事问我。

我点头："感觉和它挺有缘的。"

"猫一旦饿了，和谁都有缘。"同事翻了个白眼。

"你不信？那你唤唤它。"

同事于是唤它，结果小脑斧压根不搭理。而我一唤，它就直奔过来贴着我。我宠溺地刮着它的小鼻子，眼里全是骄傲。

"真是神了！"同事感慨。

二

带它回去的时候，它一路跟着我。我们一路走着，一人一猫很是吸睛，路人纷纷侧目。

路过一家宠物店，我想着还是进家门前给它洗个澡为好，于是抱着它进了门。结果店家一看是流浪猫，就不给洗。

我心里的火一下子蹿到脸上，和店员争论起来。声音一大，把小脑斧惊到了，它立刻从我怀里挣脱，冲出门去。我赶忙去追，结果出乎我的意料，它对我的呼唤置若罔闻。一路上，它和我保持着百米的距离，我进它退，我退它进。就这样僵持了一个小时，我哭笑不得。最后我去便利店买了一根火腿肠，把它诱骗过来，然后眼疾手快把它一捎，拦下出租车就走了。

到了家，小脑斧就从我怀里挣脱，跑到沙发底下躲起来。

估计它是紧张吧，再说折腾了一天，也累了。我给它接好喝的水，也洗洗睡了。

三

我远离故乡，独自在外打拼，未婚单身且独居，是典型的"空巢青年"。

自从有了小脑斧后，生活突然有了烟火气、人情味。无论加班到多晚，生活多累，看到它我就舒坦了。我几乎每个周末都宅在家里，抱着猫看电影、看书，撸猫比和不熟的人尬聊有意思多了。

偶尔和同事聚餐，有人会说我改变很大，怀疑我是不是恋爱了。我说哪有，只是养了一只猫，说着，我忍不住掏出手机，给他们看我的

相册——里面全是小脑斧的萌照。

“这猫我怎么在朋友圈看过？”

“怎么可能？”我很诧异。

她让我等等，然后不停地刷朋友圈，翻到一张寻猫启事，图片上是一只酷似小脑斧的猫，然后下面还有猫和主人的详细信息。

“有没有可能是你捡到了别人家丢失的猫？”同事问。

我仔细看了看“丢失时间”“丢失地点”，发现“丢失时间”就是我邂逅它的那天，“丢失地点”写了一个小区，恰好就在公司对面。

再加上小脑斧格外地懂事、乖巧，像被调教过一样。如此多丰富的细节，在我脑海中严丝合缝地对接，让我不得不确信一件事：小脑斧很有可能是别人家的猫！

“如果是别人的猫，你打算还给别人吗？”同事继续问。

我怎么可能想把小脑斧还给它以前的主人？

可转念一想，它之前的主人和我一样，视小脑斧为珍宝，现在正痛不欲生呢。

“还是还吧，毕竟是别人的猫。”我苦涩地笑了笑，拿出手机，拨打了失主的电话。

四

失主是女孩子，家境优渥，自己租了一套高级公寓，就在我公司的对面。她告诉说，前段时间和同学去了一趟马尔代夫，把猫扔在了家里。结果一回来，发现猫不见了，窗台的门敞开着，怀疑猫是自己打开门溜了。

听到这里，我略有不快，说怎么能把猫单独留在家里呢，好歹也要请个家政阿姨隔三差五过来铲屎换猫粮吧！

小姑娘连称自己不是，然后感谢我捡回了她的猫，她说最怕被猫贩子逮走了，每天焦虑得睡不着觉。

就是爱历史（古印度）7. 古印度居民创造的早期文字叫什么？

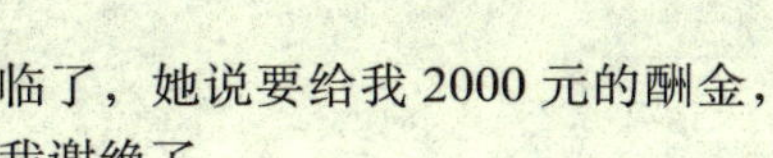

临了，她说要给我2000元的酬金，我谢绝了。

“拿这笔钱好好待小脑斧吧，一定要让它过好，知道吗？”我把猫箱推向了小姑娘。

小脑斧待在猫箱里，还不知道是怎么一回事。它圆鼓鼓的大眼睛一直看着我，嘴里发出“喵呜喵呜”的叫声，似乎还搞不清楚状况。

“再见了，小脑斧。”我对它挥挥手，头也不回地走了。我竭力阻止着汹涌的泪意，不曾落下一滴。

自从小脑斧离开我的世界，我就觉得世界灰暗了不少。

几天后，我在食堂碰到了之前那位同事，她问我是不是失恋了，怎么感觉这么“丧”。

“还不是想着她的小脑斧呗……”另一个同事端着盘子坐下了，帮我回答道。

“既然想念小脑斧，就打电话过去问问近况呗。”前一个同事说。

这倒是提醒了我，我立刻致电那女孩，带着我的全部思念。

这次小姑娘明显没有上次兴奋，显得有点反常，在我的再三询问下，她才说猫出问题了。

“什么问题？”我呼吸急促，心头微跳。

她告诉我，自从把猫领回家，她发现猫有点抑郁，对什么事都提不起兴趣。小姑娘说：“它在绝大部分时间里，都蜷成一团睡觉或者闭目养神；清醒的时候，就站在阳台处望着你的方向。”

“我的方向？”

“对呀，我的阳台就对着你的公司。”小姑娘说。

这一次，我再也忍不住，眼泪止不住地滚落。

“要不，还是给你养吧。”小姑娘叹了口气，“它待在我身边，并不开心。”

“真的吗？”我的心突然“扑通扑通”蹿到喉咙口。

“嗯嗯，相信和小姐姐在一起，它会比现在更开心。”

一下班，我风驰电掣般冲出办公室。

——小脑斧，我来啦。

摘自微信公众号黄镜滔

图：恒兰

【作者简介】黄镜滔，作家，已出版《空白页》《墨绘记》《银十字》《永远东张西望 永远热泪盈眶》等多部小说、故事集，作品曾被翻译成尼泊尔语等多国语言发表。2012年获“长江杯”小说大赛二等奖；2016年被评为“中国文坛十大高颜值男作家”之一；现为湖北省作协会员、湖北省“青社工程”学员。

【《0号邮局》续写】我假期去找朋友王义，却误入0号邮局而无法出去，后被邮局以邮件形式寄到家里。就在我想要踹开邮件箱出去时，却发现自己躺在床上，走出门外，又看到寄我的邮件箱就在门外，这一切到底怎么回事呢？请看两位作者的精彩续写——《神秘的邮递员》和《妈妈的爱》。

扫描二维码，看《0号邮局》原文

秘的邮递员

@神编小妖

看到箱子上寄件人地址写着“0号邮局”，此时，我有一种不好的预感，急忙跑回房里，装作不动声色地问：“妈，门口那个箱子你签收时看到里面是什么了吗？”

“没看到，就想问你呢，你买的什么呀？”

“是你亲手打开箱子的？”我急忙问道。

“不是，箱子不好开，我进屋拿工具给你爸，出来箱子就打开了。你爸也不知跑哪儿去了。”我妈说，“打你爸手机，让他回来吃饭吧。”

我爸不见了！顿时，我浑身起了一层鸡皮疙瘩。我拿起手机，装作和我爸说了几句话，然后告诉我妈，我爸公司有急事，要他出差几天，没来得及说一声，现在在火车上了。

匆匆吃完饭，我心里的不安在加剧，跟妈妈说了句去上班，就飞奔出房门。

现在唯一的办法就是再回到0号邮局。于是，我循着记忆中走的那条路又走了一遍，却怎么也找不到上次迷路的那个地方了。跑啊跑啊，竟鬼使神差到了王义家门口。

我累坏了，想着不如就在好友家休息一会儿，一起商量对策。

谁知，待我把事情原委说一遍，王义立刻面露惊慌：“什么，你……你也遇到这样的事情？”

我的心里一紧：“怎么，你也……快说说，怎么回事？”

“怪我贪心……”王义痛心疾首地说。

本来，王义和邻居关系很好，代收包裹也是常有的事。但这次，他看到包裹上面的寄件地址写着“0

7. 答案：印章文字。

号邮局”，物品一栏写的是“手机”。

看到“手机”两个字，王义眼前一亮，这可是他近来一直想要的东西。因为自己总宅在家中，父母苦劝无效，一气之下没收了他的手机和电脑。这可苦了这个资深宅男，没了与外界联系的工具，眼看他的“宅神梦”就要破碎，谁知天无绝人之路，救星一下就出现了……

一番思想斗争后，他还是决定将手机占为己有。他用颤巍巍的手拆开包裹。就在这时，突然一阵晕眩袭来，王义失去了知觉。

当他再次醒来，竟是在一个邮局里，看到一个老头正在清点包裹。

“我怎么会在这里？”他问。

老头头也不回：“你一定是私拆了别人的包裹，并想占为己有。”

“你怎么知道？”

老头继续说：“私拆包裹据为己有是要受到惩罚的。当你拆开别人的包裹时，就会被时空位移到0号邮局。在这里，你必须用劳动来挽回过失，当三天邮递员。三天过后我们就把你寄回家，回家后还要把别人的包裹还回去。”

“小君，你和你爸是不是偷拆了谁的快递啊？”王义小心翼翼地问。

怪不得，我想起来了，第三次把自己寄出来时，包裹上的收件人写的是自己的名字。难道是因为爸爸拆开了收件人并非他本人的箱子，所以我爸打开箱子时，我被时空位移到家里的床上，而我爸被位移到了0号邮局？

“我没有偷拆别人的包裹呀，就是前段时间，我爸看我妈老买零食吃，担心她发胖，便把她买的一大堆零食偷偷收下，自己吃了，还分给我几包。害得我妈投诉快递没有送货。”我说。

“这就对了。应该是这个原因。不过，你这是偷拆自家人的包裹，问题不重，所以你的惩罚也轻，只是把你来回邮寄几次，小小惩罚一下。”王义解释说。

“那，我该怎么找回我爸呀，难道我还要再去偷拆别人的包裹吗？”我问道。

王义想了想说：“目前也没有其他好的办法，也许那样你就能在0号邮局和你爸见面了，然后再想办法一起回来。”

就在我们一筹莫展时，传来一阵敲门声。我打开门，目光触到那绿色的制服，还有一个包裹……

“小君！”一个熟悉的声音传来，充满了惊喜。我抬头望向这个高高大大的邮递员——

“爸爸！”

妈妈的爱

@张丽姗

"我的包装箱？我是被寄回来了吗？"不管了，我把包装箱丢掉后，就跑回了家。

回家后，我趴在桌上写作业。正写着，忽然听到有人说："这孩子真是的，几次都没人收件，帮不了你了，加入黑名单吧。"——啊，怎么又回到箱子里了？我害怕极了，敲着箱子说："绿裤腿老伯帮我打开箱子啊，我自己走回去。"

绿裤腿不理我。我只能自己扯开箱子走出来。我走出邮局的大门，只看到陌生的、空荡荡的街道，绿裤腿不知去向。惊慌之余，我发现每条街道几乎都一样，果然，我迷失在一个不明空间里了。时间不知不觉过去，我还没走出原来的街角。这让我越发感到恐惧、绝望。

"孩子，你在哪儿？"

我循着呼唤声，看见妈妈正在街上跑着。我大喊："妈妈，我在这儿！"但无论我怎么喊，妈妈就是听不到。我看到她闪进了0号邮局，我立即追了过去。

推开邮局的大门，看到绿裤腿已经在上班了，他看了我一眼，盯着手中的文件夹："奇怪，我们把你设置成隐身模式，还有人找到了这里？谁这么大的能耐？居然能够进入这个空间找到你！"

"我妈，是我妈！"我兴奋地叫道，"我终于可以寄回去了。"

绿裤腿笑了笑："哦，母爱的确能到达宇宙的每个角落。恭喜你！"

"可是我没有邮费了。"我有点窘迫地说。

绿裤腿又笑了笑："母亲的爱永远是免费的。这次不会拒收了！"

我马上跳入了邮局的箱子里。盖子盖上后，我的眼前一黑，"嘟——"我感觉车子开走了。

就在我欣喜若狂的时候，突然感觉有人抚摸我的头，原来自己还在书桌旁，妈妈将一杯热牛奶放在我的面前，说："趴在桌上睡，也不怕着凉。快喝了这杯牛奶，吃好饭去睡吧！"我憋着眼泪点了点头。刚才的梦，还是不告诉她了吧。

作者系湖北仙桃二中七（10）班学生

指导老师：林丹

就是爱历史（古印度）8.古印度最早的文学作品是哪部？

北京的宾馆

@吕　斌

这是我第一次进北京的经历。下了车，扛着个很沉的提包出了车站，围上来几个男女，问我住宿吧，他们的旅馆价格便宜，条件也好。我不相信他们，我想找个大一点的宾馆，大宾馆不骗人。

我忽然看见附近的墙上写着两个大红字：宾馆，旁边画着一个箭头，指向左边，箭头上边写着100米。100米处就有宾馆，就去那儿住。

我扛着沉重的提包，顺着箭头指的方向走。到了100米处，箭头拐进了一个胡同，胡同的墙上又画着一个箭头，上边写着50米。

这是整的啥事呀，你就说150米不得了，怎么还分两次说，我犹豫一下，钻进了胡同，顺着箭头指的方向朝前走，到了大约50米处，胡同拐向了右边，右边的墙上画着一个箭头，上边写着30米。我生气了，这不是糊弄人吗？你开始就说150米，我未必来。想返回去，可是，返回去要走150米，前面30米就到了，还是朝前走划算。

我朝前走。走到30米处，并不见宾馆，而是出现一个宽一点的巷道，巷道旁边的墙上画着一个红箭头，写着100米。我火了，这是整的啥事呀，有这么骗人的吗？我来了脾气，不信这个邪呢，我倒要看看你在哪儿，我掂了掂肩上的提包，猫着腰，朝前走。

走到巷道尽头，前面一片光明，车辆人声鼎沸，是大街。墙上的箭头指向大街对面，写着200米。我已经精疲力竭，汗流浃背，返回去已经不可能，只能朝前走。我气愤地想，今天我什么也不干，就是跟你整，非得看看你到底在哪儿！

我走过大街，按照箭头的指引，进入一个更深的胡同，箭头的上边写着50米。我不服气地哈着腰走到胡同尽头，胡同朝左拐，墙上写着50米。我已经没有力气生气了，拖拉着腿朝前走。在胡同的里边，终于看见一家门口上写着两个红字：宾馆。门口旁边立着一块木板，写着：满员！

摘自《北京晚报》

清朝残酷奇案

@李凤民

拔刀怒向

天聪五年（1631 年），明朝大将祖大寿复修大凌河城。皇太极决心拔掉这颗“钉子”。这年八月，皇太极统帅八旗劲旅围攻大凌河城。莽古尔泰与其弟德格类率正蓝旗攻击城的正南面，明军给莽古尔泰军卒以很大杀伤，于是莽古尔泰请求皇太极将出哨的护军调回，以补充军力。可皇太极不等莽古尔泰奏请完毕，就下令护卫备马，说是有要事要办。

莽古尔泰大为恼怒：“皇上对我有何成见请公开宣谕，不要这样为难我，我这样尽心竭力皇上还是不满，皇上是不是要往死路逼我？”莽古尔泰边说边把手放到了刀柄上。德格类急步上前给了莽古尔泰一拳，提醒他莫干“傻事”。莽古尔泰怒不可遏，随手将刀拔出五寸许。德格类大惊失色，赶忙将其手按住，并用力把他推出御帐之外。

当晚，莽古尔泰在德格类的劝说下，以自己饮酒过量，导致狂言失态为借口，来到皇太极黄帐前向其赔罪，但被皇太极拒之帐外。

姐弟密谋

后来，莽古尔泰被判革除大贝勒名号、夺五牛录人口、罚银一万

8. 答案：《吠陀》。

两。姐姐莽古济、姐夫琐诺木特地从开原赶来相劝。

酒过三巡之后，莽古尔泰借着酒兴，把一直深藏在内心的想法吐露出来："我现在把皇太极彻底得罪了，今后恐怕也没啥好果子吃，干脆，一不做二不休，找机会把他除掉，夺取汗位。"

史料记载，莽古尔泰的计划是，在家里摆"鸿门宴"，宴请皇太极，用药酒将其"鸩杀"。见莽古尔泰如此坚决，姐弟三人最后同意了他的计划。

第二天，莽古尔泰将正蓝旗两位亲信主将屯布禄、爱巴礼，莽古济的亲信冷僧机一块儿请入密室。七个人歃血盟誓，按计划分头准备。

感恩告密

琐诺木本是蒙古傲汉部的贝勒。皇太极为笼络傲汉部，将寡居的姐姐莽古济公主下嫁给琐诺木为妻。随后，又将开原城赐给他们为属地。所以，琐诺木对皇太极感恩戴德。他参与正蓝旗"鸿门宴"立誓之后，心中总感到有些亏心和焦虑不安，于是便向皇太极告密。

预谋"鸿门宴"后不久，莽古尔泰突然"中暴疾不能言而死"。两年之后，德格类也遭遇与其兄同样的病症"暴亡"。

莽古尔泰与弟弟德格类是不是死于皇太极之手，没有依据，不好妄猜，只能说两人死得突然，让人无法不生疑。

惹恼皇弟

莽古济与皇太极是同父异母姐弟，皇太极之子豪格娶了琐诺木前房所生的女儿为妻，所以，莽古济既是豪格的姑姑，又是他的丈母娘。

天聪九年（1635 年），皇太极打败蒙古共主林丹汗，获得林丹汗八大福晋，将其中长得最为俏丽的伯奇福晋赐给了儿子豪格。

莽古济听说此事后大为不满，她当即找到皇太极，当着众人面质问皇太极："你给豪格娶妻，我的女儿怎么办？"皇太极好言相劝，莽古济根本不听，一脚踢开营帐门，上马就奔开原方向跑去。

大贝勒代善此时也在营帐中，见妹妹生气，也没多想，急忙乘马就追。追到莽古济后，代善把莽古济请到自己营帐内，设宴招待，临走时还送给妹妹许多礼物。

皇太极听说后，说："代善与莽古济的关系本来并不和睦，可是，当我与莽古济生气出现矛盾时，他却把莽古济请到家里，又是请吃，又是送礼，他想干什么？你们如果如此悖乱，推举别人为汗，替代我好了！”皇太极随即拔营而走，先行回到盛京，连续八天关闭宫门不理朝政。

莽古济根本不知道皇太极的滔天怒火来自哪里，仍愤愤地说：“我是你姐姐，就是说了点过头的话，还至于你生这么大的气啊？”

击鼓举报

参与秘密策划“鸿门宴”后，因见正蓝旗两贝勒先后“暴亡”，莽古济又与皇太极闹翻，善于见风使舵的冷僧机决意反戈一击。

天聪九年（1635年）十二月，冷僧机到刑部求见刑部贝勒济尔哈朗，将正蓝旗贝勒生前与莽古济公主密谋“鸿门宴”计划揭发。济尔哈朗听了，大为震惊，立即带冷僧机入宫面见皇太极。

“鸿门宴”案被揭发后，刑部首先派一队人马星夜赶赴开原公主府，将公主莽古济和额驸琐诺木拘捕到案；又派几路甲兵分别将莽古尔泰王府、德格类王府以及正蓝旗主将屯布禄、爱巴礼等人家宅包围，将其所有家人押入大牢。由于犯人过多，盛京城监狱一时人满为患。

最后，皇太极将自己的姐姐莽古济公主凌迟处决，莽古尔泰长子额必伦处死。屯布禄、爱巴礼两人及其所有亲支兄弟子侄全部被凌迟。额驸琐诺木，因为事先向皇太极暗示，等于告发，所以免罪恩养。

史料记载，此案共处决涉案人员一千余人。

摘自《华声

图：小栗子

咖啡香飘过的间隔年

@梦里江山

16岁的夏天，我坐在教室最后一排，合上那本以“间隔年”为主题的书。成长是否还有第二种可能？第二天，我向班主任递交了休学申请。

天堂离地狱只有两百米

我求职并不顺利，就连只有几个人的小公司，都婉拒了我的苦苦哀求。我最终选择低就，成为一家咖啡厅的服务员，“包吃包住”四个字，让我向现实生活妥协投降。

第一天，我穿着小西装穿行在流光璀璨的厅堂中，心底有绝处逢生的喜悦：宽阔敞亮的环境，温文尔雅的同事，想不到挥手即来的工作，有着如此高的性价比。接下来的走向似乎渐渐明晰、顺理成章：努力工作，争取升职，闲时写作，安定自己。

下班后，小组长阿明领我去员工宿舍报到。宿舍是公司免费提供的群租房，就在咖啡厅对面的小区里。门锁似乎锈了很久，钥匙转动了半天才打开。

走进屋里，我惊呆了。并不宽敞的内室，居然密密麻麻摆放了十几架高低床，在满地的烟头和呛人的烟雾中，一群男同事正围在一起打扑克。胸口有大片文身的咖啡师刚刚从卫生间出来，将一口痰爽快地啐在地上。

咖啡厅与宿舍仅一街之隔，直线距离两百米，一边是12小时的天堂，一边却是12小时的地狱。

人生第一笔薪水是一杯咖啡

骑驴找马的闲适心态，很快消弭无形，因为在三天的入职培训中，我发现这头“驴”并不好骑。

“注意，水一丁点儿都不准洒出来。连托盘都端不好，那就别当服务员了。”领班黄姐把一壶水缓缓倒进我左手端的托盘中。稍有不慎，盘中的杯盘碗盏就会滑落出来、摔碎一地。

三天培训，我就用托盘端了三天的水，左手始终呈酸痛或麻木两种状态，就连梦中，都会与那堆黑压压的托盘相见。

老员工说：“几乎每一位新员工，都会多多少少打碎一些器具，月薪被扣得惨不忍睹。”我把这句话刀削斧凿般刻在心中，每时每刻都小心翼翼、如履薄冰，终于刷新了新员工的不败纪录。

到了第四天，是咖啡厅发放薪水的日子。除去前三天的入职培训没有工资外，我依然有一天的薪水可以领取。这是我人生的第一笔薪水，以至于从早晨上班开始，我就祈祷着千万不要摔碎任何东西。

可是，在还有半个小时领薪水的时刻，我失算了。我把全部注意力放在手中的托盘上，却忽略了客人的需求，以至于对方明明点的是一杯红茶，我却下了一杯卡布奇诺的单。咖啡煮好后无法再变回咖啡豆，我需要为它的出炉埋单，一天的薪水是 50 块，勉强抵了这杯咖啡。我端着这杯卡布奇诺，走到无人的角落，一饮而尽。

成长是一种妥协

冬天里的一次夜班，离下班时间还有半小时，预约好的电影已临近放映，于是，我向黄姐申请提前下班。她正在一堆单据中忙得焦头烂额，不耐烦地点了点头。

第二天，难得一见的咖啡厅老板杨姨阴着脸出现，并将我叫去办公室，以早退为由狠狠批评了我一顿。直到事后黄姐一脸歉意地安慰我，我才厘清事情的缘由：昨夜我前脚刚离开，杨姨后脚就来查了岗，黄姐怕承担不起擅自让我早退的责任，于是佯装不知情。

我悲愤不已，要求黄姐向杨姨说明原委，却只得到她的拒绝。不顾同事的宽慰和阻拦，我拨通了杨姨的电话，把前因后果如实进行了陈述。原以为杨姨会原谅我，但她居然又言辞激烈地批评了我一顿，让我安心工作不要再惹是生非后，最后狠狠挂断了电话。

我百思不得其解，既

9. 答案：《梨俱吠陀》。

委屈又伤心，以至于在接下来的员工例会中，抽抽搭搭地哭了出来。散会后，没有谁来安慰我，大家意味深长地交换眼神后，又继续投入到兵荒马乱的工作中。

谁的青春不迷茫

黄姐的辞职很突然，领班职位空缺，公选随之而来。竞职演说现场，颇有胜算的阿明却百无聊赖地坐在台下。我问他为什么不参加，他淡淡地说有跳槽的打算，不久就会辞职。此时，我才知道阿明是本科院校毕业的大学生，一边当服务员解决温饱，一边物色更适合自己的工作。“走一步看一步吧，我不愿意一直待在这里。”阿明看着台上口齿伶俐的竞选者，话锋一转，“你好好干，说不定过两年，你也能站在上面呢。”

“唔。”我敷衍地点点头，起身来到洗手间，盯着镜子中略显陌生的自己。现在，我以服务员的身份端盘子；几年后，我以小组长的身份带头端盘子；再过几年，我以领班的身份指挥大家端盘子……离开学校经年有余，我没有存款，没有精力写作，更没有寻找到成长的第二种可能。我怕将来的某一天，当一脸稚嫩的新员工推开那扇生锈的门时，会惊异地看见，我将一口痰爽快地啐在地上。

那个黄昏，在狭小的洗手间里，我对当前的生活和漂泊感到无比厌倦，开始想念那群单纯的同学，刀子嘴豆腐心的班主任，以及那间种满紫罗兰的明亮教室。如同一年前痛快地递上退学申请一样，这次，我痛快地递交了辞职报告。

我剪短头发穿回校服，才发觉自己多虑了，安安静静坐在书山题海中，曾经按部就班的青春很快就被续接了起来。

司志政摘自《哲思 2.0》

图：恒兰

【小贴士】间隔年（Gap Year）是指学生在升学或者毕业之后工作之前，做一次长期的旅行，或者做一些非政府组织的志愿者工作，培养学生的国际观念和积极的人生态度，学习生存技能，增进自我了解，更好地融入社会。

扫描二维码，免费加入读者圈，与我们一起侃侃“间隔年”，或是和我们分享一下身边的“间隔年”故事吧。

假戏真做的美利坚『皇帝』

@王昱

1880年1月9日，当时美国旧金山的第一大报纸《旧金山纪事报》以头版头条刊登了这样一则新闻：“美国皇帝和墨西哥摄政王诺顿一世驾崩。”

你可能会感到奇怪，美国自独立以来一直以共和制为荣，这个皇帝是怎么来的呢？

诺顿一世，本名约书亚·诺顿，生于英国。1849年，诺顿随着淘金热潮来到美国旧金山，但他没有去淘金，而是选择向淘金者出售大米来发家致富。只可惜，人算不如天算，正当诺顿事业如日中天之际，美国西海岸米价急跌，诺顿破产了。

破产后的诺顿一度非常消沉，一天，他在酒馆借酒浇愁，突然听到邻座有人说：“在美国只要不触犯法律，你想干吗就干吗。”诺顿闻言灵光一现——英国有国王，美国还没有，那我改行当皇帝行不？

于是诺顿从图书馆借了美国法律全书，把自己关在家里，整整研究了五天，到了第六天，诺顿满怀自信地走进《旧金山纪事报》编辑部，将一封信交给总编，很认真地跟他说：“我查了美国法律全书，没有哪一条法律规定不能当美国皇帝，我也翻遍了全美国各地的报纸，还没有人宣布自己是美国皇帝。所以，朕正式宣告朕乃美利坚皇帝、墨西哥摄政王诺顿一世！这是诏书，你拿去发布吧。”

这位脑洞偏大的总编正愁没新闻呢，诺顿这点子不错！报纸第二天就全文刊载了诺顿的登基诏书。

美国人愉快地接受了这个玩笑，不少商家还把这当作了噱头打广告：他常去的小餐馆打出了“皇帝御用酒店”的招牌，免费给诺顿提供霸王餐；剧院则设立了“皇帝包厢”；他租住的公寓则自称“皇宫”。一时间，半个旧金山都跟着这个玩笑嗨了起来。更有趣的是，连联邦政府也参与到了这个玩笑中，在1870年全国人口普查的记录中，诺顿的职业一

就是爱历史（古印度）10. 古印度最著名的文学作品是哪两部史诗？

栏赫然写着“皇帝”。

只有诺顿本人没把这事儿当玩笑，他认为既然当了皇帝，就该履行皇帝职责。于是，他经常穿着“皇服”腰挎军刀上街视察，还经常颁布“诏书”针砭时弊。由于其身为“皇帝”的有趣口气以及时常闪现的真知灼见，“诏书”常常被旧金山各大报纸转载。

南北战争时期，诺顿命令林肯和南方邦联戴维斯前来协商，和平解决争端，结果两人全都“抗旨”。诺顿给林肯写信，说他愿意派自己的御林军（其实并不存在）援助联邦政府。林肯这次很有修养地给他回了信，表示感谢后说将把他及其队伍作为后备力量。

除了政治大事，诺顿皇帝对科技、国际大势也颇有远见卓识。1869 年，他曾颁布“诏书”下令臣民集资捐助当地的一位发明家研究“空中机器”，说这项发明很重要，而三十多年后，莱特兄弟才成功地制造了人类第一架飞机。他还曾给各国领导人写信，提议组成“国联”，以和平解决国际争端，消弭战争风险，到了 1919 年，世界上还真成立了一个名称、功能和他当年提议一模一样的国际机构。

诺顿皇帝最频繁下的一道“诏书”，是要求在旧金山海湾建一座悬索桥，以方便“臣民们”的生活。这道圣旨最终不仅被奉行，并且还归功于他，只不过迟了六十多年。世界上最著名的大桥之一——金门大桥建成，在它的一根桥梁上挂着这样一块牌子：“旅行者，请停步并感谢美国皇帝和墨西哥摄政王诺顿一世（1859—1880 在位），他有先见之明，构想并下令在旧金山海湾建桥。”

1880 年 1 月 8 日，诺顿一世因中风“驾崩”。葬礼那天，有三万旧金山市民为他送葬。而在他的墓碑上，人们一本正经地刻下了这样的字：“诺顿一世，美国皇帝和墨西哥摄政王。”

火箭熊摘自《齐鲁晚报》

《母亲的心事》参考答案

1. 顷听——倾听
2. 常年累月——长年累月
3. 托累——拖累
4. 寒站——寒战
5. 百爪饶心——百爪挠心
6. 骨拆——骨折
7. 气喘嘘嘘——气喘吁吁
8. 孤疑——狐疑
9. 亚然失笑——哑然失笑
10. 喜戏——嬉戏

出场费

@小　时

认识张见的人，都知道他是个老实人，视力不好，平时戴眼镜，朋友们叫他四眼，他不但不生气，还有点自豪。因为他觉得戴眼镜的人，有文气，斯文。小姑娘喜欢斯文，所以小姑娘都应该喜欢四眼。

四眼显然把小姑娘想得太简单了。他在幻想中谈过无数次恋爱，现实中一次也没有。

四眼不工作的时候，就在家里打网游，看动漫。四眼工作的时候，在地铁站月台上挥旗子。因为力气大，挥得出声音，领导听了，让他做消防宣传月代言人。从那天之后，四眼更自信了。有了自信，四眼就开始在动漫展上搭讪姑娘，于是就认识了出场费。

出场费不是多少钱，是个人。

小姑娘本名当然不叫这个，这是绰号，四眼的邻居高高起的。因为四眼说："她出来，都要给出场费的。"高高听了，趴在沙发上嗤笑。于是这个绰号就诞生了。

一次饭局上，一位同事说："他同学的哥哥的表弟是策展人，这次动漫展需要Coser，一天一千元，一共五天。"四眼不说话，脑子在转。第二天中午，四眼给出场费发微信，问她有没有兴趣接个活儿。下一秒出场费就回了个"有"。四眼想，今天她手机正巧在手边啊？之前一万次给她发微信，一万次她都在洗澡吃饭睡觉，都不好意思没看见。四眼在想事情的时候，出场费又回了一条："你这边有活儿？"四眼说："一个展会需要Coser。"出场费问：

10. 答案：《摩诃婆罗多》和《罗摩衍那》。

“出场费是多少？”四眼说了：“一天一千，一共五天。”一秒钟后，出场费发了个爱心表情给他。

下午，四眼看见那位同事，一个箭步上前拍人肩膀。同事问他干吗。四眼红着脸说：“你昨天说的展会的事，真的假的？”那同事想了一万年，没想起来。四眼急了，说：“就是那个一天一千的，我这儿有个不错的女孩，能不能给你同学的哥哥的表弟举荐一下？”同事说：“我昨天喝大了，说了上半句，下半句忘了说。”四眼心跳变快，问他下半句是什么。同事说：“这是五个月前的事了。”四眼两眼一黑。

夜里，四眼看着出场费发来的微信，想死。

出场费主动打电话来问他：“你这边不会有问题吧？”四眼硬撑：“不会！”还用力拍胸脯。出场费挂了电话后，又发了个爱心表情给他。四眼觉得胸口的肋骨都要被自己拍断了。

又想了半天，四眼还是没办法，只能打电话问高高怎么办。高高说：“你问小宝，他做电商经常有线下活动，或许会需要这样的人。”

四眼和小宝不熟，只是一起踢过两次球，但还是硬着头皮给小宝拨了电话。小宝接起电话，问：“你谁啊。”四眼说：“我是四眼。”小宝还是不明白：“四眼谁啊？”四眼憋不住了：“我就是那个守门员。”小宝说：“哦哦哦。”

四眼把困难给小宝叙述了一下，小宝听了，沉吟半天，说：“活动我这儿是有一个，下周健身展，你来个女的，不合适吧？”四眼说：“怎么不合适，女的也要健身。”小宝表达了一下遗憾，觉得有难度。四眼豁出去了，说：“倒贴给你费用，你帮我这个忙！”小宝说：“既然你开了口，咱们也算在球场上的战友，兄弟价，两千。”四眼二话不说，就微信支付了。

接下来的一周，出场费就扮演着《进击的巨人》中的三笠，在展台上跳了五天健美操。

之后，出场费还问四眼：“不是动漫展嘛，怎么变健身展了？”四眼说：“都一样的，你不要去想它，反正出场费到位就可以了。”出场费说：“对的，关键是出场费到位。”

当天夜里，四眼就去 ATM 机，拿出工资卡，转了五千块钱给出场费。转好之后，四眼拿出手机，盯着看了两个小时。爱心表情再也没发过来。

刘振摘自豆瓣网

图：小黑孩

初识罗斯太太

罗斯太太是父母千挑万选的Homestay（留学生寄宿当地居民家）。之所以选罗斯，用奶奶的话说：“她一个单身退休老太太，肯定安全又好相处！”但愿如此吧！

来到罗斯家后，我发现她并非单身。她眉飞色舞地向我介绍着家里的另外三个成员——杰克、斯蒂芬和简。罗斯跟它们又亲又抱，还让我跟它们握手。我实在接受不了跟两只斑点狗和一只大肥猫握手。罗斯对我说了句不客气的话：“你这样是不礼貌的。它们心理会受伤的！”

罗斯说要为我准备丰盛的午餐。我说要帮忙，她说今天不用，以后我熟悉了再帮。

我没想到罗斯准备起饭菜来竟然如此有效率，不到十分钟就好了。

我满怀期待地走到餐桌前。可是，这哪儿叫丰盛啊？三盘面包、一盘黄油、两盒不知道什么的黄糊糊的酱，连点青菜和肉都没有，这哪儿是人吃的啊？

我差点儿没晕过去，但看着罗斯笑眯眯询问的表情，我只能强把嘴角扯开，努力表现出高兴的样子：“太丰盛了！”

坐在桌旁，我学着罗斯的样子在面包上抹酱，这似乎还不算太难吃。看着罗斯兴味十足地切黄油来

Chinese girl，加油！

@福里福涂

吃，我也决定试一下。黄油一到我嘴里，我差点儿没呕出来。可是，为了表演“礼貌”，我硬是强忍着并鼓起勇气把它咽了下去。我尽力笑眯眯地表示我饱了，虚假地说：“午餐实在是非常非常好吃！”也许罗斯不是有意的，但因为那块黄油，我好几天肠胃都不舒服。

那天晚上，我对国内的父母说我一切都好。

作为房东，罗斯在很多方面表现得很称职，比如她带我去办银行卡，申请税号，为了照顾我的胃口，还专门从印度人开的超市里买了面条给我吃。可是生活习惯上的矛盾摩擦越来越明显。

这天，罗斯郑重其事地说要跟我谈一谈。她很严肃地说：“你必须改掉浪费这个坏习惯！你洗澡的时间太长了，浪费水；你睡觉时总是开着夜灯，电脑里播放着音乐，这太费电了。”

实在太冤枉了，我忍不住为自己辩护并指责她：“亲爱的罗斯，我是缴过水费电费上网费的，当时合同里就说过我可以随便使用水电和上网。我从不觉得自己浪费，我还觉得您浪费呢！这世界上多少人吃不上饭、没地方住，可是您却耗着大把的钱养了三只宠物，您的猫和狗住着舒适的房子，天天吃着火腿、牛肉，这才是真正的浪费，这种浪费更可耻！”

她的脸憋得通红，总结了一句：“也许我们对于浪费的理解不同！”我给她台阶下：“那我们就彼此尊重吧！”

“谋杀罪”风波

我有时会从中餐馆买盒饭回来为自己加餐。为了和斑点狗、大肥猫搞好关系，我便把剩的鱼和骨头给它们吃。

那天罗斯看到了鱼刺和骨头，她怒气冲冲地质问我：“到底怎么回事？我就知道你不喜欢它们，但没想到你这么狠心，你竟然想谋杀我的杰克、斯蒂芬和简！”她还声泪俱下地说了一大串话，说简（大肥猫）最近总是咳，嗓子里像卡了东西，一定是被我的鱼刺搞的。

“谋杀”这个词实在太严重了，我也很生气地说罗斯是在诬陷我。罗斯竟然当场报了警。

当警车呼啸着开到家门口的时候，我真的害怕了。

最后，警察得出结论：“这不算谋杀，顶多算误伤。这件事当然不用立案，解决办法也很简单：你们带这只猫去看兽医。如果医生说简是因为鱼刺才咳的，那么费用就由这个中国女孩儿付；如果是因为感冒生病，那么费用就由罗斯您来付！”

我们都表示同意。警察离开的时候小声地告诉我：“在新西兰，给猫喂鱼刺和给狗喂骨头都是违法的，虽然不算谋杀，但是算虐待动物。你肯定不知道，这次长了教训，可千万别有下次了，到时，我可不会再手下留情了！”我含着泪感激地点头。

那天晚上，我向罗斯诚恳地道歉：“我们中国的猫是喂鱼刺、狗也喂骨头的，我真的不知道新西兰会有这样的法律，对不起！”

罗斯原谅了我。那天夜里我却捂着被子哭到天亮，我差点儿犯了谋杀罪或虐待动物罪，真的后怕，恐惧极了！

又陷“盗窃案”

“谋杀罪”这一页总算翻过去了，但我没想到，过了一段时间，我又跟“盗窃案”扯上了关系。

罗斯平时的零碎钱总是随手放在电视柜上，可是这天，她自言自语：“电视柜上少了六十块钱，太奇怪了！”

说者无心，听者有意。我说：“是不是您记错了？您总是乱放钱。”

罗斯说：“前几天少了五十块，我以为是我记错了，可今天又少了十块，我不能总记错吧！”她意味深长地看了我一眼。

可是，我明明没做啊，我为什么心虚呢？在她第三次提到丢钱的时候，她有意无意地看着我说：“我要不要报警呢？”

我心里冷笑，她这是在说给我听，试探我。我问心无愧地告诉她：“我支持您报警。警察是公正的，而且讲究证据。到时是不是您自己糊里糊涂没放好，警察也能给个说法，免得您疑神疑鬼，牵连无辜。”

她没报警，因为确实没有证据。直到一天，当罗斯偷偷检查我的房间，发现她丢的那几张钱在我的床底下时，她终于报警了。

这次，我已经不那么害怕了。身正不怕影子斜。

罗斯拿着两张二十块新西兰元作为证据，她对警察说：“我之前丢了三次钱，所以后来，我就在散钱上用墨水做了记号。你看，这两张钱上都有记号，可这钱连同以前的，全在她的床底下找到了。”她又看向我，眼含愤恨，“你还有什么好说的？”

警察也问我，是否要解释什么。

11. 答案：《太阳悉檀多》。

我不说话不理他们，翻看我的电脑。那个警察叹着气说："你要跟我去警局立案。你还不知道事情有多严重吧？有了案底的话，你的学生签证会被取消，你终生将不允许再踏入新西兰国土。"

我不置可否地耸耸肩，突然在电脑中找到了一个有趣的视频，叫这位警官过来看。他气呼呼地走过来想强行带我去警局，但他也被视频吸引了。

看了一会儿，他转身气愤地对罗斯说："罗斯，你应该为这件事负主要责任。你自己不看好你的钱，不管好你的猫，还怀疑别人，这太无理取闹了！"罗斯的脸又红又紫，像个愤怒委屈的茄子。

其实，偷窃的惯犯是那只名叫简的大肥猫。

在罗斯唠叨了三次丢钱后，不想再做怀疑对象，我便细心地把一个微型摄像机摆在了电视柜附近，用它摄下了大肥猫作案的全过程——罗斯的钱是团成卷放在柜子上的，大肥猫简似乎认为那是件有趣的玩具，将其藏在我的床底下。

我故意在罗斯报了警、警察听信了罗斯的指证后才把证据公布出来，因为我想让罗斯下不来台。

我歪着头对满脸尴尬的罗斯说："您不是说过，中国人什么都干吗？不错，我们中国人什么都能干，连福尔摩斯也能做！"

罗斯敲着我的头："你这个Chinese girl，真是个鬼精灵！"她还很认真地说，"对不起，谢谢你！"

我原谅了她，然后，忍不住开心地笑了。虽然在异国他乡总是磕磕碰碰，但我知道，正是这些麻烦让我成熟和成长。

那天晚上，我在我的心情日记上写下这样一句话：干得不错，Chinese girl，加油！

彼岸花开摘自《2014年冰心儿童文学新作奖获奖作品集》浙江少年儿童出版社

图：小柯

丸子的朋友圈

大老板张富贵

醍醐灌顶，打一武侠人物。

哲学系二师兄：令狐冲（拎壶冲），因为提壶灌顶嘛。
金融小王子刘思聪：高级，学到了！

金融小王子刘思聪

那天我去理发，对发型师抱怨说：“上次也是你给我理的发，太难看了。”

发型师不解：“那你为什么还来找我？”

我说：“好就好在我老婆不让我陪她逛街了。”

大老板张富贵、哲学系二师兄：求发型师电话。

快递员小马

高中时，我跟一个女孩表白被当面拒绝，这事弄得学校很多人都知道了，让我很丢脸。女孩觉得很愧疚，于是用校园广播跟我道了歉。

大老板张富贵、金融小王子刘思聪、哲学系二师兄点赞。
丸子：二次伤害。

王大脸真的不是女汉子

今天去一家公司面试。面试官问我：“你愿意免费为公司加班吗？”

我说：“我上班不要工资的。”

面试官说：“你在逗我。”

我说：“是你先逗我的。”

大老板张富贵：要是被录取，那才是在逗你！

就是爱历史（古印度）12．代表着古印度建筑艺术成就的重要遗迹是什么？

丸子

我妈最近被“洗脑”了，非得要我花三万块钱给她买一张保健床。我仔细研究后从医学角度给她解释这场“骗局”，可谓是有理有据，根本无法反驳。一番晓之以理动之以情之后，我说：“妈，你明白了吗？”

我妈叹了一口气说：“明白了，说什么养儿防老真的是骗人的。”

快递员小马：防火防盗防诈骗。

郭美眉

晚上十点多，楼上传来一个女人的咆哮声：“什么关系？什么关系？你快说呀，到底是什么关系？”

我那颗八卦的心疯狂地跳起来，于是打开窗户支起耳朵认真听。

她继续气愤地喊道：“互为相反数啊！这么简单的题都不会做！”

然后，我默默地关上了窗户。

丸子：辅导孩子做作业的家长啊！他们的词典里没有“冷静”一词。

王大脸真的不是女汉子

周日，我哥在家照看他女儿。我就躺在沙发上悠闲地玩手机。小侄女在灯光下静静地写作业。此情此景，我哥动情地说：“多么希望时光就这样静止，女儿真可爱，真希望她不要长大，永远这么天真烂漫。”

小侄女笔一放，瞪着我哥说：“让你一辈子都上五年级写作业试试？”

金融小王子刘思聪：为机智的小侄女点赞！

哲学系二师兄

女朋友就像一首诗……

丸子：敢问下一句是？

哲学系二师兄：你总不能跟一首诗讲道理。

大老板张富贵点赞。

丸子

最近想买个微波炉，在网上浏览了一番。放眼看去，各种好看，五颜六色，太多按钮，太多功能，还是触摸屏的……我现在都产生错觉了，仿佛自己是“厨神”，只要买了微波炉，就能做一桌子菜。

大老板张富贵：这就是一个热剩菜的玩意儿。

快递员小马：冷静！冲动是魔鬼。

童年的火灾

@刘 墉

我是从火里跑出来的!

那年我十三岁，大年初一，台北冷得人打哆嗦，晚餐后母亲照例出去做家庭礼拜，我和舅舅、舅妈在客厅围炉。舅舅提议玩扑克牌，叫舅妈去房间拿牌，又叫我把父亲留下来的一罐古钱拿来当筹码。

我抱着罐子出来，看见舅舅正蹲在煤油暖炉前加油，刚转身要把古钱罐放在桌子上,突然听见背后“砰”的一声，屋子都震动了，眼前一片红一团热，舅舅大喊：“跑！跑！”我往外冲，只见舅舅从我身边越过，浑身是火，在地上翻滚。

我手里居然还紧紧抱着古钱罐，大喊：“失火了！失火了！”却喊不出声音。背后吹来炙人的热风，我躲到院子边缘的树下，回头看见舅妈扶着姥姥从侧门跑出来，舅舅黑黑的影子站在阶前。屋子里已经一片红，“噼噼啪啪”的声音不断，隐约看见一个个黑框在火里倒下，大概是纸门。火舌很快蹿进我的卧室，先是映出红光，接着玻璃爆炸，“咔啦咔啦”地向外飞溅。

我退出家门，站在对面陈家门口，只见四邻都在喊，喊着他们家人的名字。人影都在跑，急着把大箱小箱往外搬，堆在家门口，箱子上映着红红的火光。我家屋瓦已经一块块、一片片崩落，火舌从里面钻出来，忽长忽短，屋旁的树在抖动，先闪着好多小光点，接着全消失了。

突然“砰”的一声巨响，从屋顶飞出一个大火球，接着又一响，又是一团火球飞到半空。好多人大喊着往街的另一头跑，说火球可能飞去他们家。

救火队来了，看热闹的人也来了，对面墙头坐了一排人，每次“砰”地爆出火球，大家就喊，像惊呼又像叫好。我知道那些爆炸是开出租车行的舅舅藏在地板下的汽油桶造成的。汽油助燃下没几分钟，我的家已经只剩一团红，天红了，地红了，连救火车喷出的水柱都

12. 答案：阿育王石柱。

是红的，还有一阵阵热风呼呼地扑面而来。

火被扑灭了，一根根焦黑的柱子间冒着白烟，墙都还在，大门也没烧毁，只是里面，我的家，像变魔术，不见了！从对街可以直接望到后面军眷区的房舍和灯火，左邻右舍也没损失，一边大箱小箱往家里抬，一边大声喊着，谢谢老天保佑没被烧到。

母亲这时才出现，说她被邻居挡在前面巷子，看到我和姥姥、舅舅、舅妈，便瘫坐在路边的大石头上。有记者过来问她损失，母亲没答，我答了："还好，妈妈在银行有保险箱。"突然母亲一巴掌打在我脸上。我捂着脸："不是幸亏有保险箱吗？"又是一巴掌。

晚上舅舅带姥姥住他同事家，我和母亲住在近邻家。

第二天天没亮，母亲就带着我往火场去，转进小巷，听见一片大呼小叫，好多人影拿着大包小包从后院翻墙跑掉。

打开大门，房子像是被炸过，陷下去成为一个大大的坑，冒着烟，还有呛人的气味。微弱的晨光中，只记得坑里乱七八糟，散布着闪着红光的绸缎，那是我参加演讲比赛得来的几十面锦旗。也有毛皮衣服，一小块一小块，很臭。母亲拿着棍子在坑里翻，我跑到我卧室的位置，什么都没了，书架还在，父亲生前留下的书籍，都只烧去靠外面的四分之一。集邮簿也在，我小心地把那些劫后余生的邮票，全部从残破的集邮本里拿出来。书架上还有一小片一小片灰黑色的金属，应该是我被烧融的玩具。窗子没了，剩下矮墙和碎玻璃，一脚高一脚低，是烧焦的灰烬和地板。我弯下身，再趴下去，把头伸到残留的地板下，"咪咪咪咪"喊我的白猫，被母亲吼过来："早烧死啦！"

晚上，是咪咪回家的时候，我又跑到火场上喊。没消息，只有四邻人家昏黄灯火中探出的人影和关窗的声音。

我的咪咪再也没出现。

我珍贵的邮票，那天在母亲指示下交给一位老教授保管。隔月，我们安顿了，去拿邮票，他们一怔，说："你没交什么东西给我们啊！"

我那天抱着的古钱罐，被我留在芙蓉花树下，早已不知去向。

从此，我不集邮，也不集钱币，但我变得比较不怕火，而且哪个地方失火，我从很远的地方就闻得出来，那是一种酸酸的味道。

金卫东摘自《南方周末》

站在食物链顶端的苏轼

@炉叔

回赠肉

苏轼对美食的喜爱，首先就表现在吃肉上。

作为一个堂堂七尺男儿，苏轼的日常却是，一没事就对着身边的人撒娇："无肉使人瘦"，我要吃肉！

也幸亏苏轼有才，年纪轻轻就当了官，放一般人家，谁招架得住你三餐不离肉。

但一切的美好，到了苏轼三十多岁的时候戛然而止。那是一个阳光灿烂的日子，皇上召苏轼进宫："爱卿，你还年轻，外面的世界那么大，你去看看吧。"

于是，一脸懵的苏轼被外派了出去，几经辗转，在 1077 年当上了徐州市长。

恰巧徐州那几年还不是很太平，经常发生灾害。有一次黄河决口，徐州发了大洪水，苏轼带着徐州的百姓筑堤抗洪，而且还是冲在救灾第一线。

老百姓们很是感动啊，等到洪水一过，纷纷杀猪宰羊，一家接一家地给苏轼送去。东西一放到自家后厨，苏轼就命家里人把肉煮好给百姓送了回去。

百姓们一尝苏轼送来的肉，纷纷感叹："哇，苏青天果然是苏

就是爱历史（古印度）13. 哪种制度被视为古印度文明的象征？

青天，做出来的肉都不一般，肥而不腻，回味无穷。”这么难得的美食，又这么有纪念意义，干脆就叫它“回赠肉”吧。

于是，苏轼菜谱推出的第一道菜，就这么成名了。

东坡肉

几年之后，苏轼因为乌台诗案，被贬到黄州任团练副使，有虚名没实权，整天干着各种机械的工作。

无聊至极，苏轼便开始自己种田，“东坡居士”的称号就是在这里慢慢传开的。

可种田也很无聊啊，大汗淋漓累成狗。于是苏轼重新开启了自己的吃肉模式。

唯一可惜的地方是，吃的肉只有猪肉。因为宋代朝廷有规定：御厨用羊肉。像皇亲国戚、大官贵臣什么的都是吃羊肉，普通老百姓就只能吃猪肉。

真正让他伤心的是，当地人竟然看不起猪肉，觉得猪肉不好吃！苏轼一颗吃货的心瞬间膨胀起来，猪肉这么好吃，你们都不会做，这不是暴殄天物嘛！

于是，苏轼专门写了篇吃猪肉指南。

再后来苏轼到了杭州担任龙图阁学士，这名字听起来高大上，但其实还不如之前的团练副使。

在杭州的时候，苏轼扎根群众，带领百姓疏浚西湖，修筑长堤，深受百姓喜爱。于是，他爱吃肉的喜好又在杭州传得家家户户知晓，一到过年，杭州百姓都来给他送肉吃。

有了先前在徐州工作的经验，这次苏轼直接化身大厨，亲自上阵，教大家烹饪猪肉。百姓吃了苏轼做的肉之后，纷纷夸赞好吃，并取名“东坡肉”。

从此，美食界又多了一道让人们欲罢不能的佳肴。

东坡饼

被贬黄州的时候，苏轼就说过，老夫觉得黄州有三好，鲜美的鱼肉、便宜的猪肉，还有清脆的竹笋。

吃鱼，也是苏轼的一大爱好。“长江绕郭知鱼美”，连长江都知道鱼的美味，身为吃货的苏轼自然更懂，就连他去赤壁游览的时候，都不忘了带上鱼，“携酒与鱼，复游于赤壁之下”。

只可惜苏轼被贬黄州后，收入骤减，人又没有自制力，没多久就加入了月光族。

有次他和一群朋友大晚上一起喝酒，觉得美酒当配佳肴，大口喝酒却不能大块吃肉，实在是对不住自己吃货之名，于是想着出城找点吃的。无奈深夜城门已经关了，只好翻墙出去。

这可是违法犯纪啊，但是苏轼为了吃，一点都不在乎，招呼着一群朋友就翻墙而出，把人家的一头耕牛给宰了，做了下酒肉。

还有一次他去西山，西山灵泉寺的和尚们为了接待这位爱吃的居士，特意做了油炸饼。苏轼见这淡黄色的油炸饼玲珑剔透，吃前还拍了张照。等吃到嘴里，那是一个酥脆香甜，美味可口，于是发了个朋友圈炫耀美食。

朋友圈的朋友们见这吃货又开始发美食照了，纷纷给他点赞，也不管是不是他做的，就都留言要给这油炸饼取名“东坡饼”。

你别说，苏轼还真厚着脸皮答应了。

羊蝎子

黄州没待几年，苏轼终于咸鱼翻身，又回到了京城。结果因为政治斗争，再次被贬到了惠州。

好不容易在集市上看到有卖羊肉的，一打听才知道这里有规定，一天只能卖一头羊。

苏轼心想，自己作为一个犯官，没钱没权的，买羊肉也抢不过那些达官贵人哪。于是他私下里就叮嘱屠夫，把人家不要的羊脊骨给他留着，等没人的时候自己去取。

是不是很惊讶——这不就是我们现在吃的羊蝎子嘛！原来早就被苏轼尝了鲜了。

苏轼吃羊脊骨可不是煮着吃，人家是烤着吃：先将羊脊骨彻底煮透，再浇点酒，撒点盐，放在火上烘烤。“吱吱吱”，这冒油声，光想想就流口水了有没有！

看着一地狼藉、零零碎碎的羊脊骨，苏轼傲娇的小心脏开始疯狂搏动。他把这种吃法写信告诉了自己的弟弟，快马加鞭，十万火急，还不忘调侃一句：这样好吃是好吃，就是身边的狗有点不乐意。

荔枝

更让苏轼开心的是，惠州有一个他非常喜爱、让杨贵妃“一骑红尘妃子笑”的特产——又甜又多水的荔枝。

他曾在自己的诗作里赤裸裸地表达过他对荔枝的爱：

“日啖荔枝三百颗，不辞长作岭南人。”为了吃个荔枝，竟然要“移民”，估计苏轼的心里还在暗爽，“天天几百颗，真是爽到爆，老夫被贬

13. 答案：种姓制度。

到这里，值了！”

但是荔枝这玩意儿吃多了上火，苏轼的幸福持续了没多久，他就不幸长了痔疮。坐，坐不得；站，站不久；走，又走不远。

即便如此，苏东坡依然选择站在吃货前线，决不退缩。为了让自己的身体尽快恢复，苏轼竟然自己发明了一套食疗的法子，用茯苓做了一种面食，既能治痔疮，又能大饱口腹之欲。

生蚝

再后来，苏轼被贬到了更远的儋州（今海南儋州市），这也是他放逐之路的终点站。

那时的海南岛，可是被古人称为“一去一万里，千之千不还”的鬼门关。

苏轼到了这里，“食无肉，病无药，居无室，出无友，冬无炭，夏无寒泉”。要多惨，有多惨。

但环境再恶劣，也无法阻挡吃货的脚步。

苏轼先是听从当地群众的建议，开发了野味套餐，什么果子狸、蝙蝠、蛤蟆，统统不放过。

后来又爱上了生蚝，而这几乎可以算是苏轼在海南吃到的最美味的肉食了。

为了保住这唯一的美味，他甚至在给儿子的书信中说：

“儿子，我告诉你，你爸我在海南吃到了生蚝，这可真是人间美味，肉质鲜美，你可千万别告诉朝中的那些当官的，我怕他们都跑来跟我抢生蚝吃，到时候我就没得吃了。”

苦中作乐，也莫过于此吧！

欲何依摘自微信公众号围炉夜读

图：小栗子

古龙版考场风云

@佚　名

日月无光，只有云，黑云。

陆小凤的心情也和云一样阴沉，因为他今天考试，考化学！

考化学也罢了，但他一点书也没有温，前一晚还和他的朋友胡铁花喝了一晚酒。你说要不要命？

步入试场，在黑压压的学生群中，有一个巨汉昂然屹立。那巨汉最少有九尺高，满脸横肉中露出愤怒的神情。

他便是“铁面考官”黄大发！

陆小凤已笑不出了。黄大发是全国最出名最严格的监考官。

入场，就座，派卷子。

陆小凤翻开卷子，一览之下，完全不懂。

他开始拿笔，不是普通的笔，是霸王笔！

霸王笔，长三寸三分，重一两整，可内藏三十六页笔记纸，揿动笔尾，便可打开暗格，把纸张卷阅。

三十六页纸，已经不少了。陆小凤开始作答。

却听得惨呼一声，黄大发已拿到了他第一个猎物。

是小李飞鞋，李探花！

李探花年年考第三名，所以大家都叫他探花。小李飞鞋是把答案写在鞋底，考试时架起二郎腿，便可把答案照抄。

小李飞鞋，例不虚发！

但这个神话今天便被黄大发打

破，只是二十分钟的事。

陆小凤连忙低头疾写，霸王笔的排名，可比小李飞鞋高得多！

已到了最后一题。

突然灯光一暗，陆小凤知道黄大发已站在他背后。

黄大发“分光捉影”，霸王笔已到了他手中。好快的手！

他快，陆小凤更快，他在黄大发手还未碰到笔之前，便按动机关。所以黄大发拿到手的，只是一支普通的圆珠笔。

黄大发道：“霸王笔现身，一出拿满分！这便是霸王笔？”

陆小凤笑道：“老师说笑了，这是我从书店买的一盒十二支圆珠笔，什么霸王不霸王的？这里还有一大把。”说完还真的从口袋里拿出一把和霸王笔一模一样的笔来。

黄大发面色已变。

陆小凤又道：“老师要笔用，就别客气拿去吧。”

黄大发呵呵一笑：“好，多谢了！”那老狐狸竟不中这激将之计！

陆小凤道：“一支不够的话，再多拿一些！”黄大发还未来得及回答，陆小凤已把手中的一把笔向黄大发打去。

七点寒星，直飞黄大发！

黄大发挥手要挡，突然间只觉右肩上穴道一麻，霸王笔已落地。

正在此时，突然考场上异光灿烂，绝美异常，把每个人的目光都引向了孔雀翎！那是陆小凤向他老友秋三少借的，秋三少千叮万嘱，非必要时不能用！

光芒万丈，绝美的画面！每个人都被吸引住，连黄大发也不例外。

等到光芒散退，陆小凤人已不见，他的卷子已交了上去。余下的只是满地落笔。

黄大发被气得面色发白，因为有明文规定，交了上去的试卷，谁都不能动。即使是考官也不能。

那霸王笔呢？

它当然不在那堆落笔之中，在陆小凤的口袋里。

陆小凤呢？

没有人知道。

从容摘自《人生十六七》

图：小黑孩

【请您续写】亲爱的读者，展示您才华的机会到了，来参加故事续写吧！陆小凤去哪里了？他在校园里还会有怎样的传说？您还可以尽情发挥想象力，“金庸版校园英雄传”“三国版职场演义”……快把您的故事投到我们的邮箱里来！投稿邮箱：41641068@qq.com，请注明“故事续写”字样。

废铁托拉斯

@路 明

“车匪路霸”

小学的后门是一片鱼塘。某天，一支施工队开了进去，鱼塘成了喧闹的工地。小德宣布：“此处要盖新公房。”

车匪将信将疑：“你乱讲？”

小德神气地说：“等新公房造好，我家就要搬进去啦。”

我理解车匪心情，那片鱼塘是我和车匪的秘密据点。车匪姓车，我姓路，因为经常在一起胡闹闯祸，班主任管我们叫“车匪路霸”。

那天放学，车匪拍着我的肩膀说：“走，捡铁去。”我说：“捡铁干吗？”车匪说：“卖钱。”

我和车匪同时遭遇了经济危机。我爸妈是做出规矩的，从不给零花钱，美其名曰“从小培养艰苦朴素的精神”。现在他们居然去告诫我爷爷奶奶，不许偷偷塞钱给我，这等于断了我最后的财路。

车匪比我阔绰，他有个“万元户”大伯，过年会给好几百的压岁钱。车匪上缴一部分，剩下的折成小块，塞进袜子里，带回小镇。这笔气味浓烈的巨款能撑几个月。钱当然不能藏在家里，车匪的“金库”在鱼塘边上一堆水泥管中，只有他本人知道确切的位置。那天车匪兴高采烈地去取钱，发现水泥管一夜

14. 答案：孔雀王朝。

之间被人移走了。车匪“哇”的一声哭了出来。

生财之“道”

我跟着车匪去了工地。工地没有围墙，也没见几个工人。我有点紧张。车匪说：“悄悄地进村，打枪的不要。”我俩捡了十几枚铁钉、一根断了的三角铁，外加一小团铁丝，赶紧跑出来。地上有一捆钢筋，我想抽两根走，车匪连忙说：“这个不可以，让人看见会被打死的。”

我俩把战利品塞进书包，沿着夏驾河一路走。过了卸甲桥，景色愈见荒凉。河边停靠了一艘小船，烧柴油的那种，五六米长，约一人宽。船舱很小，只够放一把椅子，人睡觉得钻到甲板下面去。车匪叫了一声：“老板！”船舱里伸出一个毛发稀疏的脑袋来。

被叫作老板的老头六十多了，瘦小干瘪，穿一件脏兮兮的红色毛衣，肘关节磨出两个洞。老板说：“有啥货色？”听口音，不像是本地人。我俩把东西交给老头，他拿出一杆秤，鼓捣了几下，报出一个数字，几斤几两啥的。老头又摸出一只旧计算器，摁了一通，随后从裤兜摸出一叠钱，抽出两张五毛递给我们。

我高兴坏了，赚钱原来这么简单。一块钱耶，可以买两根橘子棒冰。

自从发现了这条生财之道，我和车匪三天两头去工地。到后来，小德发现了我俩的秘密，也想加入，我严词拒绝了。小德威胁道：“信不信我去告诉班主任，让你们进渣滓洞，唱几遍《鸡毛信》？”那时最长的课文是《鸡毛信》。我和车匪没办法，只好带上这家伙。

后来，收废品的老头越来越像个奸商。他经常给出令人瞠目结舌的低价，然后看都不看我们，转身假装忙别的事去了，意思很明白，就是这个价，卖不卖随你们。

还能怎样，还回去，还是扔到河里？那就连一分钱都拿不到啦。老头有底气，小镇上愿意收这些东西的独此一家，他做的是不折不扣的垄断生意。小德看书多，他气愤地说：“看看，这就叫托拉斯，废铁托拉斯。”

女孩妮妮

有一回，老头意外地多给了几角钱，正当我们窃喜，打算溜之大吉时，老头叫住了我们：“咳咳……那个……”老头有点不好意思，大约他也知道平时克扣狠了，“你们谁家有旧课本，一年级的？”

我们纷纷表示，对用过的课本并无半点留恋之情，早不知道扔哪儿去了。老头现出失望的神色。小德问："老板，你要一年级课本干吗？"

"嗨，还不是为了她……"老头回头召唤，"妮妮，过来吧！"

我们这才看见，船舱口露出半个小脑袋，一对黑眼睛正好奇地朝这边张望，是个六七岁大的小姑娘，脚上穿一双粉色塑料拖鞋，鞋有点大，不知从哪里收来的。听见老头叫她，小姑娘忸怩地躲在老头身后。

车匪问："老板，你孙女啊？她爸妈呢？"

"唉，"老头神色黯然，"说来话长了。"

老头有个独生儿子，前些年打伤了人，进了牢房，儿媳跟人跑了，丢下这个叫妮妮的小姑娘。老头的老伴走得早，他就独自一人，拉扯妮妮长大。

老头花了一辈子的积蓄，买条旧船，四处收废品，妮妮一路跟着他，还学会了在船上生炉子做饭。本来今年到了上学年龄，学费一时凑不出来，老头想，还是出来赚点钱，明年再上吧。

一想到老头克扣我们的钱是为了给妮妮筹学费，就觉得他不那么可恶了。

老头手巧，会自己动手做玩具。一截细铁丝，几个啤酒盖，在他手里捣腾几下，就成了一辆惟妙惟肖的小三轮车，轮子还会转弯。几张彩纸，一个旧轴承，能拼出一个小风车，迎风"呼啦啦"地转，惹得妮妮大呼小叫。妮妮的一身衣服都是旧的，倒是从来不缺玩具。有时，我们在路边抓到一只螳螂，或是一只好看的金龟子，也会装在玻璃罐里，带给妮妮玩。

再见了，托拉斯

那天放学，我们刚走出校门，街对面站着一个小小的身影，看着有点眼熟。咦，这不是船上的妮妮吗？她看见了我们，赶紧跑过来，小手轻轻拉住我的衣角。

我问："妮妮，怎么了？"

车匪蹲下来："妮妮，哪个欺负你了？"

妮妮的眼睛红红的，刚哭过的样子。她抽抽搭搭地说："爷爷被打了……躺在地上……"

等我和车匪、小德他们赶过去，老头已经自己站起来了。地上一片狼藉，老头的衣服被撕破了，眼睛青了一块，脸也肿了。

下午来了几个男人，自称是建

就是爱历史（古印度）15. 古印度除春夏秋冬四季外，还有哪几种划分季节的方法？

筑工人，说老头怂恿学生偷工地的铁，要他赔钱。老头不肯，对方就动了手。混乱中，小姑娘跑了出来。想来想去，镇上也不认识谁，稀里糊涂跑到学校门口，找几个小学生当救兵。

老头气呼呼地说："他们哪是工地的人，就是过来讹几个铜钿。"

我们低头不说话。不管是不是真的工人，这事因我们而起，多少是心虚的。

老头叹气："这镇子看样子是待不成了，明天得换地方。"

"啊，一定得走吗？"

"我们吃水上饭的，船到哪里，人就到哪里，没有停下的道理。你们啊，"老头感慨万千，"还是你们够意思，特地跑过来帮我。"

我们不好意思起来，本来嘛，也没帮上什么。

老头指着地上一堆沤湿的纸页，痛惜地说："这些都是我从废纸里挑出来，打算教妮妮认字，给她讲讲故事。你看看，都给他们扔进水里。"

我们各自跑回家，翻出所有的小人书、童话书、画报，还有些幸存的旧课本。

小德捧出一整套《七龙珠》，我眼睛都直了，平时我跟他借，这家伙小气得很，每次只肯给一本。我们"吭哧吭哧"，把书搬到老头那里，累得像狗一样喘气。

"老板，这些是送给妮妮的。"

"老板，你可别当废纸卖了。"

"老板，明年说什么也要给妮妮上学啊。"

老头哭笑不得，一一答应下来。

回家路上，大家闷头走路。有些事超出了小学生的理解范围，一时不知道说什么好。

第二天放学，我们再去河边，那条船果然不见了。

心香一瓣摘自《上海文学》

图：恒兰

中国在外国教材里究竟长啥样？

@佚名

德国

中国在德国的媒体和书本里被称为“Das Reich der Mitte”，意思是位于中央的帝国。

孩子们从小学五年级就开始从教材中了解中国四大发明，不仅如此，他们还从中认识到这些发明给自己的国家带来什么影响。

书中描述，原本在中世纪，只有皇室才有书写的权利；可自从造纸术从中国传入以后，平民百姓也能学习书写和阅读了。书中称，这项中国发明具有造福人类的意义。

美国

在美国学校教科书中，中国所占的分量似乎并不多。据美国《侨报》网站文章，美国孩子的小学教育几乎没有提到“中国”这一概念，一直到小学六年级才有只言片语提到中国，且大多关于中国古代历史(比如先秦和两汉)。之后，分别在七年级、十年级、十一年级和十二年级时才提到中国。

到了初中阶段，美国学生开始认识中国与亚洲的关系，形成“亚洲中国”的概念。

在十至十二年级，即高中阶段，许多美国学校都采用一本名为《世界历史与当今世界的关联》的教材，

15. 答案：热时、雨时、寒时三分法和渐热、盛热、雨时、茂时、渐寒、盛寒六分法。

一千多页内容里仅有60页左右与中国相关，中国历史穿插在不同时期的世界历史发展中叙述。

一名美国高中老师分享了自己讲授中国历史的难处：由于课时限制，课程又必须涉及远古至近代每个大洲的情况，老师们不得不在内容上删减才能讲完课。然而，中国拥有几千年的历史，如果删减，根本没办法说得很清楚。

这名老师认为，只有大学教授才能详细地教授中国历史，而那才是正确的方法。

俄罗斯

在学校中，比较具有代表性的教材是阿斯特列里出版社出版的《世界文明史》，书中对中国能够延续至今的文明赞誉有加。

这本教材提到中国古人看待事物的态度：表面上混乱驳杂的事物，其实都有一种内在的平衡与和谐。

书中引用著名学者康拉德的一段话来描述中国："中国很少发生极端现象，中国社会在多元对立的历史文化形态中保持着平衡。"

教材中写道："难怪古代中国人称自己的国家为'中国'，因为在他们看来，这里就是世界的中心。"

说起来，"中国"在俄语中有一个称呼，直译过来就是"天下"。

日本

与中国有着上千年交往历史的日本，对中国的描绘则比其他国家更加详细。

日本没有统一的指定教材，使用较多的高中历史教材《世界历史》不仅介绍了中国唐代文化及其对日本的影响，对唐代以后明清时期的中国也有专节描述。

不仅在历史课本中，日本其他课程中也可见中国古典文化的身影。其教材《国语综合》有专门的汉文篇，里面全是中国古代文学，如中国古代寓言故事、史书、诗词等，这些占到全书的三分之一。

而日本的德育教材，也介绍了中国的儒家思想、老庄思想以及从中国流传入日本的佛教。

然而，日本在教科书中，一直尽量弱化近代历史。英国广播公司日裔记者大井真理子描述，在一本357页的历史书中，只有19页讲述了1931年至1945年间的事件。而其中，关于南京大屠杀的部分，只用了一行注脚来描述。

卧龙摘自《参考消息》

图：恒兰

白色生死恋

@自 然

有一个老太太和家人说着话儿的时候，在被子下面用水果刀割脉自杀了。

自杀的我见得多了，可在家人面前自杀的，我还是第一次见。这是请我去的那家人，在路上告诉我的。我吃惊这样的自杀太特别，竟然在所有人的眼皮底下。我好奇她最后和家人都说了什么呢。请我去的那人说："也没有说什么特别的，就是和平时一样说话，都是家常话，该说的时候说，该笑的时候笑。一点也看不出来……然后就说困了睡一会儿，等发现已经来不及了……"这"没有什么特别"才更让我觉得这事儿太特别。

到了老太太家，我一看心里就明白了。老人实在是活够了，一个人在床上瘫了19年，所有的一切都需要家人照顾，这可不是19天，19个月，而是19年……我立刻能理解老人为什么会选择自杀啦。

我去的时候老太太刚去世不久，哭得最厉害的不是她的儿子，而是她的老伴儿，一位七十多岁的老大爷，他一手拿着一把满是血的水果刀，一手拿着一个塑料的白色闹钟，闹钟上也都是血，他的眼泪都挂在脸上，那可真是老泪纵横，我在那一天才突然之间明白了"老泪纵横"是怎么回事。

老人一脸的皱纹让眼泪都含在了皱纹里，满脸泪水，没有几滴落下来的。他嘴里说着话，说得也

 就是爱历史（古印度）16. 恒河文化昌盛于古印度哪个著名的时代？

不清楚，我只听出："你啊……你不是说没有和我过够吗？说下辈子还在一块儿过，你说这些话有嘛用？有嘛用呢？你就狠心地丢下我？你啊……我也……没有和你过够……"他低头看闹钟，"我也用不着每天看着表提醒你吃药了……我以后每天干吗呢？"他嘴里流出的口水比眼泪还多，口水一直垂到腿上，和眼泪一样的鼻涕耷拉老长，他也不擦，一头的白头发，很瘦很窄的肩膀一抽一抽地哭，哭得像一个受了天大委屈的孩子，孤零零地坐在一把椅子上和自己自言自语。

当他看到我以后，就站起来，哭着握着我的手说："师傅，你可来了！我跟你说，孩子他妈，昨天刚洗的澡……不脏，头也是昨天新洗的。还有，你给擦的时候，不要太使劲，她疼……她疼也忍着不说。你轻着点，轻着点，你知道了吗？"

我点头说："大爷，我记住了。我知道了。轻轻的，我会特别轻的。"

他还不放心，拿手在我手背上轻轻地摸着："就这么轻，知道吗？我们老家有规矩，不让家里人给穿衣服，要不我不用你。就这么轻，记住啦？"

"我记住了……是这样轻吗？"我用手在他手背上试着力度，"您看是这样吗？这样行吗？"

他对我点了点头，哭着说："师傅，我不是不放心你，我跟孩子他妈待久了，她这些年都是我照顾，交给谁我都不放心。不放心啊……对不住啦……"

我一看这老太太一点不像在床上瘫了19年的人，头发虽然都白了，但保养得很好，最难得的是身上没有褥疮，两条腿萎缩得也不太严重，一看就知道是有人经常给按摩。照顾得真好！19年，不容易……

穿好寿衣，大爷被儿子搀扶着走过来，哆哆嗦嗦地拿起老太太割腕的那只手，看了又看，鼻涕眼泪又流下来，儿子过来帮着他擦，他推开儿子擦脸的手说："你妈连中

午饭也没吃，就走了。饿着肚子走的……”然后他用手轻轻地摸了摸老太太的头发，顺着头发又摸了摸脸，对着老太太哭着说，“走吧……不受罪了吧？走吧，你终于可以走啦……不用坐轮椅了，高兴了吧？”

一屋子的人都偷偷地抹眼泪。

下午，大家都劝大爷好好睡一会儿。大爷可能也是累了，在另一间屋子里睡觉。

我问大爷的儿子：“老太太怎么会有水果刀？”

儿子长长地叹了口气说：“是我爸，他年纪大了，昨天给我妈削苹果以后，谁也没有想到……我妈就偷偷地藏起来，等到今天是星期六，知道我们都会来，和我们一边说着话就……”说着他就哭起来。

到了晚上 8 点多钟，我以为我这一天的工作就要结束的时候，没想到又出事，大爷也割腕跟着老伴去了。听到这个消息，我的心也好像被刀割了一下，原来这个世界真有不能同年同月同日生但愿同年同月同日死的爱情。都说，谁离开谁都能活，但这个世界真有谁离开谁就活不了的！

> 我看了看他们，手拉着手躺在一起。我觉得我也开始相信爱情了。

老爷爷走得特别安详，手里握着的还是那把水果刀，枕头边放着塑料的白色闹钟。闹钟上的血已经干了，红得有点发黑。

我想怎么也要把两位老人放在一起。我让人把两位老人平时睡觉的双人床的床头拆了，让两位老人手拉着手，躺在一起，把闹钟放在他们两人拉着的手上，给他们盖上雪白的单子。我想象着，他们平时睡觉也是这样的吧……

我对他们的儿子说：“你也别哭了，去放大一张你爸妈的合影。他们不打算分开，就让他们安心地一起走。”

合影放得特别大，比结婚的合影还大，还镶上了黑色的相框。我看着两位老人的合影，黑白的照片都是花白的头发，像花一样的白老爷爷坐在老奶奶的旁边，正给老奶奶梳头，两个人笑得那么自然那么温馨。我把照片挂在床头墙的上面，是挂结婚照的地方。

我看了看他们，手拉着手躺在一起。我觉得我也开始相信爱情了

李金锋摘自《白事会》上海文艺出版社

图：陈明

16. 答案：吠陀时代。

这家枪店不卖枪

@张珠容

纽约有个名叫多米尼克的年轻人，在两年前开了一家枪店，却从没卖出过一把枪。当然，他不是不想卖枪，而是他想方设法不让顾客去买他店里的枪。

这家枪店刚开起来没几天，就有一个挺着大肚子的女士来看枪。她的目的很简单，就是想买一把手枪防身。

多米尼克向她推荐了一把HK45手枪。

“它使用便捷，很受欢迎。”说到这里，多米尼克停顿了一下，“但，这同时也是一把被五岁小孩在父母房间找到之后射杀九个月大弟弟的枪。”

这名女士听完惊愕不已。

另一次，一个名叫丹尼尔·巴登的男子来到店里。他看中了一把9mm冲锋枪。见枪上挂着一张标签，丹尼尔·巴登问：“这是这把枪的资料卡吗？”

多米尼克说：“对。卡片上记录了这把枪的前任，以及它背后的故事。”

丹尼尔·巴登表示出极大的兴趣，翻出卡片细细阅读起来。只见上面写着：“枪手：亚当·兰扎，发现地：桑迪胡克小学，地点：桑迪胡克市中心，日期：2012年12月

14日，死亡：26人，重伤：2人。”

丹尼尔·巴登看完吓出一身冷汗。他问：“这……这就是2012年康涅狄格州纽顿市桑迪胡克小学校园枪击案的枪支？”

“是的。那天，亚当·兰扎手持这把枪先在家中杀死了在桑迪胡克小学担任教师的母亲，然后带上另外两把枪，开车去桑迪胡克小学射杀了26人。最后他也自杀了。”多米尼克说，“20多名小可爱就那样没了。据我所知，遇难者里有一个跟您同名同姓，也叫丹尼尔·巴登，年仅7岁。”

丹尼尔·巴登张大了嘴，一句话也说不出来。

当一名母亲来到店里说要买一把枪保护自己的孩子时，多米尼克一边向她推荐一把轻便的手枪，一边向她陈述：“这把手枪很好携带，放在袋子里即可。使用时它的手感也很好。你知道我为什么会知道这么多吗？因为它的前任是一个只有两岁多的小男孩。当时小男孩从他母亲的手提袋里掏出手枪，对着她就是一枪，她当场毙命……”

多米尼克还没说完，这位母亲的声音就哽咽了。她喊道：“那你为什么还要把它拿出来售卖？你能不卖这店里的任何一把枪吗？”

类似的故事还有很多。每位顾客走进店里都想买把枪，但经过多米尼克的一番介绍之后，他们都坚决地做出一个决定：不买枪了。

“我为每一把枪背后的故事而感到非常难过。”

“我不会再想要去买把枪了。”

“我的想法改变了。我现在觉得枪支一点都不安全。”

这是顾客们走出枪店时发出的心声。而这种心声，正是多米尼克想要得到的。

原来，多米尼克有着另一重身份——美国防止枪支暴力组织的一名志愿者。一直以来，六成美国人都认为有把枪能够更加确保自身人身安全，可事实上，佩枪会增加犯罪率、自杀率和意外死亡的危险。为了让首次购枪的人三思而后行，每当顾客看中或挑好一把枪，肩负“游说任务”的多米尼克便不厌其烦地详述这支枪过去的骇人故事，让顾客“难以接受”，不想购买。

这家枪店就像一座醒目的展览馆时时警醒人们：枪可以防身，但也能伤人，望鲜血和生命的惨痛教训能让想持枪者闻之却步，悬崖勒马。

丁丁摘自《知识窗

图：豆

奇葩员工可以用，只要老板够高明

@萧楚浚

一

陈平出身底层，却有精英的气质：气宇轩昂，风流倜傥，而且喜爱读书。但在乡下人看来，长得帅能当饭吃吗？会读书能当饭吃吗？所以当时，陈平在村里的口碑极差。好在陈平有个哥哥，努力种田攒钱，供他读书游学。

有一次村里祭祀土地神，请来陈平负责礼仪，分肉，长辈们夸他分肉公平。陈平瞬间就来劲了：“这算什么！要是我能治理天下，也跟这肉一样分得妥妥当当。”村民心想，真是给点颜色就敢开染坊。在大家眼中，陈平就是一个好吃懒做、爱吹牛皮的无赖。不过，除了他哥，还有一个人看好他。

乡里有个富豪叫张负，他的孙女接连死了五任丈夫，没人敢娶。有一次乡里大办丧事，陈平过去帮忙料理赚点钱，张负也在。其间，张负看陈平相貌非凡，非常留意他。陈平也察觉到了，于是办完事后故意等着张负。

两人搭上话后，陈平就带张负去他家，张负到他家一看，穷，真穷啊，连门都只能用草席代替。不过，张负心细地发现陈平家门前有车轮印。车是有地位有文化的人坐的，这说明陈平虽然不被村民理解，但是有外面的精英懂啊。于是，张负把孙女嫁给了陈平，并且叮嘱孙女不能因为陈平穷而看不起他。

从此，陈平有钱了，到处交游。要知道，他的志向是“宰天下”。

二

陈胜起义，诸侯蜂起。陈平属原魏国人，于是投奔魏王魏咎，魏咎让陈平给他当司机兼交通部长。

当老板司机，说话的机会多。陈平一有机会就跟魏咎扯天下大势，咱公司要如何如何发展。可是，魏老板听不进去，说他开车就好好开车，别扯什么政治。同时，不知是陈平没处理好同事关系还是遭同事羡慕嫉妒，时不时有人在魏老板那儿说他的坏话。

陈平想，公司从上到下，都是一群没有梦想的咸鱼，能有什么前途？不干了，走人。听说项羽那个公司发展势头很猛，快上市了，于是就去了项氏集团。

陈平顺利入职，一路跟随项羽入关破秦，成功上市。上市后，陈平被赐爵卿大夫，不管事，每年拿固定薪水。陈平虽然不爽，但想着集团上市了还得发展啊，摊子大了，总需要高管啊，机会还是有的。

果然，不到一年，刘邦反项羽，殷王也跟着反。项羽封陈平为信武君，让他带着原魏国来的同事去平乱。因平乱成功，项羽封陈平为都尉，奖励两百斤黄金。

都尉，算中高级武官，还可以。但是好景不长，殷国被刘邦攻占了。项老板大怒，大骂陈平废物，刚占的市场又丢了。这还没完，更要命的是，项老板差点儿想要陈平等一帮人的命。

陈平听了又气又怕。上市公司股价有涨有跌，市场有占有丢，处罚我认，但因这事杀人，神经病啊！于是，陈平把官印、金子放在办公室，带着剑，偷偷跑了。

三

一路担惊受怕，陈平最后跑到修武，来到刘邦的公司，找到朋友魏无知帮忙引荐。

很快，陈平及其他求职的一共十人被带去见刘邦。刘邦很阔气，一来就请这些人吃饭。不过，找工作的人太多了，架不住每个人都亲自面试，走个过场就可以了。于是刘老板说：“慢吃啊，吃完回宾馆

17. 答案：婆罗门。

有人招待。”

陈平一听就知道这是要打发人呢，赶紧上前拦住说：“我来是为了到贵公司做事，有话想说，而且这话不能过今天。”刘邦一看，这人挺特别啊，于是把陈平叫到办公室聊，结果聊得还挺高兴。末了，刘邦问陈平之前在项羽那什么职位，陈平说是都尉。刘邦说：“我也封你都尉，并且兼随行秘书，监察将军。”

这下，刘邦公司里的那些高管就炸了，纷纷吐槽说：“这家伙是从竞争对手项羽公司刚跳槽来的，也不知道能力如何，就跟老板同吃同行，还要监察我们！”

刘邦知道很多人有意见，但他想，你们不服是不是？你们怀疑我眼光？我偏要对他好。可那些高管是一刀一枪拼杀出来的，哪受得了莫名其妙来个空降兵骑到他们头上，于是推举公司元老周勃、灌婴去给刘老板提意见。

周勃、灌婴了解了陈平的底后，找到刘邦说：“老板啊，陈平是长得帅，但是可能中看不中用啊，我们听说他之前在魏老板那儿做不好，跑到项羽那儿又做不好，所以才跑到我们公司来混。您现在把他的位置提这么高，可您知道吗？陈平经常收贿赂，给钱多的将军就给好评，钱少的就差评。这些可以说明，陈平人品恶劣，对企业不忠心。希望老板详察。”

一般人嚷嚷可以不搭理，公司元老的话可不能轻视。刘邦立即把推荐人魏无知叫来一顿骂，说陈平那些破事是真的吗，魏无知说是。刘邦说：“那你之前说他多牛多牛，原来是个人渣。”

魏无知一点儿也不无知，脑子

清楚，逻辑强。他说："老板，我说他牛是指他的才能，而你现在是说他人品不好。现在到处打仗，需要的是有才智计谋的人，如果有利公司发展，他那些毛病有什么大不了的？"

刘邦还是不爽，找陈平当面质问："听说你之前接连跳槽几家公司，现在又到我公司来，一个诚信的人是这样三心二意的吗？"

陈平说："我在魏咎那儿做事，我有建议他不听，我就走了；后来到项羽那儿做事，项羽多疑，用人的标准不是按能力，重用的全是他亲戚兄弟。我听说您是善于用人的老板，所以我来应聘。但是，我来到这里身无分文，如果不收点钱根本没法做事，这点您懂的。不过，我出的计策您觉得行就用；不行的话，您奖励我的钱财都还在，我先交给财务，然后走人。"

陈平这么一解释，刘邦觉得有道理，安心了，对陈平大加赏赐，且升官护军中尉，所有将领受他监察、统筹。这样一来，高管们再也不敢多说话了。

四

遇到刘邦这个特别的老板，陈平混得风生水起。他给刘邦出的计谋，全是阴招，但确有奇效。

比如，他向刘邦申请四万斤黄金，派人在项羽那边造谣，使离间计，气得范增出走，死在半道，钟离昧等将军也渐渐不被项羽信任。

比如，刘邦被项羽围在荥阳，陈平在夜里让两千名女子假扮士兵冲出东门，然后自己跟刘邦从西门跑了。

再比如，刘邦被匈奴围在平城，陈平就去找阏氏，说："你老公要是把我们老板灭了，到时候我们公司那么多美女就全是你老公的了，你想想到时你的地位怎么办。"于是，阏氏劝说单于把刘邦放了。

可能有人觉得陈平做事出阴招，做人没节操。也有人觉得，人品有问题不重要，能做成事就行。那么，陈平是如何评价自己，刘邦又是如何评价他的呢？

陈平有自知之明，他说自己经常用阴谋诡计，有损阴德，后世可能很难兴旺。

刘邦说陈平"智有余，难独任"，太聪明了，没有原则，少敬畏心，我在的时候我可以镇住他，我不在了需要有人制衡他。所以，奇葩员工可以用，只要老板够高明。

丁香清幽摘自《时代青年·悦读》

图：小栗

就是爱历史（古印度）18. 公元前6世纪，在古代印度产生了哪个宗教？

时光就藏在屋檐之下

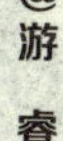

@游睿

那天傍晚，刚吃过晚饭，老伴正在收拾碗筷，他坐在客厅把目光投向窗外。隔着窗玻璃，他看见天空还有少许蔚蓝，几朵金黄色的云流光溢彩，太阳正慈祥地浮在云上。他禁不住拄着拐杖来到窗前，就在他的手靠近窗户的那一瞬间，老伴在身后大声喊了一声：“不要！”但他还是打开了窗户，并随即发现了窗外的异常。

窗户上方，靠近屋檐处竟有一个脸盆大小的球，表面有些凹凸不平。他拿起拐杖，向那个球体捅了一下，没想到球体立刻开了一个洞，并从洞里发出一道白光，那道光异常刺眼。他感到自己的身体飞了起来，与此同时，他还听到了老伴异常尖厉的叫声。

当他睁开眼时，发现自己身处一个完全陌生的地方，不远处有一个亭子，里面坐着一个头发雪白的老者。老者面前放着一张桌子，桌子上胡乱地摆放着一些封面发黄的光碟。此刻老者正垂着头，鼻子里发出响亮的鼾声，一条亮晶晶的涎水正挂在嘴边。

他缓缓靠近，老者猛然醒来，不耐烦地说：“你要买什么？”

他摸了摸自己的衣袋，又看了看老者面前那一大堆旧光碟，摇了摇头。

“既然来了，岂能不买？”老者说，“在我这里，还没有谁不买东西的。”

他疑惑地看着老者：“有什么可以买的，这些破光碟吗？”

老者随手抽出一张扔给他说：“你自己看看。”

他接过光碟。光碟竟在他手中自动播放起来：是一个胖乎乎的小孩，在一片碧绿的草地上翻滚，一个年轻的女人紧跟其后，张开双手顺着小孩的身体移动。妈妈，他心里不由得一震，她不正是母亲年轻时候的样子吗？

正当他好奇地盯着光碟的时候，突然被一只大手盖上了。他抬头，看见老者依旧用一副不屑的表情看着他，说：“没错，光碟里的小男孩就是你，那个女人就是你妈妈。你想看？就得付费。”

“怎么付？”他摸索了一下裤袋说，“我来得匆忙，没带钱。”

老者对着他的上衣口袋努了努嘴说：“你有的。”

他顺着老者的目光，果然在上衣口袋里摸出了一叠类似纸币的东西。但那并不是钱，只是若干浅绿色的纸，每张纸上印着一些不同的数字，从 1 到 60 不等。他扬了扬手中的纸，问：“就这个？”

老者终于眉开眼笑了，望着他手中的那叠纸，老者眼里发出奇异的光。“你刚刚看的光碟，得付我 5。”老者说。

他有些不解，老者却自己动手，抽掉他手中一张写着数字 5 的纸。

他明白了，这是一场简单直白的交易。他和老者各取所需。于是他蹲下身子，仔细打量那些光碟。原来光碟的封面全是与他有关的照片，有他出生时的，有他上学时的，有他第一次领工资时的，也有和妻子结婚时、抱第一个孩子时、抱第一个孙子时的，林林总总，似乎汇集了他的一生。

他问老者这个付多少。老者看了看封面，直接从他手中抽走了一张写着 20 的纸。接着他看到光碟亮了：在一条乡村公路上，他正骑着一辆自行车努力往前蹬。不一会儿，到了一个有些破败的院子前，他跳下车，对着院子里一群好奇的人大声说：“大家好，我是新来的李老师。”

光碟停了，他抬头，发现先前的老者已年轻了许多。这人抽出一张光碟说：“看看这个？”然后又从他手中抽走了一张写着 40 的纸。

他捧起手中的光碟，看到自己正奔跑在一条乡村道路上，他的身上背着儿子

 18. 答案：佛教。

妻子也跟在他身后一路小跑。他眉头紧锁，长满肌肉疙瘩的胳膊上已经汗水盈盈。他们跑到了一家乡村诊所门口，径直撞开了门。他将儿子放在诊所的桌子上，妻子哭泣着求医生救救儿子。医生一言不发，用手掰开儿子的眼睛，又用听诊器听了听儿子的胸口，然后扭头对他们说："还算来得及时，要是再晚来几分钟，就是神仙也无力回天了。"他转身，紧紧将妻子搂在怀里，汗水和泪水混成一片。

他抬起头，发现坐在自己面前的，已经是一个意气风发的青年。青年神秘地笑了笑说："不错吧，来来来，再看看这个。"接着青年又递给他一张光碟，又自作主张地从他手里抽走了一张写着 50 的纸。

他低头，看见了洁白的病房。母亲正躺在床上，鼻子里插着管子，斑白的头发盖住了她半张脸，没有盖住的部分呈蜡黄色。他跑到床前，喘着气，双膝跪下，把那双长满老茧的手贴在自己脸上。他轻轻唤着："妈，我回来了。"但母亲一动不动。他用手把母亲的头发梳理整齐，然后坐在了母亲旁边，把脸靠在母亲的脸上，嘴里轻轻地唱："白发娘，盼儿归。"就在这时，他发现母亲的手指动了动，那一瞬间，他屏住呼吸，眼泪喷薄而出。

再次抬起头时，面前已是一名少年了。少年顽皮地向他推荐光碟，并不断从他手里抽走那些纸。在那些光碟里，他看见了父亲、母亲、同事、好友、儿孙，看见了汽车、房子、存款，看见了阅读、旅游、电影……有微笑有哭泣，有疼痛也有快乐，有意外也有期待。他手中的纸一张张被抽走，他面前的人一次一次变得越发年幼。等他回过神时，面前屹然坐着一个胖乎乎的婴儿。婴儿"咿咿呀呀"地伸出手，想拿走他手里的纸，他低头才发现，手里竟然只剩下唯一一张纸了，上面写着数字 3。同时他看见了自己手上扭曲变形的血管，看见了皱巴巴的皮肤上醒目的老年斑。

"不。"他张了张嘴，发出了一个苍老的声音。也就在这一瞬间，他的眼前闪过一道白光。他猛然睁开眼，发现自己正躺在一张洁白的病床上。老伴、儿子、孙子等一大圈人正围着自己。不等他说话，老伴已经拉住了他的手，她一边落泪一边埋怨道："你总算醒了，我喊你都不听，屋檐下那个马蜂窝那么大，你哪来的胆子去捅呢？"

莫难摘自《小说月刊》

图：小柯

穿越到唐宋去？别被古装剧骗了

@张　嵚

唐朝：深夜找夜市

好些唐朝题材的古装剧里，灯火通明的夜市，五彩缤纷的各色货物，看得观众无比眼热。倘若真要穿越到长安的街头，那看到的可是清清冷冷的街道，黑漆漆的一片，莫说没有夜市，说不准还要招来唐朝的“巡警”——武侯。一旦落到他们手里，最轻也是打一顿，不被当盗贼抓进去，就算是走运了。

因为唐朝的商品经济，其实还无比冷清，就连市坊都有严格界限，平日随便买个东西，就得穿越大半个城市。到了夜晚更是严格宵禁，发现深夜有人擅自出来，就会当盗贼处理。

唐朝：乱叫官员“大人”

古装剧里，官员们互相称呼对方“大人”，小老百姓见了官员恭恭敬敬喊“大人”。但在唐朝，见了官员喊“大人”，绝对会把对方雷得外酥里嫩。唐代的“大人”，专用于儿女称呼父母，稍微外延一点，也多是用来称呼直系长辈们，不是一家人，万万不可乱用。

那该怎么称呼？一般都是称官职，比如见到张姓的尚书，就尊称“张尚书”，刘姓的主事，就称“刘主事”。要想表达尊称，可以称对方为“公”。见了张九龄称“张公”，看到姚崇喊“姚公”,这才礼数周到。

同样一个道理，如果穿越成一个皇子，见到自家的母后，若像宫斗剧里那样恭敬喊“母后”，一样也是大大的尴尬，唐朝一般喊“阿娘”,庄重一点就喊“母亲”。“母后”一词？这时真没有。

宋朝：花钱住高级酒店

宋朝题材的武侠剧里，花大钱住豪华客店，也算常见剧情。但倘

就是爱历史（古印度）19. 哈拉巴文化在今天的印度哪些地方还有遗留？

若穿越到宋朝，办这事却要万万小心——绝不是有钱就万事大吉。

比如，看到一家客店，外观无比豪华，叫人瞧见就挪不动步子，且门口写着“某某驿”的，千万要遏制住入住的冲动。如果真贸然进去了，店家第一句话，绝不是管你要钱，而是冲你要驿券，一旦拿不出驿券，事情可就大了——被抓到官府后，立刻四十大板招呼。

因为，这类宋朝最为豪华的酒店，可不是用来招待商旅的，人家主要是用来接待各级官员休息疗养，外加招待辽、西夏各国使节，必须得有宋朝专门发的驿券才可入住。多少钱也不好使，皮肉之苦更是免不了。

宋朝：乱称呼女子为“小姐”

虽说在古装剧里，“小姐”常被用来做大家闺秀的尊称，但是如果想在宋朝不挨打，“小姐”这个词千万千万别乱叫。倘若对着良家妇女用了，人家二话不说，上来就是大嘴巴子。

因为在宋朝，“小姐”一词，就是妓女的专用称呼。

同样的道理，野史里常被用来称丈夫的“相公”一词，在宋朝也并非称丈夫，而是称呼高官们。家里新媳妇见了自家公公，要亲热地叫“舅”，称呼婆婆则是叫“阿姑”。相比之下，姑爷称呼岳父岳母，倒是和今天差别不大，基本是“丈人”“丈母”。

宋朝：上街买苹果，下馆子喝白酒

宋朝商品经济发达，美食小吃众多，一饱口福绝对没问题，但是有些东西，也绝对不能乱买，比如苹果。

其实如果在宋朝的货摊上买水果，倒是能看到“苹果”，外形看很像，但比现代苹果要小，兴冲冲买来咬一口，简直酸掉牙。这种水果就是中国古代版的“苹果”。至于我们今天吃的苹果，原产地却在中亚地区，元朝起才传了进来，明朝中后期才逐渐推广开来，成为国人最爱。

同样的道理，就是喝酒。宋朝美酒众多，单是《水浒》小说里大碗喝酒的场面，就不知勾了多少馋虫。但在宋朝，想喝黄酒没问题，可想要喝蒸馏的白酒？内地一线城市，几乎是买不着，唯有广西地区才有。宋朝好汉们为何能大碗喝酒？因为喝的并非蒸馏酒，难度真心不高。

李云贵摘自《哲思》

继父

@ Yolfilm

我和继父的关系一直不好。

毕业后，我进了影视圈，入职一家公司。工作三四年后，一家电视台对外征集文案，我利用闲暇时间写了脚本，弄了文案，很快便通过了，得到一笔 900 万元新台币的项目预算。

有项目，有拨款，我注册了一家公司，然后很得意地以公司名义去电视台签约。

没想到，总经理跟我说："小游，我们都知道你，你在圈子里久了，也能叫人信任。只是你的公司成立不到两个月，这戏一签要付你 15% 的签约金，大家都怕你违约……"

我心一紧：这是要撤掉我的项目吗？

"不过，我们帮你想了个办法。"经理的话给了我希望：只要去银行买一张 15 万元新台币的"本票"作为抵押，我的信誉就有了担保。只是本票有法律效应，违约是要负刑事责任去坐牢的。

我满口答应。工作三四年，人脉资源积累了不少，随便凑凑借借总能搞到 15 万元新台币。

出乎意料的是，一个铁哥们儿竟然不愿意借钱给我。

我那时还没有从原来的公司辞职，没辞职就自己创业接活是大忌，所以圈内资源完全不敢动。眼看距离最后的签约时间只有三天，我只好向最不愿意打交道的人开口。

我做好了被继父拒绝的准备，在电话里一口气把缘由说清后，又加了一句："爸，你不借给我钱也没关系，但别跟我妈说。"

我妈个性很倔。我姐结婚时，我妈说了一句话："你要离婚，绝不要回家来，自己的人生自己负责。"我开始工作时，她也撂下狠话："你要工作不行，没钱吃饭了去路边要饭去，不准回家要钱。"

继父没有直接拒绝我。"我想想办法吧。"他说。

估计又没戏了。我做好了约几个哥们儿隔天见面的准备，都是穷光蛋，死缠滥打逼大家出点血吧。

结果，第二天清晨五点钟，我睡在办公室里，电话突然响了，是继父打来的，约我到台北火车站见面。

站台上，他穿着早上晨练的运

19. 答案：古吉拉特、拉贾斯坦及北方邦北部等。

动服，T恤加短裤，黑袜加白鞋，样子丑极了。他头上还戴着可笑的鸭舌帽，站在那里一把一把地抹着脸上、手臂上的汗。

我走近了，还没开口，继父便打开肚子上别着的小腰包，从里面掏出15万元新台币。

“够不？”

“够了，够了。”我赶紧回答。

“别跟你妈说。我是早上骗她说出来锻炼，偷偷带钱从新竹坐火车来的。”

我惊讶极了，半张着嘴，哑口无言。

“你要说了，我一定没好日子过。一定把你嘴闭上！”他又叮嘱一句。

我想着要不要写张字据，借钱总得说还钱时间吧？

正打算开口，继父转身就走了：“废话不多说，我得赶火车回去，还得去市场买菜呢。你妈鬼灵精怪的，小心叫她看出门道。”

多年后，继父过世了。他死前，我们才知道他得了严重的帕金森症，病史长达二十多年。帕金森症的第一特征，就是面无表情。

我想到他对我们姐弟的面部表情总是恶狠狠的，没想到原来他是患有病症！

继父过世后入棺，我盯着殡仪馆的工人钉棺盖，似乎突然看见他一脸温和的笑容。那样的表情我几十年没见过了，好像小时候曾有过的、熟悉又陌生的笑容。他笑得暖暖的，好像责任都完成了松一口气似的。

他过世已经多日，可此刻见他笑得开心，我才开始惊觉：天哪，我没爸爸了。二十多年前在站台的那天早上，我早该流下的眼泪，终于夺眶而出。

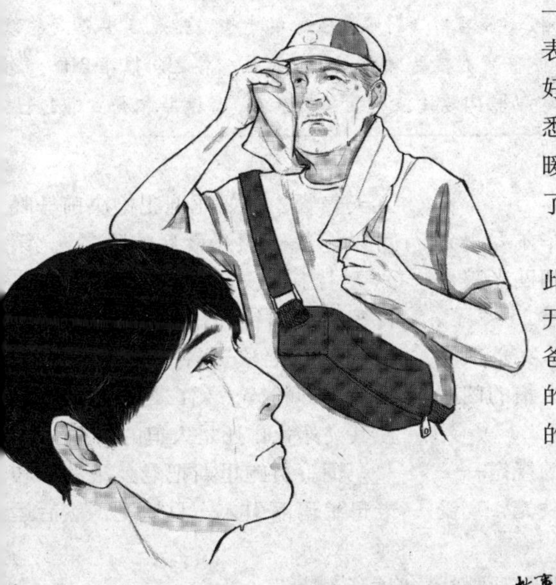

摘自《女士》

图：小柯

老公狼约翰

@蔡振兴

凡尼斯电影公司正拍摄一部名叫《野狼之王》的电影，结尾需要苍老的狼王垂死的镜头，这难免要使狼演员接受麻醉之苦，而且人兽之间很难合作。为难之际，得知科特迪瓦国家动物园要淘汰两匹超龄老狼，导演华尔登立即起程。

第一天

饲狼员鲍里斯领着华尔登来到狼园，指着单独关押的两匹老狼作介绍。这两匹老狼已经25岁了，按动物园规矩，狼到25岁必须淘汰。因为狼是一种人见人怕的凶残动物，所以必须处死。

处死老狼也有传统的规定——把老狼引进一个特别的铁笼，享受五天美餐，犹如死刑犯枪决前一晚可以饱餐一顿“最后的晚餐”。第六天上午，狭窄的铁门吊起一半，待狼头伸出铁门，500公斤重的狭长铁门如铁锤一样，突然重重砸下，狼头当即粉碎。死亡是不幸的，但使其突然死亡还是人道的。

饲狼员鲍里斯把老公狼约翰和老母狼玛丽引入一只铁笼，然后运到一块四周有灌木丛环绕的草地中央，按华尔登的要求，立即停食。

第二天

约翰和玛丽因饥渴难耐而疾走、奔突、撞铁栅，并发出凄厉的号叫，令动物园里一些弱小动物瑟瑟发抖。

鲍里斯领华尔登来观察老狼的状态，两匹老狼趴在粗大的铁栅上紧盯着鲍里斯，它们期待水和食物，但见鲍里斯双手空空，狼眼由渴望变成怨恨阴毒。

华尔登问老狼何时能倒下，鲍里斯说：“总要三天以后吧。狼比老虎还厉害，看这铁笼的底板是足有一寸厚的钢板啊，如果是木板，它们会咬穿挖地洞，一夜之间逃掉。在猛兽中，狼的求生欲是很高的。看，铁笼四周的青草都吃光了，那是狼为了解渴而伸出尖嘴舔嚼的。狼腿如果被猎人的铁夹子夹住，狼会咬断自己的腿后逃走，其中有些因流血过多而死，有些则瘸腿而生，想想看，咬断自己的腿，该要多大勇气？”

第三天

华尔登又来了。三天没有吃喝的两匹老狼已经趴下，耳朵耷拉、眼皮闭上、肌肉松弛、气息奄奄，对四周动静毫无反应。华尔登伸出小木棒，轻轻拨弄老公狼约翰的头，它睁开了右眼，即便是一只眼睛，眼光中射出的却是仇恨。鲍里斯从狼眼中看出了它仍残存着复仇的欲望，华尔登从狼笼中抽出小木棒，放弃了开拍的念头。

华尔登一走，虎斑猫奥米加悄悄走近狼笼。它是动物园里的自由者，吃一点动物们的残留食物，对谁都讨好，唯有对狼总是敬而远之。它似乎闻到了老狼垂死的气息，前来幸灾乐祸。它很谨慎，先是绕着铁笼子鬼鬼祟祟地走了一圈，见老狼没有动静，就冲着铁笼子“喵呜——”吼了一声，发泄着它平时积累下来的厌恶。两匹老狼只微微地动了一下耳朵，连眼睛也没睁开。

奥米加非常高兴，这两个凶残的家伙终于快死了，犹如受害者看着被毙刑场的仇家。它壮起胆子，顺着狼笼向上攀爬，“喵呜喵呜”轻浮地欢叫，好像在说：“坏蛋，你也有这一天哪！”但是，就在它得意欢叫时，老公狼约翰的眼睛睁开了一条缝，看到了猫，渐渐地抬起头，终于起身直扑狼笼，一口狠狠地咬住猫尾巴。奥米加惨叫着，四脚拼命抱住狼笼铁栅，不让老狼把自己拖到笼子里去。实际上，约翰这一扑几乎用光了它的力气，它无力把猫拖进狼笼，牙齿也在发抖。奥米加吓得屁滚尿流，一泡猫尿喷到约翰的嘴里，这真是意想不到的收获，其效果，绝不亚于沙漠游人喝到一杯可口可乐。约翰支撑不住极度虚弱的身子，咬断了猫尾巴，坠落下来。奥米加惨叫着逃走了。它用一条尾巴的代价，买到了它一生也不会忘记的教训。

第四天

傍晚，华尔登继续来观察狼态，把木棒探进狼笼，击打狼头、狼身、狼尾，两匹老狼毫无反应，只是肚子有一点微弱的起伏，显然已经气若游丝。

机不可失，时不再来，华尔登让鲍里斯撤去笼子，立即调来摄制组。两匹老狼趴伏在草地上，道具工根据华尔登的要求，往狼嘴里灌水，让狼增加点活气，形成垂死前的一点动感。这水真是救命仙丹，面对刺目的水银灯和“吱吱吱”响着的摄影机，约翰先睁开了眼睛，闪出绿幽幽的光，充满了仇恨和杀气。母狼也睁开了眼睛，但它避开了四周一切嘈杂，把目光投向约翰。约翰从玛丽的目光中读出了全部情感，也低下头去深情地对视着，发不出一点声息，只是缓缓地伸出前爪。玛丽抬起尖尖的狼嘴，枕在约翰的前腿上。约翰用尖嘴触碰玛丽的脸颊。一会儿，两匹老狼慢慢闭上眼睛。

华尔登命令关机后兴奋地叫起来：“太精彩了！”接着他当众朗诵剧本中狼王垂死的一节：

狼王带着狼后，繁殖后代。容纳流浪的小狼群，组成有100多匹狼的强大队伍，东征西伐20年。后来，被更强健的狼夺取了狼王的宝座。狼王被淘汰出局后，狼后始终追随着它，离群流浪，历经磨难，相依为命。最后，它们自知精力耗尽，连逮一只老鼠的力气也没有了，于是在幽静荒野的草地上寻到了一块命运归宿之地，依偎着趴下，不嚎不叫，不吃不动，渐渐地失去了活力，最后永远地闭上了眼睛。

大家都称妙，刚才拍到的情景完全符合剧本的要求。

第五天

早上，鲍里斯领着三个人去掩埋狼尸。当他把目光投向草地中央时，他不由得毛发直竖、呆若木鸡——老公狼约翰竟能蹲坐在草地上，它的眼睛里闪动着绿幽幽的凶

20．答案：阿旃陀石窟。

光，嘴角上沾满了血渍。玛丽不见了，而约翰脚边留下了一个狼头、一堆灰白色的狼毛，散落着啃光了肉的狼骨头。显然，玛丽是被约翰吃掉了，从而使它有精力坐起来，并做出等待与仇家决一死战的姿态。

鲍里斯忽略了狼国规则，在野狼王国里，它们不吃同类的活体，但狼是吃狼尸的，这不仅是为了绵延种族和生存竞争的需要，也是野狼祖先留下的一种遗传。

昨晚，摄制组撤离后，草地上一片寂静，受尽折磨的约翰渐渐苏醒，它用尽残存的生命力，啃了点青草以解渴，然后嗅闻它的老伴玛丽，玛丽鼻孔里已毫无气息，于是它把玛丽吃了。

鲍里斯面对约翰仅仅是一秒钟，他来不及挥手示警，约翰像飞天夜叉般凶恶地腾空猛扑过来，鲍里斯就地一滚躲开了，约翰在灌木丛外“扑”的一声滚落，把其他人吓得尖声怪叫。约翰也被人的尖叫声吓了一跳，于是跳出铁丝网，逃向外面足有四平方公里的森林。

当地治安部门得知恶狼逃遁的消息后，立即调集各种治安、特警、防暴乃至消防队伍，进行围网式搜查。包围圈越收越小，约翰东奔西突，逃生无路，最后在众目睽睽之下，跳进了一个口径两米的竖井式山洞。人们围着洞口，洞口毫无声息。一位喘息稍定的警官挥挥手说：“喂它两个馒头，结束！”一位警察往下丢了两个手雷，随着沉闷的爆炸声，洞口飘出刺鼻的青烟。

五年后

鲍里斯退休了，他始终记着老公狼约翰。一天，他带着聚光灯闯进那片森林，找到了老公狼约翰当年跳下的那个山洞。聚光灯的光直照洞底。此洞深约 10 米，洞底铺满白骨，令他震撼的是约翰那副骨架的造型——它踩在累累白骨上，两条后腿挺直，两条前腿扒着洞壁，雪白的狼头骨仰视着洞口。

鲍里斯由此推理，洞底是有凹口的，约翰的求生本能促使它钻进去，由此躲过那两个手雷。然而生命个体是有寿命期限的，约翰临死也不肯卧下奄奄待毙，而是挺直后腿，扒住洞壁，仰视着井口的一方蓝天，向往着自由和生命。

鲍里斯站直身子，双目紧闭，双掌合在胸前，喃喃地忏悔和祈祷：约翰、玛丽，愿你俩安息吧！

林冬冬摘自《西江月》

图：陈明贵

女超人罗C

@另 维

罗C是我在华盛顿大学商学院金融课的同桌，深圳人。第一次进教室，我们准确辨别出对方是仅有的中国留学生，便坐在一起。

第二节课，她的位置空了。

商学院录取率22%，是名企的通行证。我以为这里再没有不刻苦的人，如此松了弦一般，实在有辱自己过去的努力。

第三节课她依然没来。我叹息，真是要管宁割席了，道不同，不相为谋。

一周后她终于出现。来得很早，找我借笔记。我注意到她的例题统统用铅笔轻轻写了一遍，她对着笔记一行行涂抹修改。抄完，道谢，问要不要给我讲我画问号的知识点。

我有点震惊。

她听讲有自己的节奏。只听做了记号的题，边听边核对预习笔记，有时候核对得比教授讲的快，她就翻到下一章预习去了。

我一脸懵，这是何方神圣？

下课，教授每节课间和课后都会被团团围住，轮到她，她首先道歉："我上周在亚利桑那州打比赛，错过了两节课，对不起。"一口流利的英语。

教授眼睛一亮："你就是我们班的高尔夫球运动员！你上周的比赛转播我看了，表现太棒了！恭喜！为你骄傲。"

她居然是NCAA的学生运动员，我们俗称的体育生！

NCAA是全美大学生体育协会。熟悉NBA的人知道，NCAA每年为NBA输送新兵，相当于中国的国家青年队。美国人希望职业运动员至少拥有大学学历，要求他们读书比赛两不误。

我修过"体育社会学"，知道美国大学里的体育生，奖学金丰厚，但每天下午训练，只有上午可以用来上课。作业多，节奏快，大小考试接踵来，他们却要像NBA队员那样，在不同客场间飞去飞回，直到球队淘汰。校高尔夫球队是甲A

级，也就是说，罗 C 的赛期长达几乎整个学年。

这期间，她一周至少训练 20 小时，时刻活在比赛排名和反复出差的压力里，缺课自己找辅导员补，错过考试自行与教授商量补考时间。

作业，我想不出她拿什么时间写，训练，体力和时间双耗，比赛更是少则缺课四五天，多则八九天。她才 20 岁。

而我，仅仅是这里的学习压力，已经逼得我哭天喊地了，这所世界排名第九的大学，教授讲课快得完全不考虑我的接受能力。一节课一章节，旁征博引不断，英语原本不是母语，如果不事先预习讲课内容，我经常半天听不出今天学什么。可是课本一章少则 30 页，多则上百页，密密麻麻的字母，E-mail 里还经常冒出临时读物。

我花了时间，却不见成效。美国的大学，期末成绩通常只占 25%，平时作业、测验和课堂讨论都算分，一项成绩落下，半学期超常发挥才能弥补。我出师不利，越往后压力越大，急得掉眼泪。

她到底怎么活下来的？

我立变跟班，跟着跟着就懂了：中午下课，她端上三明治和咖啡去最近的图书馆自习，路上已经吃完午饭；写起作业旁若无人，时间一到，说句“再见”起身就走。她简直每一秒钟都是掐着过的，一天的效率抵我三天。

我高中时，每个月平均写小说 6 万字，成绩很差。班主任说：“都是因为你上课写小说而耽误的，必须把全部时间和心思放到学习上才有出路。”后来，为了跟上大学进度，我首先放弃开学期间写作，直到遇见罗 C。

罗 C 每次上课，都是预习充分，我早已是迷妹，问她到底从哪里挤时间读课本，她说在飞机上。

“在飞机上预习我也试过，太难受了，根本无法集中精神，还总有人送吃的打断你。学习还是图书馆里有效率，安静，还有旁人用行动鞭策你。”我说。

她说：“我也觉得。可如果不在飞机上看，我就真的没时间看了。”

原来，我成绩差不是因为写小说，而是我没有合理管控自己，利用时间。

那门金融课，罗 C 结业成绩 4.0，满分，拼尽全力拿到 3.4 的我在震惊中度过整个假期。

张秋伟摘自《课堂内外·高中版》

再次牵起你的手

@今世未央

不是谁都有资格叶落归根

那天，我休假回妈妈家，经过楼下花坛时，发现一个身影正从小区里往外走。我心里一跳，连忙躲到树后。

哪怕过了十多年，哪怕是他的腰背有些驼了，我还是一眼就认出了他。

那几天，妈妈总想跟我说点什么，但看她那支支吾吾的样子，我就知道，他们肯定见过面了。妈妈刚开了个头："不管怎么说，他也是你爸爸……"我就打断了她，冲她说："我爸爸十几年前就死了。"

这些年，他离家出走，我早就当他已经不在这世上了。毫不夸张地说，因为他的不负责任，我和妈妈的一生都被改变了轨迹。

我那心软的妈妈，她是忘了我们娘儿俩是怎么过来的了吗？那时，家里像少了顶梁柱，她一个家庭妇女带着一个十几岁的孩子，还不如那些丧了偶的女人，至少还能改嫁。她同时打了好几份工，每天回到家都很晚了。

每天晚上，我一个人在家里，肚子那么饿，委屈得直想哭。慢慢地，我学会了做简单的饭，做着作业，等妈妈回来。

民防小知识 2. 吃炭火锅的时间不宜过长，木炭燃烧不透会产生大量的一氧化碳。

大学毕业后，我放弃了出国的机会，去了一家民营医院工作，收入还不错，也方便照顾家里。前几年，家里的老房子拆迁，妈妈也住上了宽敞的新楼房。

事实证明，没有他，我们照样能活得很好。看他样子，这些年过得也不怎么好，现在想起来要落叶归根了吗？未免想得太美了点。

一口赌了十几年的气

小时候，我也曾以自己的爸爸为荣。

那个时候，同学们都知道我有个会武功的爸爸，他因见义勇为，还上过市里电视台的新闻呢。我最喜欢爸爸来接我放学，被他的大手牵着，在小伙伴们羡慕的目光中，走起路来虎虎生风。

爸爸出手大方，为人仗义，身边总是聚了一拨人，隔三差五地就约去喝酒。后来，他为了替朋友出头，去跟人打群架，混乱中把对方打成了重伤。我是亲眼看着他被两个警察叔叔押上警车的，从那一刻起，爸爸在我心目中那个高大的形象倒塌了。

三年后，他重新出现在我学校门口时，我几乎已经忘了他的模样。他高兴地叫着我的小名，拉起我的手。我看了看周围的同学，他们躲闪着我的目光，低头私语，我知道他们肯定是在说：“看，这就是她那坐牢的爸爸。”我心里充满了羞耻，甩开他的手，一个人跑回了家。

那时，他早已被工厂除名，过去围在他身边的朋友们也都散了。他每天喝得醉醺醺的，跑到护城河边看人打牌，一待就是一天。妈妈本以为他回来了，自己能轻松一点，看到他这么自甘堕落，也不去赚钱，就整天跟他吵，我也躲着他。终于，在一次激烈的争吵中，他摔门而去，再也没有回来，这一走，就是十几年。

这段日子，他不知用了什么办法把我妈哄好了。我听说他在妈妈小区附近租了房子，每天陪妈妈去公园跳舞，唱他们当年喜欢的革命歌曲。我虽然心里生气，她这么容易就好了伤疤忘了痛，但每次回去看到妈妈神采飞扬又小心翼翼的样子，也就睁一只眼闭一只眼。

那天，我想起来妈妈说卫生间的灯坏了，上次去时忘了给她换新的。我特意买了个节能灯管，准备去给她换上，到家才发现，灯早就修好了，妈妈不好意思地说：“是你爸非要给修的，我没让他来。”

我一下子就气坏了，对她说：

“你为什么要让他进家门？这个房子是我花钱买的！”

前几年，妈妈住的旧房子拆迁，我补了十几万元钱差价，才换了现在这个大房子。但那时我刚工作，没多少钱，为了还贷款，我拼了命地加班，就连生病发烧了，都没请过一天假。我就是要让人看看，就算没有父亲，这个家也不会垮掉。

他居然就这样轻易地侵占到我的地盘来了，我突然很害怕，自己赌了十几年的那口气，会慢慢变得没有了意义。

在我需要你的时候，你在哪儿

那个人去单位找过我很多次，我知道他要干什么，根本没给他开口的机会，看到他那隐忍又沮丧的样子，我心里有一种复仇般的快感。

那段时间，我家里也出了点问题，我跟老公大成吵架，还差点动了手，一气之下跑回娘家住了。

几天后，大成来找我认错，脸上有青肿的痕迹，原来，是有人替我出气了。

大成被揍了一顿，还很服气：“还别说，爸不愧是年轻时练过武术的，现在这拳脚功夫也很厉害。”我虽然很不满意他叫的这声爸，但还是有点担心：“你没还手吧？”

“怎么可能，我俩是不打不相识，爸还劝我了，说你刀子嘴豆腐心，随咱妈，让我让着你点。”

我知道他是想不声不响地搞定我身边的人，以此来接近我，不行，我得和他做个了断。

我心平气和地告诉他，请他不要再进入我的生活了。他却请求我，给他一个机会弥补我和妈妈。

我笑了：“弥补？你一走十几年，现在才来说这个，不觉得太晚了点？”

说着说着，我突然就控制不住自己了，冲他吼道：“你把这个家当什么了？想来就来，想走就走？”

我想起了这些年一桩一桩的事，最后，竟然放声大哭起来。这些年，拜他所赐，我学会了独立，学会了坚强，学会了遇到问题自己想办法解决，几乎忘记了委屈的时候还可以哭。

他也哭了，一句话也没有说，转身就走了。

还是当年那双手

我和他关系的转机，是因为我的失业。

医院里发生了一起严重的医患纠纷，为了安抚患者，我成了“牺牲品”。我每天装作出门上班，坐

民防小知识 3. 不宜贪食火锅汤。嘌呤会经肝脏代谢生成尿酸，容易引发痛风病。

在公园的长椅上，发呆一整天，晚上再按照下班时间回家。

直到有一天，他陪妈妈去买菜，撞见了我，大家才知道，我被失业了。他们怕我想不开，整天陪着我强行聊天，给我做很多好吃的，提各种各样的工作建议，我都不感兴趣。那天，他拿出一张卡，小心地对我说："姑娘，你想不想要一间自己的诊所？我来投资，这里面的钱足够了。"

我这才知道，他这些年都在外面干了些什么。

当年，他从监狱里出来后，原来的工作已经丢了，身边的人都用异样的眼光看他，家里也不再有往日的温馨。他一气之下，通过劳务公司去了国外打工，一心想着要挣了大钱衣锦还乡。他这一待就是十多年，直到头发白了，腰背也驼了。

一直以来，我只感受到作为女儿的委屈，却从没想到过，当年他所遭受的痛苦。他是有前科的人，找工作时肯定遇到了各种困难，他曾拼命维护过的朋友都疏远了他，最亲爱的妻女也跟他热吵冷战。他整天把自己灌醉，坐在护城河边，看着别人打牌时，肯定觉得自己被这个世界抛弃了吧。

那会儿，我内心是很纠结的，在小孩子黑白分明的人生观里，总觉得进了监狱的人，就是大坏蛋。后来，我宁愿补上十多万元差价，也要给妈妈换一个大点的房子，在潜意识里，也是在等着他回来。

> “
>
> 他手上的皮有些皱，也不再有当年的硬朗，但我心里涌起的感觉，一如当年在学校门口，被他牵着时的喜悦。

就这样，我和爸爸成了合伙人，合开了一家社区诊所，后来忙不过来，又聘请了一个医师和两个护士。爸爸已经搬去和妈妈一起住，他陪她一起去跳跳舞，买买菜，偶尔也会到诊所来看看。

那天晚上，诊所里的病人很多，等到处理完毕，已经很晚了。我发现树底下有个身影，是爸爸来接我下班了。我一边埋怨他这么晚了还不在家好好休息，一边牵起他的手。他手上的皮有些皱，也不再有当年的硬朗，但我心里涌起的感觉，一如当年在学校门口，被他牵着时的喜悦。

一米阳光摘自《分忧》

图：豆薇

牛大姐家乐事多

主要人物：牛大姐（妈妈） 牛大哥（爸爸） 牛小美（女儿） 牛小宝（儿子）
钱多多（牛小美的男朋友） 刘姥姥（牛小美的外婆）

※ 一天，牛小宝在书桌前唉声叹气地订正数学考卷。全家人神经紧绷，不敢招惹他。趁着牛小宝上厕所之际，牛大哥一个起身，靠近书桌偷瞄。原来，这次数学考试牛小宝只考了 77 分。悲痛欲绝的他对刘姥姥说："77，如两把镰刀割痛了我的心。"

※ 牛小美和钱多多正在逛街，一小学生过来问路，他对着钱多多说："叔叔，请问超市怎么走？"

钱多多说："叫哥哥，我就告诉你。"

牛小美在一旁笑起来。

小学生说："你看你妈妈都笑你了。"

※ 牛大哥要带牛小宝去看牙医。出门前，牛小宝生怕没法讲话，于是鬼鬼祟祟地借了牛大哥的手机录了个音"好疼啊"。

当牛小宝躺在牙医的椅子上时，整个诊室都回荡着："好疼啊，好疼啊……"

牛大哥忍无可忍，在护士们的笑声中，默默地走到牛小宝旁边，把手机没收了。

※ 牛大哥和牛小宝围着收音机欣赏音乐。

牛小宝："莫扎特倍儿棒！"

牛大哥："儿啊，这你就不懂了，这是贝多芬的交响乐！"

一曲播完，播音员说："感谢大家收听东北大秧歌。"

※ 牛大哥和牛大姐一起逛商场。牛大姐看中一套高档餐具，坚持要买，牛大哥嫌贵，不肯掏钱。导购一看，悄悄对牛大哥说了句话，他一听马上掏钱。

民防小知识 4. 砂锅炖菜，原料中异味物质难析出，会生成对人体有害的物质。

因为，导购员对牛大哥说："这么贵的餐具，你太太是不会舍得让你清洗的。"

※ 刘姥姥又在唠叨牛小美不会做菜这事了。

钱多多在旁小声地对刘姥姥说："她做过离厨房最近的事就是往我伤口上撒盐了。"

※ 周末，牛大姐参加老同学聚会，回家后一副无精打采的样子，说："人比人气死人啊！当年抄我作业的同学现在都比我混得牛，学习好有啥用啊？"

牛大哥说："你也不差啊，每个月工资不是领得也挺及时？"

牛大姐没好气儿地回道："呸，看你那点儿出息，人家都是开着豪车去的，房子省城一套，首都一套，我呢？"

牛大哥说："你也不错呀，保温杯家里一个，单位一个！"

※ 牛小美下载了一个测颜值的软件，用自己的照片试了一下，显示 9.5 分！她开心极了，马上将分数分享到了朋友圈，可没过几分钟，她又删除了这条信息。

钱多多问她怎么了，牛小美委屈地说："我刚才试了一下范冰冰的照片，显示 97.5 分。"

※ 牛小美对钱多多说："你帮我削一个苹果。"

钱多多："我不去。"

牛小美："你敢不听我的话。"

钱多多："当然，我又不是声控的。"

牛小美举起手，做出打耳光的架势，厉声道："去不去？"

钱多多："我去，我去。"

牛小美："声控快进化成触屏了啊。"

※ 一天，钱多多给牛大哥送来了一盒上好的红茶。牛大哥满心欢喜在厨房，又是柠檬又是冰糖地拾掇起来。不一会儿，就调了好喝的柠檬茶端出来给大家分享。

钱多多惊呼："这可是上等红茶，不是这么喝的。"

牛大哥淡定地笑了笑，拍了拍钱多多的肩膀说道："年轻人，不要被世俗的条条框框所限制。物质本身是带给人幸福感和满足感……人要活得洒脱。"

钱多多走后，牛大哥的笑容僵在脸上，捶胸顿足，小心翼翼地把那盒红茶包了又包，放了起来。

一夜暴富

@唐海峰

摘自《北京晚

当鼠标爱上鼠标垫

@微尘如念

一

鼠标小姐很烦恼。作为一只高端优雅的名牌鼠标，她认为自己值得更好的鼠标垫，而不是现在这块又笨又丑的大黑布，身上还印着一个变了形的巨大LOGO，简直不忍直视，就差直接贴上“赠品”两个大字了！与这种劣质赠品为伍，实在是奇耻大辱，就算赢再多局游戏，也弥补不了她的心灵创伤！

当然，如果输了，那就更不能了。尤其是刚才，明明只差0.01毫秒就能通关了！鼠标小姐气得肝疼。

“都怪你！”她用坚硬的四肢狠狠碾着大黑鼠标垫，恨不得把他磨下一层皮来，“要不是你妨碍了我的反应速度，我才不会输呢！”

大黑就像以往无数次那样，默默承受着，连一声痛哼都没有发出来。直到鼠标小姐折腾累了，趴倒不动，他才轻轻说道：“你总这么贪玩，又爱激动，这样对身体不好的。”

“要你管！本姑娘可是有质量保证的高端产品，哪像你这种劣质垃圾那么容易坏掉，就活该被丢掉才好……”鼠标小姐一边嚷嚷着，一边却已经趴在他宽厚绵软的身躯上挪不动窝了。

大黑半是无奈、半是宠溺地叹了口气："好好睡吧。"同时微不可觉地卷起身子，把她抱在怀里。

鼠标小姐正做着邂逅高端奢华鼠标垫的美梦，忽然头朝下猛磕在桌子上，疼得她连连哀叫。

"搞什么鬼！"她气冲冲去骂罪魁祸首，傻大黑太过分了，居然趁她熟睡的时候突然把她抛出来！

可当看到大黑的模样时，她完完全全愣住了。

一杯热气腾腾的牛奶倾倒在桌上，把大黑染得白花花的……

她听到他虚弱匆忙地解释着："对不起，我刚才必须推开你，不然你会短路的……"

话未说完，一只大手猛地将大黑提了起来，瞬间他便从她的视野里消失了。

"不不，大黑……"鼠标小姐趴在冰冷的桌子上，慌乱地呼喊着，却再无回应。

二

大黑被丢掉了。

劣质赠品，脏了自然要被丢掉。

于是鼠标小姐的梦想成了真，她换上了尊贵香槟金色的高端名牌鼠标垫。

香槟金先生身上铺着一层磨砂玻璃，防水又好看。只是习惯了柔软布垫的鼠标小姐，每次稍微一动，就会被磨得生疼。

她终于忍无可忍："嘿，你没事老使劲蹭我干什么，成心要把我磨坏啊！"

香槟金先生冷冷道："我的皮肤是高级有机玻璃，只能怪你自己质量太差。"

"你胡说！"鼠标小姐反驳，"我是名牌产品，怎么会质量差！"

"呵，就你？"香槟金先生鄙夷道，"你这种山寨货我见多了，某宝 9 块 9 包邮的吧？"

"你血口喷人！明明是 19 块 9——"鼠标小姐蓦然怔住，在香槟金先生的讥笑声中呆若木鸡。

19 块 9 包邮还送鼠标垫。

她从来都知道自己不是什么名牌鼠标。大黑身上那个 LOGO 也同样印在她身上不显眼的角落里……

可是只要她假装不记得，大黑就从来不揭穿她。他只是用宽厚温柔的怀抱保护着她包容着她，默默承受她的任性蛮横。

可是大黑再也回不来了啊。

她想，为什么他在的时候，她从没想过有一天他会离开自己呢？

受玻璃磨损的痛苦她可以渐渐习惯，但习惯了也麻木了，连从前最爱玩的游戏也都失去了意义。

“这鼠标到底是怎么回事？总是关键时刻掉链子，哎呀，又卡了！”她也不知这是第几次，在愤怒的责骂声中，身体被狠狠摔到坚硬的玻璃上，痛得浑身都在颤抖。

她知道自己应该重新振作起来，甚至主动去追求电流的刺激，然而毫无效果。

现在香槟金先生肆无忌惮嘲笑她是劣质垃圾，她也懒得回嘴了。

终于有一天——

“没用的东西，丢掉算了！”

这就是最终的死刑宣判吧。

这一刻的她反而格外平静，如果被丢掉了，是不是还能再见到他？

三

鼠标小姐是在想念已久的柔软舒适中醒来的：“大黑？”

“我在。”

失而复得的欣喜只是片刻，然而鼠标小姐很快就回过神，恼怒起来：“骗子，你才不是他！让你骗我，让你骗我……”她恨不得用满腔的愤恨把他碾碎。

“骗子”一声不吭地默默承受着，直到看她发泄累了，才无奈道：“我真的是大黑呀。”

鼠标小姐一愣，她刚看清自己身下的不再是什么鼠标垫，而是一本黑色皮面笔记本。

难道……？

“你……”她迟疑地摸索着身下的皮革，但终于还是又失望了，“胡说，明明材料都不一样，你怎么会是大黑？”

“呃……”大黑不好意思道，“这个叫作回收再利用，我当时被送进一家工厂里，后来就变成现在这副模样了……”

梦幻般的惊喜电流顿时击中了鼠标小姐的心，她静静躺在大黑怀里，久久说不出话来。

大黑见她半天没有反应，终于急了。“可是，”他鼓足勇气，第一次说出了自己不知在心里演练过多少遍的那句话，“不管我变成什么样，我对你的心永远不会变啊！”

……

“咦，这鼠标今天超好用哎？那什么高级有机玻璃鼠标垫啊，丢掉就对了，还不如不用流畅。”

鼠标小姐愉快地点开了商品评价页面，听着耳边的抱怨声，心里美滋滋的。

“无良商家，差评！”

步步清风摘自微信公众号睡前故事板

图：小黑孩

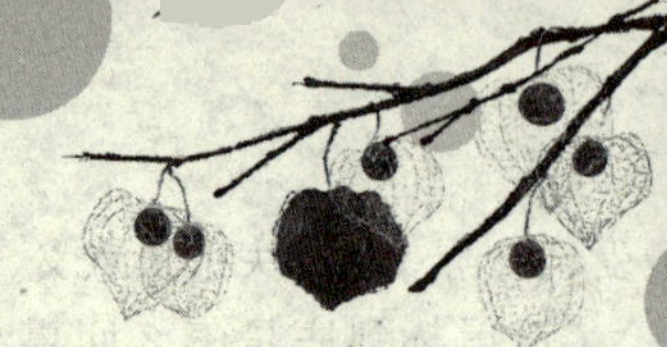

线上增刊“码”上就看

故事会百宝箱

杂志没看爽？

二维码里还有故事！

看刘强东独自去旅游，一路“折腾”，父母担惊受怕，线上增刊再推3篇有关刘强东的成长故事：《外婆教我做人》《父亲的价值观》《我为什么上中国人民大学》，从故事中分享他的心路历程。

“百宝箱”里还有“一路开花”的另一篇大学校园故事《两只花瓶和136张快递单》；看Tango如何漫画纸牌。

1元

世间传奇故事

《故事会》文摘版三周年啦！

2月号线上增刊的治愈系文章没看够？本月小编特意精选了三周年来文摘版杂志上刊登过的传奇故事，古今中外，亦真亦假……陪你度过一段休闲时光。

6个故事音频，免费收听。故事会品牌书系推荐！作文素材，休闲阅读，请收下这份书单！

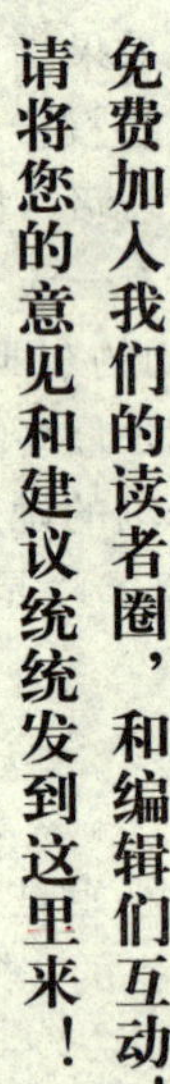

我有故事，你有酒吗

@风中散步的叶子

我的人生大抵经历三个阶段，都和故事有关。

第一个是讲故事阶段。那是开学第一天，我告诉老师，我的寒假作业被家里的狗啃了，没法拿来交差。结果话没说完，就被老师赶出了教室。看，我人生第一次讲故事就这样失败了。

第二个是卖故事阶段。那天，我见到一咖啡馆外面的荧光屏上写着“你有故事，我有咖啡”，激动非常，心想终于找到组织了！当时脑子一热，推门而入。见桌上一杯咖啡，尚冒着热气。激动之余，端起来大饮三口，连呼痛快。待小二经过，扯住人家袖子，准备以一个动人心弦的故事聊作资费。谁知小二得知我意，一脸鄙夷：“我店只要现金，不收故事。你喝的这杯咖啡，是刚刚离开那位先生喝剩的，不收费。”

第三个是有故事阶段，即你就是故事本身。前些日放假回乡，遇到发小，感叹岁月如梭，发小连孙子都可以打酱油了。一番寒暄，待我转身离开，就听发小俯身对孙子说：“我讲的就是这小子，小学一年级上了三年。”看，哥也是有故事的人了，还特励志。

故事还没完，最近小区附近新开了一家酒馆，广告牌上写着“你有故事，我有陈酒”。哎哟喂，故事不仅可以让我喝上免费的咖啡，还可以换酒了，时不我待，这就去小酌一杯。喂，老板，我有故事，你有酒吗？

摘自《劳动时报》

故事会 2018.04
Stories Digest
文摘版 总第44期

社长、主编：夏一鸣
副社长：张凯
副主编：高健
本期责任编辑：田芳
发稿编辑：高健 蔡美凤 袁燕娜
美术编辑：周睿
电话：021-64668742
021-54561119
邮编：200020
地址：上海市绍兴路74号
主管：上海世纪出版集团
主办：上海故事会文化传媒有限公司
出版单位：《故事会》编辑部
发行范围：公开

出版、发行电话：021-64313938

发行业务：021-64313938
发行经理：钮颖
媒介合作：021-64338113
广告业务：021-64334376
新媒体：021-64677160
广告经营许可证：
沪工商广字3100320080016号

国外发行：中国图书贸易总公司
印刷：上海四维数字图文有限公司
发行：上海邮政报刊发行局
邮发代号：4-900
国外代号：MO9178
定价：5.00元

故事会文摘版欢迎投稿

稿件要求：来自最新的报刊、书籍或网络，故事性强，文字明快，主题健康，视野开放，纪实或虚构均可，体现"新、知、情、趣"的特点，同时欢迎第一手的翻译作品。推荐作品须注明原文出处、原作者姓名，确保转载不存在侵害版权的行为，并请留下推荐者真实姓名及通信地址。作品一经采用，即致推荐者50至200元推荐费，并向作品著作权人支付稿酬。

故事会文摘版 投稿信箱
wenzhaiban@126.com

故事中国网：www.storychina.cn

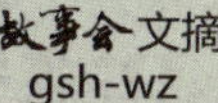

故事会文摘
gsh-wz

故事会微信
story63

本刊所付作者的稿酬，已包括以纸质形态出版的故事会文摘版、汇编出版、音像制品及相关内容数字化传播的费用。部分作者因各种原因未能联系到，请通过邮件或电话与我刊联系稿酬及相关事宜。

本刊未署名图片均由视觉中国提供
音频提供：一说

赶水

@朱锡琴

一

都说姚湾穷，是因为那条裤腰带样的姚河水，要断不断的。还有姚湾的井，一口一口比赛似的干枯了，像一个个黑眼珠日夜瞪着，看我们走很远的路，挑很沉重的担子去赶水。

我爸是姚湾最后的打井匠，却因喝醉后滚下山崖，现在就瘫在炕头上。打井匠都废了，他的武器也就废了，曾经闪着银光的井针，就插在我家的枯井里，撂荒着。

陪伴妈妈翻山越岭赶水的是我家的老马，这对老弱组合，拉回来的水只够烧水做饭。每次妈妈回来，都瘫在炕上。这时，爸爸长吁短的，拿着破蒲扇给妈妈扇风。我经看到过他们的眼里，滚滚而出都是泪水。

前几天，一个来调研的人手拿着半瓶水，就是不扔，害得我我哥跟出去有五里地，最后那个看出来我们的意图，把水给了我我合计我哥肯定得给我，我可是亲弟，可他给了四岁的丫丫。

丫丫的妈妈是寡妇，她赶水了，把丫丫锁在院子里，她小手着栅栏的门，脸上全是汗水冲下泥道道，她的小舌头舔着上嘴眼睛却死盯着半瓶水不放。丫丫

那半瓶水却不喝，她说把水留给已妈妈，这样妈妈明天就不用赶去了。

从那回来，我那十五岁的哥哥开始围着井针转。他把我爸当初的井走了个遍，别看六眼井现在瞪着干眼边，当初那些井可都滋过村里的一草一木呢！

这天，哥哥说，他明天就要打去了，井非打不可了。

就在这天下午，那个四岁的丫因为口渴，喝了放在院落里的一药水，在院子里打滚。丫丫现在躺在医院的急诊室，医生忙成一也不知道救不救得活她！听说丫的妈妈柳花，像谁拽出了她的肠，嗓子都嚎哑了，她抽着自已的巴不停地说："丫丫，你活过来吧，妈保证以后不让你缺水喝，一辈不让你缺水喝。你醒过来，妈妈你走，咱们哪儿有水，就在哪儿家……"

我爸说，明天他要去打井现场，是满地爬，也要找到姚河水的大脉。

我哥笑了，他说他已经摸着姚水的大动脉了，他都听见姚河水喊着来了。

我爸说："真的？你啥时候找我咋不知道呢？"

我哥说："不是你帮我找好了六眼井吗？我要重——蹈——覆——辙。"

重蹈覆辙，这个主意太妙了，我们都没有想到。姚河水只是水位下降到地表，并没有绝流，所以，沿着干枯的六眼井，是最有可能打出水来的，比漫山遍野瞎转要好多了。

二

我哥领着十几个人正撅着屁股在打井呢。我远远地坐着看，偶尔去给我爸汇报一下工程进度，昨晚我哥封我为后勤部长，我顺便把信息部的事也干了。

早上的气温还没有升高，但是哥哥和那十几个人就像从水里游了一圈，全身都湿透了。

哥哥打的井在一个星期后宣布失败了，打了一百多米深还是上不来一滴水，都是碎石头，还把打井的井针掉到井底了。

有人说我哥，花了大家那么多钱打井，连口水都没让大家喝着，要是用这钱买矿泉水，都能把我哥淹死。

说这话的人是石头他爸。石头他爸在村里开了一家小卖店，我昨天去买矿泉水，他爸爸把矿泉水又

提高了五毛钱。人人都骂他，可这也不耽误他把钱乐呵呵揣进腰包。全村其他人都支持哥哥打井，就唯独他反对，他一定在想，如果这些钱都落进他的腰包，那该有多好。

哥哥告诉我们说，他还要再打一眼机井。他说，水退石头在，好人说不坏。哥哥还说，他要让丫丫回来的第一件事，就是喝上姚河藏起来的水。

哥哥打井的这段时间，妈妈每天天不亮就牵上我家上了岁数的老白马去翻两座山赶水，驮回来的水要分给孤寡老人一些，要给打井的那些人喝一些，还要灌满打井机的大水箱。这样，我们家真正能用来烧水做饭的水都不够用了。

我问哥哥什么时候能打上来水。哥哥说，只要打到砂层里就行了。我问什么时候能打到砂层，哥哥说他也不知道。只说就是把这座山打穿了，也要给大家打出水来。

我心说，完了，妈妈赶水的日子什么时候才能结束呢！

石头他爸还有脸来看热闹，每次来都拿上几瓶矿泉水，拧开一瓶“咕咚咕咚”喝半瓶。整个村子，也只有他家敢这么放开嘴巴喝。

别看我小，可我也知道，大热的天里，他不是来看什么热闹的，是想来卖水的。

石头他爸开始是站着，站累又坐着，兜里的几瓶水早就晒热了，可还是没有卖出一瓶水。直太阳下山了，哥哥他们都收工了石头他爸才揣着几瓶水回他的小店了。

晚上，我看见哥哥的后背晒噜皮了，有的地方还有了水泡，想别人也一定和哥哥一样。我找了我家最大的那把伞，准备明天它给哥哥遮遮毒辣的阳光。哥哥说“打着伞，我要怎么干活呢？”使劲挠了挠脑瓜皮，也没挠出一好主意来。

第二天，在哥哥他们施工的方，一夜之间盖起了一座凉棚，棚有些简陋，木架子上搭着几片炕席，但是遮挡阳光很有效果。下可好了，哥哥他们不用再做烤了。

三

今天，妈妈去赶水，正碰上出院的丫丫和柳花。妈妈说：“别急着搬家，水会打上来的，我不信龙王爷那么偏心眼，让我们死。你在家照顾丫丫，我帮你赶水

我妈把柳花家的两只桶也挂老马背上，老马默默地上路了。

1. 答案：西方文明。

太放心，也跟了去。回来的路上，看见它大口大口地喘着粗气，妈说它渴了，早上把我们家最后剩的豆子喂给它，怕它涨肚，没敢多喝水。我小心翼翼地从水桶里它捧来水，老马看了看我手掌心的水，却没舔一下。我看见一滴浊的泪水从它眼角里流出，它两打颤，慢慢地跪了下去。这一跪，再也没有站起来。

赶水的人默默帮妈妈把老马埋，妈妈换下老马，把担子架在肩上。妈妈走了，她一瘸一拐得更害了，我看妈妈也坚持不了多久，我真怕她也像老马那样倒下去。

我哭累了，看着桶里的那点水有点发愁，打井机的水箱很快又加水了，那头机器比一头水牛都喝，这水哥哥他们谁也喝不着了。在这时，我看到山爷爷走来了，端着水瓢，小心翼翼把水瓢里的倒进水桶里就走了。接着花二婶柳奶奶也来了，她们拿来的水并多。再往后，陆陆续续来了二十个人，每个人都不多说话，把水进桶里就走了。

哥哥他们也不说话，但看得出他们更加卖力气了。

最后来的那个人是石头他爸。扛着一箱矿泉水来了，吭哧吭哧喘着粗气，我们谁也没理他。他拧开一瓶矿泉水让大家喝，被大家推开了。他急了，把剩下的矿泉水全打开，咕咚咕咚往桶里倒。

哥哥说：“你这水又不是大风刮来的，有本钱呢！”哥哥要给他钱。石头他爸把钱推回来：“千万别提钱，我要是再收你们的钱，连你家的老马都不如。”

就在老马走后的一个星期，哥哥他们终于钻透了岩层，把井针打进砂层里了。哥哥说：“要出水了，再过一会儿就能上来水了，快，快去，快去喊人接水。”

我和几个孩子撒着欢，向着村里一路狂奔，一路高喊：“上水了，上水了，快点接水啊……”

此时，柳花左手拿着包袱，右手牵着丫丫，正要向村外走去。她们也听见了呐喊声，愣在那里。我哥拿起水瓢，舀起一瓢水，向她们走去，她们也奔着这清凉跑来。

辉煌的落日把闪烁的井针和汗哒哒的哥哥融成一体，我仿佛看见一条白亮亮的巨大水龙呼啸而来，跟着哥哥，穿过树林，越过高山，扑向无边无际的田野，滋润出一片生机盎然的村庄。

摘自《少年文艺》

图：陈明贵

严木匠

@鸿

严木匠是小镇首屈一指的巧匠，名声极响，无人能望其项背。

那年，严木匠领着数十名木匠为镇上大户杨鹤亭建烽火大宅，99间房上厅下廊，光斗大的顶梁柱就竖起99根，一气呵成，丝毫不差，楔入梁榫，严丝合缝，令小镇人赞叹不已。

半年下来，大宅建好，巍峨壮观，每一处都精美无比。再加上严木匠用上等红木为杨家打制的太师椅、龙头案、栖凤床、八仙桌、五斗橱、梳妆台等，一件件家什精致灵巧，精雕细琢，宛如鬼斧神工，让人看了无不啧啧称奇。

日月如梭，一转眼，严木匠近古稀。他徒弟众多，声名显走到哪里，人们都毕恭毕敬尊称“严爷”。这年秋，镇西王寡妇寻门来，请严木匠建房。他经不住寡妇的恳求，遂答应下来。心帮她建完房就收身，也好含饴弄安度晚年。

别看严木匠年近古稀，但身依旧硬朗，每天日出而作日落而到了晚上，严木匠还爱喝上两口

。他有个嗜好，就是爱用熏过的
胗下酒。王寡妇知寒知暖，杀了
，总给严木匠留着。

可王寡妇那小儿不懂事，总在
里跟严木匠抢，让严木匠的酒喝
很不是滋味。后来，王寡妇再杀
，严木匠就没见酒桌上有鸡胗了。
木匠想，王寡妇是留给自己的小
吃了。没有也罢，顶多就不喝那
口小酒了。想归想，严木匠口里
不会说的。等王寡妇再温出酒来，
木匠就不喝了，这让王寡妇心里
忑不安。

不出俩月，房子外墙建好，只
次日正梁一上，就万事大吉。这
晚上，严木匠起来小解，路过灶
时，突然闻到一股久违的香味。
虚掩的门缝探头一瞧，见王寡妇
捧着个篾盘在熏制鸡胗。严木匠
吭声，悄悄退出来。

第二天摆安梁酒，严木匠没看
王寡妇拿出鸡胗给他下酒，心里
有了怨气，不免有些气恼。自己
小镇几十年，哪天不受人尊敬，
不到竟让一个寡妇刻薄，真是岂
此理！

竖顶梁柱时，脑袋一闪念，便
挥帮工将顶梁柱头上脚下竖了起
。当然外行人是看不出什么端倪
。那梁是严木匠一手刨出，两头粗细一模一样，除了他严木匠，谁能知道哪头是根哪头是尾呢？这可是竖梁的大忌，顶梁柱是绝不能本末倒置的，否则，按小镇人的说法，必给主人带来血光之灾。

正梁竖好，工事完毕，严木匠结算完工钱返家。走到半路，总觉有股浓浓的熏香味从自己背囊里散发出来，好奇地打开背囊，顿时就傻了眼：背囊里多了一包熏制的鸡胗，个个金黄，香气扑鼻。到这时严木匠才知道自己错怪王寡妇了，原来她是怕小儿在饭桌上和自己争吃，故平日里将鸡胗收拾起来熏制好，今天悄悄塞他包里了。

严木匠回身就往王寡妇家跑。进了门，见帮工们还在喝上梁酒，也不解释，呼喝众人赶紧将正梁放倒，再竖起。然后，挥起鲁班斧割破手指，指天说道：“祖师爷在上，严木匠愿挨此斧，一切罪孽由老朽承担，保佑王寡妇一家平安吉祥，世代永昌。”说完，将工钱悉数还给王寡妇，头也不回地走了。

林冬冬摘自《小小说月刊》

图：小栗子

【编者的话】无论是《赶水》，还是《严木匠》，都向我们诠释了做人的道理与底线。若能让您感悟至此，便是本期焦点的初衷与目标。

清代考场上的“天才枪手”

@呼延云

《仕隐斋涉笔》中记载，有个秀才，文运不佳，几次科举考试都考不上，心情十分郁闷。这一年乡试在即，他一点儿把握都没有，所以也不用心复习，白日睡觉，梦中竟见到去世多年的老父亲对他说：“今科你当中，入考场时一定要带上我的大石砚，千万别忘了！”

秀才一觉醒来，觉得莫名其妙，但乡试这天，还是端着老爸生前用的那方大石砚进了考场。

一拿到题目他就蒙了，万般无奈之下，他的精神竟有点儿崩溃了，一边在那个大石砚里磨墨，一边哭泣着抱怨道：“都是你这个大石砚耽误了我！”从开考一直抱怨到了中午。

隔壁有个年长的考生，留着一把大胡子，虽然秀才的哭泣声很烦人，但没有对他的应考有太大影响。他早早就做完了文章的草稿，正在誊抄到正式的考卷上。

这时他听见秀才还在哭，就问秀才为什么抱怨这个砚台？秀才起初不敢说，禁不住他一再追问，只好说了老父托梦的事儿。年长考生听完，觉得离奇，把大石砚端了过来，上下查看，以为有什么夹层，却并未发现什么异常，又拿起墨在砚台里磨了半天，也没发生什么异状，便安慰了秀才两句，回到自己的号房里，继续誊抄考卷……

谁知没抄几个字，突然发现卷上“墨痕满纸，如云烟缭绕，无空白处”！这是怎么回事？本来好好的试卷怎么突然变成了满纸涂鸦？原来刚才自己看大石砚时，把大胡子粘上了砚台里的墨汁！

清代科举考试，弄脏试卷的后果就是直接被淘汰，根本没有资格让考官阅卷。年长考生想起秀才刚才告诉自己的怪梦，不禁惊呼：“原来那大石砚是这样成就的你！”于是把自己弄脏的考卷交给秀才，让他誊抄一遍后交卷——果然得中！

年长考生这个枪手，当得真是无心，大概他也是感到冥冥中的鬼神就决定了自己的考卷乃是为他所做，所以才干脆成其好事吧。

风吹麦浪摘自《华

2. 答案：克里特岛文明与迈锡尼文明，合称爱琴文明。

狼狈的处境，怨不得世界险恶

@梁晓声

我有一位经商的朋友，每个月要往南方 A 市去一两次。从机场市里，约四十几分钟车程。一次，拎着包刚一出现在机场大厅里，被一个小伙子迎住了，问要不要便宜车。

小伙子彬彬有礼，恭敬之至。可以少收二十元钱；说有什么特证，可以免缴设在半路的高速公费；说可以抄近路，保证至少提十分钟进入市区。最后，特别强地说，他的车可是一辆奥迪。

我的朋友竟被说动了心，跟着小伙子去坐那辆黑车了。黑车果是奥迪，但是上世纪 80 年代的款，里里外外已经旧到不能再旧的程度了。

我的这位朋友，本身烟瘾很大，但飞机上是不允许吸烟的。所以他一下飞机，便赶紧吸上一支烟才舒服，又强烈地想和人说说话。该市偏偏又对出租车行业规范严格——“请勿在车内吸烟”“请勿与司机交谈”。基于以上原因，我的朋友才坐上了黑车。

但他毕竟也是一个懂得起码的文明礼貌的人，试探地问小伙子：“我可以吸支烟吗？”

小伙子爽快地说：“可以。太可以了！您想吸多少支就吸多少支，想怎么吸就怎么吸。”

我的朋友一听，高兴了。掏出

烟来，急不可待地吞云吐雾。

烟瘾过去了，便没话找话地跟司机搭讪，甚至对开黑车的小伙子表示同情。忽然他觉得窗外不对，问："怎么还没过收费站啊？"过了收费站，离市区就只剩一半路了。

小伙子说："咱们绕过收费站去。我不是有言在先，要为您省下十元公路费嘛！"

那时车开在一条我的朋友完全陌生的路上，坑坑洼洼，颠颠簸簸；路两旁，看不见一处他熟悉的标志性建筑。他开始怀疑，再过十分钟怎么会进得了市区呢？开始有点儿后悔坐上那一辆黑车了。想吸烟和想聊天的心理都已经满足了，所以话也不多了。

路上的车渐多起来。一会儿，那辆老旧的奥迪被堵在了一处十字路口。"你看，现在都半小时过去了，这儿是市区吗？"

"这儿当然不是市区啦！我怎么能料到会在这儿被堵住呢？"

"那你怎么偏往这条路上开？"

"不是要为你省下十元过路费嘛！我得讲诚信啊！"

"你居然还说什么诚信！我就那么在乎能省下十元钱啊？"

"你不在乎你上我的车？你不在乎你一开始就声明啊！"

"你、你还这么跟我说话！"

"那我该怎么跟你说话？"

由于堵车，二人的情绪都变[illegible]了，你有来言我有去语，几乎吵[illegible]起来。他们的车一堵就被堵了半[illegible]多小时。又过了半个多小时，汽[illegible]才进入市区。天已黑了。我的朋[illegible]却还是看不到一幢标志性建筑，[illegible]不住气呼呼地问："你是在往我[illegible]的宾馆开吗？"

黑车司机反问："那你以为[illegible]是在往哪儿开？"

他说："那我怎么看着道两[illegible]一点儿都不熟悉？"

黑车司机说："咱们不是从[illegible]的路开入市区的吗？"

那时候，偏偏又是市区里堵[illegible]的时候。简单说，又过了四十多[illegible]钟，我的朋友还坐在那一辆黑车[illegible]原来这小伙子根本不清楚我的朋[illegible]要去的宾馆在一条什么街上。

"你不清楚，你还敢诓我上[illegible]的黑车！"

"你不是说你常住那家宾[illegible]你熟悉路嘛！"

"我当然熟悉啦！"

"那你说咱们该怎么走？"

"我怎么知道？"

"你刚刚还说你熟悉！"

当黑车又一次从封闭公路驶

来，小伙子打算向停在人行道边的一辆正式的出租车司机打听路时，我的朋友反应迅速，在几秒钟内便拎着包下了车，坐入出租车里。

朋友刚一说出要去什么宾馆，司机已经把车开走了，并说："不太远，二十分钟就到。"

那辆黑车尾随出租车，时时与出租车并行。一旦并行了，便从车里伸出手臂向我的朋友讨要乘车钱。

出租车司机对开黑车的小伙子用当地话说了几句什么，那辆黑车才不尾随了。出租车司机又问我的朋友怎么回事。他据实相告。

出租车司机沉默良久，低声说："那您在本市的日子里可要多加小心了。据我所知，他们那些黑车司机都不是单干，是有组织的，跟黑社会差不多。您须提防他们报复您。何况他已经知道您住在哪家宾馆了。"

我的朋友心中大为不安起来。到了宾馆，办完手续，进入房间，冲过了澡，定下心来一想，尤其想到那小伙子对自己做的那一种手势，以及出租车司机对自己说的那一番话，越发不安，进而疑神疑鬼。

一个多小时以后，他到前台去退房。好在他很快就拦了辆出租车，于是转往别一家宾馆去住了。虽然顺利地住入了另一家宾馆，一颗心却还是终日忐忑，草木皆兵。业务之事，但凡能请对方到宾馆来谈，便不离开宾馆。结果那一次给对方的印象就特别不佳，使对方误以为他架子大了，摆谱了，对他也就不怎么待见起来。几天内双方在宾馆里见了几次面，来前原本有把握谈成的几桩买卖，到头来竟一桩也没落实。

悸惧的他为了安全起见，买的是最早的一次航班，六点来钟就离开宾馆去往机场了。唯恐在机场遭遇到那黑车司机及其同伙，一下出租车，几近逃进了机场。

回到北京后才安稳下一颗惊恐万状的心来。然而此后，一打听要去 A 市，于是畏缩不愿成行。半年后，连在 A 市的业务也都荒废了。

唉，我早已听惯了许多人对社会险恶的抱怨和切身感受。但大抵是以自己的优点说事。却很少有人承认，是由于自己身上的某些毛病恰巧与社会的某些毛病发生了大大小小的惯性撞击，才使自己在某些时候陷于狼狈之境。

李金锋摘自《真历史在民间》

民主与建设出版社 & 凤凰联动联合出品

图：小柯

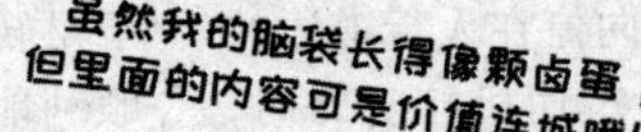

外表分数

@肖爻悄悄

随着父母工作调动，高二时我转学到了一所省重点中学。

三个月以后，我已经和班上很多同学打得火热，加上成绩不错，嚣张气焰险些烧着自己的头发。我的第一个嚣张举动就是在课堂上明目张胆地打瞌睡。

数学老师兼班主任王老师，四十多岁，秃顶，驼背，同学们私底下给他取了个绰号——“根号二”。讲台上的王老师总是在我打瞌睡的时候，将粉笔掰成几小段，一次一次地砸向我。多次下来，见我“屡砸不改”，便把我请进了公室。

“你真有那么困？说吧，真的原因是什么？”王老师问我，气友好得仿佛要和我交朋友。

“是真困。”我绝不轻易上当

“得了吧。”王老师干笑几声摸了一把自己的秃脑袋，“我在台上可是能‘一览众山小’。每你挨砸的时候，我都能看见你的角偷偷地往右上方瞟，每次都呈度角，对象坐标是第三排第七列我瞠目结舌。

3. 答案：公元前776年，第一次奥林匹克运动会的召开。

“为了吸引某某同学的注意？”王老师笑着问。我一言未发。

“肖同学，事实证明，你这样做是不能吸引异性注意的，只能吸引老师的注意。”王老师感叹道。我轻轻地哼了一声。

“要我给你支招儿吗？”王老师话锋一转，脸上笑眯眯的。

“怎么说？”我终究抵不住“恋爱宝典”的诱惑。

“据我这些天的观察，我承认，你的成绩好得要命，但外表也要命。前者能得优加，后者及格都勉强。”王老师平静地说。

虽然王老师为了揭露真相，忽略了我的自尊心，但至少证明他是真诚的。这竟然成了让我相信他的理由。我便追问：“那怎么办？”

“怎么办？”王老师摇头晃脑道，“吾日三省吾身呗！为人谋而不靓乎？与异性交友而不美乎？发味香乎？”

我想不到王老师还有文学功底，忍不住壮着胆子说：“王老师，要不是因为您的外观形象，我肯定在教师综合评定表上给您打满分。”

王老师摸着自己长期被太阳晒成棕色的秃脑袋，自嘲道：“虽然我的脑袋长得像颗卤蛋，但里面的内容可是价值连城哦！”我忍不住大笑起来。

因为我们学校没有穿校服的强行规定，自那以后，我开始研究时尚杂志来包装自己。

早自习课上，王老师走过来拍我的肩膀问道：“你身上是什么味儿啊？”我淡然一笑。

“朝闻你，夕可死矣。”王老师朝我翻白眼，“明天上午第三节课后，来我办公室一趟。”

第二天，我来到王老师的办公室，他从里面拿出几瓶香水小样，神秘兮兮地告诉我：“我从我老婆的化妆箱里偷拿的，这味道好闻。”

“王老师，要不过年的时候我给您送盒脑白金吧？”我感动地说。

“送我你的好成绩就够了。永远别忘了，好成绩才是你的标配，穿着打扮只是你的附加值。我不是让你恋爱，只是教你如何打造自己的恋爱行头，挖掘自己的恋爱潜力。”王老师笑嘻嘻地说。

“老师，高中就做恋爱准备，是不是早了点儿？”我疑惑地问。

“Not at all.”王老师啜了一口茶，“奥黛丽·赫本没红之前，贫困的她只有一条围巾，但她会 17 种打法。中国的女生在时尚方面应该进行早教，不是为了吸引异性，而是为了提升自己的女性魅力和自

信。”

“老师，您还懂时尚？”我大惊。

王老师淡然一笑，默默地打开笔记本电脑，播放了一首披头士的《All You Need is Love》，转身对我说：“我还懂摇滚，你信不信？”

我点头如捣蒜，不停地说：“信信信，您说您有文身我都信，嘿嘿！”

故事的最后，在课间也埋头做习题的男神是这样对我说的：“我一直觉得你很奇怪，成绩那么好却打扮得花里胡哨的。你为什么不把更多的时间花在学习上，而是在镜子前呢？”

他不知道，女生花在镜子前时间也是一种学习。那天，我对此不懂时尚的他彻底死心了。

我告诉王老师对方拒绝了我“很好，他多了一次后悔的机会。王老师笑着说，“肖同学，结果是最小的奖励，过程才是最大的义。况且，现在的你外表分数和习成绩并驾齐驱。”

“及格了？”

“优！”王老师笑道。

我也在心里为王老师打了分，他的外表被他的闪耀覆盖掉了

潘光贤摘自《学生天地

图：小黑

故事会淘宝店

石头剪刀布如何包赢

@岑嵘

电影《非诚勿扰》中，葛优用200万美元卖给了范伟一样跨世纪的发明——分歧终端器：在一个密闭的桶中，通过石头剪刀布来解决各种矛盾，果然是高科技得不得了。

在现实生活中，用这种方式来解决分歧的还真不少。2005年，一名藏家想拍卖一幅印象派大师画作，克里斯蒂和苏富比两家拍卖行都想获得拍卖权，这让藏家左右为难，最后他让这两家拍卖行以石头剪刀布来决出胜负。2006年，美国佛罗里达州坦帕市法院的法官正在审理一起保险理赔案件。双方代理人没能就在何处听证人作证达成一致意见，吵得不可开交。法官不胜其烦，于是突发奇想，让双方律师用石头剪刀布的方法来摆平此事。

石头剪刀布传统的游戏策略是：游戏者必须做到完全随机——保持不可预测的状态，不被对手猜到。在这一模式中，两位游戏者在每轮中出石头、剪刀和布的概率相等。然而经济学家们认为，并不存在随机出招这回事，人类总会因为某种冲动或者倾向来选择一个招数，因此会陷入一些无意识但仍可预测的模式。

2014年，国内的某研究团队证实了这种模式：游戏者在赢得了一个回合之后，重复令他们获胜的手势的倾向要高于随机出手的概率。相反，输了的人倾向于更换手势。

《新科学》杂志的一个研究显示，石头通常是玩家最经常先出的。为什么是石头呢？当你出石头时，你的手是个拳头，不可否认拳头比伸开的手掌（布）或是愤怒的手指（剪刀）更有气势。因此当你和一个新手玩这个游戏时，先出布是妥当的。但是当你和一个老手玩时，出剪刀或许是明智的。

有一个耐人寻味的故事，一对情侣面临一个生死抉择，两人之间只能活一个，石头剪刀布，赢了的活下来。两个人事先商量好都出石头决定一起死，不过后来女的死了，因为男的出了剪刀……这个推理过程真是小说的好题材。

摘自《清远日报》

搬家时，我们都是“戏精”

@打盹的下午茶

作为资深的漂泊“蚁族”，在十多年的光阴里，我们居然前后搬了九次家。每一回的腾挪迁移，都是一场抽筋剥皮般的辛劳和动荡不安式的疲惫。

当我们还是“小年轻”光景时，无甚“家当”，搬家简直就是小case，只需拎个包拖个行李箱，集齐一副碗筷，就能轻松自如地从一个出租屋奔向另一个出租屋，奔向光明新生活。

待我们成了家，又添了娃，“搬家”这二字无疑是天雷乍滚，一想起来就头疼欲裂，能谋杀所有的“岁月静好”。看看一屋满满当当的家具、杂物和娃的玩具——内心就开

4. 答案：《荷马史诗》。

会循序渐进地崩溃：我是搬呢还是搬呢还是搬呢？

更别说如何把那些床、沙发和柜子等“庞然大物”进行有序“撤离”。有搬家公司又如何，那些个零碎杂乱的物件儿，到头来还不是要人手拾掇安置？搬家，简直是一项“攻坚克难”的大工程，光想想，我就无法不烦躁、抵触。

对于即将迎来的、举家“瞩目”的第十次搬家，老公故作淡定：“我经常加班，你空余时间多，你先行打包，我负责搬运。”一番激烈的思想斗争后，我悲壮地答应了。

待到我“进入角色”开工时，我才“惊觉”，搬家这回事，最闹心的不是“搬”，而是要对某些“鸡肋”家当进行果断的“断舍离”，多“考验人性”的。扔吧变卖吧，有点不舍；好歹留着吧，够塞满两房间，十分心塞。

我万万没想到，自己竟嫁给了一个如此迷恋网购的男人。吸尘器、果汁机、棉花糖机、取暖器、投影仪、驱蚊灯……一大堆不是家庭“刚需”的东西，用不到几回就被束之高阁，却都是“网购达人”的“宝贝”，搬家时若不捎上它们，此男会痛心疾首。

我扼腕长叹：咱们为何要活得那么复杂？就不能和“极简主义”沾点边？该男气急败坏：“你懂得什么是生活质量？光批我，你不也搞出来一屋子中看不中用的玩意儿！”

我环顾全屋，但见床上、电视柜上，乃至洗手间，都“兵荒马乱”地堆叠了各式新旧书本，有的甚至堆得都有半米高。阳台上，则存活着大大小小70余盆“散养”花草，叶片跟藤蔓都“纠缠不清”长一块儿去了。而厨房和各个房间窗台上，有大约30瓶高矮不一、野蛮生长的水培绿植——没错，这个“局面”都是我一手“造就”，要收纳搬离，得费好些工夫。什么？你让我放弃一些？那都是陪伴着我好几年的“心头好”！做人怎么可以这样“忘本”？对此男的建议，我怒目而视，他立马噤声。

但还是要继续。带着思想包袱，我先是花了三天时间，含辛茹苦将全家衣物都理了一遍，竟添了不少“惊喜”：翻出大女儿童年时很多七成新的衣裙。它们依然耐看，且不显过时，可留着给小女儿穿穿。谁让我家孩子都是女娃娃呢，妹妹可以接点姐姐的衣服穿，姐衣妹穿，有趣有爱，乐事一桩。于是我在旧衣堆里一改垂头丧气，咧大嘴露出

"傻黑甜"的微笑。

接着，我倒腾起家里的常备药箱，笑容顷刻收敛，差点要掉泪——平日里，若非孩子生病，我一般很少买药。很多药都是老爸给我寄过来的。他总担心我疏于储备药物，生病了会手忙脚乱，竟不顾我阻拦，隔段时间就给我快递一些药，堆了几抽屉，若非搬家，我都懒得翻动。看着这一大堆药，我感动得想骂自己：我就是被老爸宠坏了的一个老孩子啊！好吧，这些"亲情药"大部分都过期了，扔还是不扔？

然后，我从一本旧书里无意抖出了80块人民币，顿时两眼放光、心花怒放，搬家的积极性直线提高，几乎每本书都会翻一下，连孩子的绘本也不放过。此外，我还在几个积满厚尘的箱子里，挖出了十年前的iPod播放器，翻出了一本多年前跟孩子他爹谈恋爱时的相册！我满手脏兮兮，一鼻子灰，却欢欣雀跃。啊，我不要讨厌搬家，搬家多好啊，让我回到过去，重拾美好……

收拾累了，我停下手来，望望搬家大片的御用"男主角"。上一秒他还在电话里和某间搬家公司因各种细节而愠怒小吵，现在却正对着五六个被淘汰的旧手机发呆，眼神深情脉脉。不用说，这厮肯定是掉进某段旧时光的坑里去了。

搬家，让我们都变成了"戏精"，喜怒哀乐全体验了一把，七情六欲都演绎了一遍。为啥？因为我们都对这个家爱得深沉——旧居的每一个角落里，都储存了我们一家人无数的细碎温情、无尽的岁月美好，让我们"入戏太深"。是的，自己的家，含着泪也要搬完。为啥？因为我们下一站的居所，还是"幸福"啊。

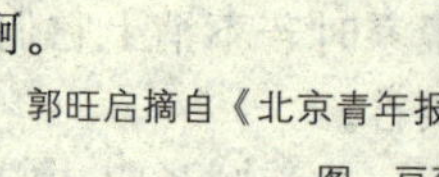
郭旺启摘自《北京青年报》

图：豆薇

 就是爱历史（古希腊）5．古希腊哪个祭礼竞技赛会规模最大、时间最长、名声最高？

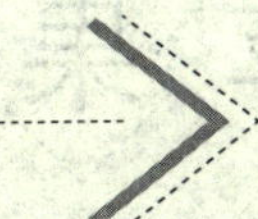
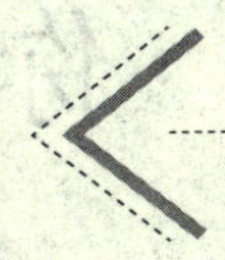

如何装成伦敦人

@钱　擎

伦敦，是一座非常古老的移民城市，别以为在国内通过各种方法练就一口伦敦腔，就能在这冒充英国土著。

如何成为一名伦敦人呢？首先，您得乱穿衣服，不能太有规律。伦敦人穿衣风格非常乱，有人穿着羽绒服，有人穿着皮袄，还有人穿着背心裤衩花裙子。当然，西装革履＋墨镜＋双肩运动包的打扮，在伦敦地铁和市中心都比较容易看得到。如果要拿伞，一定是一把长长的雨伞——不能是折叠伞，才能说明你在伦敦生活已经有一段时间了。

在伦敦你必须学会扮出一副穷酸相。这么大的城市，当然不乏有钱人，但很少有人招摇，豪车基本上是由亚裔和非洲裔的兄弟们开着呼啸而过。如果你年龄没过50岁，开个豪车上街只能证明你是暴发户——伦敦人对暴发户没啥好感。非正式场合，千万不要穿名牌，不要戴一看就价值不菲的表，千万不要露富，这是伦敦人特有的低调。

此外，还有种种事项必须注意：

1. 口袋里一定要有20、50便士硬币，否则内急的时候，伦敦可不是到处都有免费的公共厕所。

2. 如果警察或者保安态度不好，一定要骂他一顿，否则显示不出你纳税人的身份。

3. 走路一定要快，上下自动扶梯一定不能只站在右侧，要从左侧直接走上走下，街上只有游客才会慢悠悠地踱来踱去，伦敦人都急吼吼地奔向各个地铁站。

4. 地铁上一定要看书读报，哪怕你看不懂，只要别拿反了就行。

5. 去酒吧别傻乎乎地坐在凳子上，一定要端着酒杯和朋友们站在酒吧门口，有人经过时说声“Hi”。

最后一点，要搭讪的话，先说点其他话题，比如天气——今晚“阳光”真好。

摘自《晶报》

你是我的小苹果

@田 枤

我新买的房子环境很好，楼前是一个大广场。那天早晨，我睡得正酣，这时候，就听见外面传来了刺耳的音乐声：“你是我的小呀小苹果……”

一看表，还不到五点半。是谁这么早就在外面放音乐？原来是一群老太太伸腿扬胳膊的，在跳广场舞。因为休息不好，我一整天都提不起精神，工作失误了好几次，被老板好一顿骂，郁闷得不行。

一连数天，都是这样。我感到快要崩溃了，就去找了她们。领头的是一个胖老太，自称姓张。

“张阿姨，您这么早跳广场舞，影响大家休息啊！”“对不起啊，小伙子，以后我们把音乐调小点。”

第二天早晨，又是那个时间，一股小了很多的音乐从窗户缝里钻了进来，再次把我吵醒。没办法，我又去找了张阿姨。她说：“声音实在不能再小了，再小就听不见了，有好几个耳背的呢，年纪大了，没法子啊。”我说：“那能不能晚一些时候开始跳呢？”她征求了一下同伴的意见，说：“试试吧。”

次日早晨，果然晚了一些，但没持续几天，却又恢复了老样子。再去找张阿姨。她一脸的无奈，说：“小伙子，我们也是没办法呀，老年人觉少，早睡醒了，也没事干啊。”最后闹了个不欢而散。其他住户也有去找的，结果也都一样。就这样，我又恢复到了犯困、失误、挨骂的状态，还被扣了一次奖金。

还有一件烦恼事，就是我花了两千多元买的那只大鹦鹉也出问题了。多日来，我跟我老婆有空就教它唱《生日快乐》，准备等我岳母七十大寿的时候，作为生日礼物送给她。本来，鹦鹉已经大体上会唱了，可最近却变味了，整天“你是我的小呀小苹果……”

终于我再也忍受不了了，一气之下就报了警。警察很快就来了，把老太太们批评了一顿。老太太们答应今后注意跳舞时间，调小音量。那天上班的时候，在小区里遇见张

5. 答案：以祭祀万神之王宙斯神的奥林匹克运动会。

]姨。她恶狠狠地瞪了我一眼，很然，她认定是我报的警。

但，好了没几天，很快又恢复原样，没办法，我又报了警，警又来，又好了没几天。

有一回，跟一警察哥们聊起了事。他说，这种事警察也没什么办法，也不是犯多大的法，够不拘留，更够不上判刑，对那些老太还不敢说重了，万一给晕倒一，还担不起这个责任。

就这样，只好认命了，继续忍这昏昏沉沉的日子，我的大鹦鹉继续怪腔怪调地唱“你是我的小果”。

过了大概一个礼拜。一天傍晚，外出办事，忽然见前面一个老太身子一软，摔倒在地上。我刚想扶，却突然想起新闻中那几个摔的老人，就赶紧停了下来，四处望，但近处连一个人都没有，连一个摄像头都没有，犹疑了一下，想还是救人要紧，就赶紧上前。到那张脸，我大吃一惊，胖胖的，眉善目的，居然是张阿姨。我又微犹豫了一下，赶紧蹲下，使劲她的人中，但她脸色蜡黄，并没马上醒过来，一看不好，就赶紧了急救电话。

很快，救护车来了。我想借机离开，但医务人员不让。一路上，我暗自后悔，后悔没有报警，后悔没有用手机把现场的情况拍下来。

不大会儿，张阿姨醒了过来。她睁开眼，四处看了一下，突然伸出手紧紧地抓住了我的胳膊。我被吓了一大跳，忙不迭地说：“对不起，张阿姨，那天我真不该报警，街坊邻居的报什么警啊？是我不对，向您道歉。”没想到，张阿姨笑了，说：“别紧张，小伙子，我是低血糖，我知道。得谢谢你救了我。”听罢，我心里的一块石头总算落了地。

奇怪的是，过了没几天，广场上那恼人的“你是我的小苹果”突然消失了。难不成老太太们“改邪归正”了？从窗户一看，她们每人戴一无线耳机，跳得比过去还欢。

不过，我的大鹦鹉却怎么也改不过来了，一张嘴就是“你是我的小苹果”。我老婆摇摇头笑笑，说：“要么就这样吧，小苹果也挺好的，喜庆。”

我岳母七十大寿那天，我们一家三口去拜寿。一进门，就发现气氛有点不对，岳母不在家。问是怎么回事，我内弟说：“老太太跳广场舞扰民，被派出所叫去谈话，到现在还没回来呢！”

暮春摘自《羊城晚报》

西天游记

@奶油 siwei

太好了！徒儿们，我们终于到天竺了！

那么多妖怪想吃我我都没死，
我真是命大呀！哈哈哈！
鞋带开了！

师父帮我拿一下棍子！
我系下鞋带！

不好！忘了棍
一万三千五百

@奶油siwei

@奶油 siwei

平平常常摘自作者新浪微

6. 答案：《狮子和老鼠》《狐狸和仙鹤》《披着羊皮的狼》以及《狐狸和葡萄》等。

反｜童｜话

@刘　颖

小红帽

小红帽带着糕点去看外婆，妈妈提醒她森林里有狼，要小心。但大灰狼早就发现了她，提前跑到外婆家把外婆吞下肚子。

小红帽进屋的时候，大灰狼一口把她也吞掉了。正在心满意足打着饱嗝，大灰狼听见自己的肚子“咔嚓咔嚓”响。外婆撑着他的肚子，小红帽用剪刀把他的肚子剪开了。然后小红帽和外婆跳了出来，击掌相庆：“第三条狼皮褥子成功啦！”

卖火柴的小女孩

卖火柴的小女孩又冷又饿，没人买她的火柴。她伸手擦着一根火柴，一只肥美的火鸡出现在她眼前，火光熄灭，火鸡也不见了；再擦着一根火柴，一件轻暖裘皮大衣将她包裹……她一根一根地擦着火柴，一幅幅想象中的景象出现在她的眼前。还看见了奶奶带她回家。

她为一位先生试验了这奇妙的场景，他看到了自己升官发财的样子。火柴天堂的感觉让人陶醉。

于是，火柴脱销了。小女孩变成了女富翁。再擦一根火柴，熊熊火光中，奶奶笑着说：“他们的欲望造就你的天堂。”

灰姑娘

午夜十二点到了，灰姑娘急急忙忙地跑回家，遗落了一只水晶鞋。王子命人捧着水晶鞋四处寻找。全国试出了两万多个姑娘。在这个磨骨削腮的年代，给脚做个小手术又有什么了不起的。

天鹅湖

王子被变成天鹅的奥杰塔吸引，说要娶她，可是魔王的女儿奥吉丽雅冒充奥杰塔，在舞会上骗了王子。王子发现后跑到天鹅湖去追奥杰塔，魔王和奥吉丽雅也跟了过来，和众天鹅打作一团。魔王和奥吉丽雅失败了。王子拥着奥杰塔：“和胜利者结婚，一定可以为王国生下最健康的继承人。”

司志政摘自《百魅夜行》花城出版社

【请你续写】反童话颠覆了传统，你不妨打开脑洞，任选一则“暗黑”到底！投稿信箱：greygrass527@sohu.com。

我是朱棣，我想当一个好皇帝

@小 P

我是朱棣，虽然我是造反当上的皇帝，但是我认为我是一个好皇帝。我在位 22 年，我寻人、修书、迁都、亲征……做了一系列前所未有的事情，希望这些所作所为能够让大家忘记我造反的事情。

寻人

自从做了皇帝，我无时无刻不在想念你，我的侄子朱允炆。靖难之役，叔叔是来解救你的，但是你为什么突然消失了呢？你贵为前皇帝，我必须要找到你，你需要人去保护的。

郑和，你去海外帮我找吧，国外人生地不熟的，我侄子就算是死了，我也得让他落叶归根。不然，我没法跟我父皇和哥哥交代。

当然，我最希望的是你们能给我带回来一个消息就行，我不想见他，毕竟我当上皇帝也是挺不容易的，不可能再让位给他。

允炆，叔叔对不起你，但说对不起也已经晚了。叔叔已经努力做了一个好皇帝，缔造了盛世。希望我做的这一切能够弥补我的罪过。江湖不再见，大侄子，祝好。

修书

解缙，我让你给我修一本能让我流芳百世的书。你给我编了什么？《文献大成》是什么？你就这点水平吗？能不能给我好好编？

我想做一个有文化的好皇帝，你说缺钱，国库任你花；你说缺人，翰林院任你挑；你说缺书，全国上下任你找。我给你最后一次机会，要是你再编不好，我就要收拾你了。

四年时间，你总算给我一个完美的交代。《永乐大典》的光辉会一直照耀在我的头上，历史不会遗忘是我朱棣编制的这本百科全书。

当然解缙，历史也不会忘记是你帮我写下的这一篇辉煌。但你作为一个外姓人企图干扰我们老朱家

 就是爱历史（古希腊）7. 著有《几何原本》，奠定了以后欧洲数学基础的是谁？

部的事情，那你就是有点想不开，历史会记住你的，你可以从我前消失了。记住下辈子请不要再做一个投机主义者了。

迁都

之前我和宁王朱权镇守北方的候，蒙古军还不敢造次。现在他敢三番五次犯我疆土，是因为再没有能人去镇守边关了。我觉得个世界上除了我，没有人能镇住古铁骑了。

众位爱卿，我打算去北方了。知道你们一定会舍不得我离开，以你们跟我一起去吧，我们迁都京。谁都不能拦我，我是皇帝，觉得这么做是对的。要是敢有不的，就一起处置了吧。

扬我国威

郑和，你自跟我出生入死，算为大明江山下了汗马功劳。在我们江山已统一，自古以，只有受到邻的朝拜，我们能称为天朝大。所以，你去找我侄子的时候，顺便帮我宣传宣传吧。

但你一定要记住，我们要以德服人，最好不要动用武力。

郑和，你挺厉害的啊，带了这么多个国家君主来朝拜我，但是那些死了要埋在我们这里的君主是什么意思？虽然我大明帝国繁荣昌盛，但是这样落叶不归根也是让我很尴尬啊。

安南国的胡氏父子，你俩逗我玩呢是不？冒充皇帝还杀我使臣，不给你点颜色瞧瞧，真把老虎当病猫了。

张辅，你不愧是将门虎子，有你爹当年的风采。用纸狮子来唬人家大象的战术也是挺让我吃惊的。既然安南已经平定了，陈家又没有

后代，这个地盘你先帮我看着点吧。

亲征

阿鲁台，我看你是吃了熊心豹子胆，此前一直没借口收拾你，现在你敢杀我的使臣，等着受死吧。

邱福，我给你十万人让你去帮我收拾那群小痞子。我千叮咛万嘱咐不能轻敌，你就是不听，你死了不要紧，我的十万大军让你也给弄没了。看来还得我亲自上。

瓦剌的马哈木，你现在是翅膀硬了，竟然敢和我作对了，纵然你有铁骑万千，纵然我被你包了饺子，但那又能怎样？我有最精锐的三大营部队，你能把我怎么样？我先让神机营“嗒嗒嗒”射你一番，然后让三千营的骑兵用狼牙棒扫你们一波，最后五军营去补个刀。要灭你，只是分分钟的事情。

设立东厂

大家都知道我是造反做的皇帝，也请各位原谅我有一颗玻璃心。我不喜欢听别人在背后叨叨我。谁要是敢乱说，那我就派人去灭了他。

从我造反到当皇帝，只有宦官一直陪我出生入死，他们是我唯一可以信任的群体。所以我建立了东厂——一个帮我刺探情报、肃清障碍的特务机构。

但有些话我必须说明白了，这些宦官也希望能够流芳百世，他们把岳飞奉为自己的偶像，希望能够精忠报国。至于后来，为啥成了一个遗臭万年的群体，我就不去解释了。反正我的本意并非如此，比起这些，我更想当一个好皇帝。

太子之位

朱高炽，你能当上太子，要感谢你的老师杨士奇。如果没有他，我已经废了你多次了。希望你不负所望，能够像我一样做一个好皇帝。至于以后，你弟弟会不会造反，靠你自己的能力去解决吧。

朱高煦，这么多儿子里面，你最像我，我也最喜欢你。如果没有祖宗章法，我一定会把皇位传给你。但我不明白你为啥想玩李世民那一套，推倒太子然后逼老皇帝退位吗？我可是你爹，我玩过的套路比你走的路还要多。你去青州吧，离京城远点儿，皇位你就别惦记了。

我65岁时，死于征讨阿鲁台的途中，或许就是我的宿命吧，我不后悔。我是朱棣，我虽不是一个好人，但我想当一个好皇帝。

岸芷汀兰摘自《时代青年·悦读

图：小黑

7. 答案：数学家欧几里德。

别人的天塌了，你扶不起来，那闭上眼就是帮忙了？

@辉姑娘

小时候有一次骑着自行车，看结婚的车队很漂亮，忍不住回头望。谁知队尾一辆车开得急，与险些擦身而过。我吓了一跳，还醒过神来，车已停下。

车主是个女人，三步并作两步了过来，一把抓住我不放，非说车身上的一道划痕是我的自行车出来的。

那年我才八岁，不知所措，只任凭那女人口沫横飞、叉腰大骂，已则完全呆住了。

更可怕的是，身边的人越聚越，每一个人都指指点点，我甚至可以清晰地听到议论声和哧哧的笑声。我又急又气又害怕，眼泪夺眶而出。

人越聚越多，里三层外三层，后面的抻着脖子往里看，里面的人死活不挪窝，居然还有人掏出随身带着的苹果开始啃。因为人太多，空气都变得稀薄，我的脸憋得通红。

嘈杂的人声中，我的头越来越低，眼泪渐渐干了，心却越来越凉。就在我快要坚持不下去的一刻，一只手忽然拉住了我。我惊愕地抬起头，原来是住在附近小区的一位阿婆。我们两家并不熟，我甚至不知道她姓什么。可是此刻她用力地把我拉向身后，避开所有人的视线，高声呵斥着："看什么看？有什么好看的！把孩子都吓哭了！"

人群喧嚣起来，有急脾气的开始骂："关你屁事！"

"那人家出事，关你屁事！"她一点儿都不怕，立刻凶狠地回骂。那人闭了嘴，悻悻地别过头去。

又有人争辩："我们就是想帮帮孩子……"

"用不着！"她毫不留情地开始赶人，"走走走！不上班了？没正事做吗？一群闲货！"

人群终于陆陆续续散去，我一直躲在她的身后。

她摸了摸我的头，轻声说："娃儿，别怕。"我点点头。

直到人散尽了，那个开车的女人走上来，大约看她泼辣，也没那么嚣张了："你是这孩子的亲戚吗？我这车……"

"我谁也不是，"她一点儿都不客气，"就是看这孩子可怜，出来护着她点儿，省得被你们这群大人欺负。"

"那赔钱的事你说了算吗？"女人声音降低了一些，但不依不饶。

她"哼"了一声，指着那车："当老婆子傻吗？这车是不是这孩子剐的，我没看到，但我知道这是条行道，你算逆行，就算警察来了你也讨不了好儿。"

那女人张了张嘴，没说出话来气呼呼的，却又没办法反驳她的子。最后不甘心地瞪了我一眼，身上车甩门，走了。

我简直不敢相信，这件可怕事情就这么结束了。

她一脸轻松地转身，帮我理理被女人抓乱的衣领："好了，事了。"

我嗫嚅着："……谢谢阿婆。"

她笑了笑："没什么大不了的娃儿。将来你遇到这样的事，保儿不会再怕了。"

我重重点了点头。她把自行的把手塞到我手里。"别人遇到处，能帮就帮，帮不了就走远。看他的惨相，别添乱。以前看戏那些台下起哄喝倒彩的，比台上反派的还招人恨呢。"她拍拍我，"人的天塌了，你扶不起来，那闭眼就是帮忙了。"

丁强摘自《这世界偷偷爱着你》湖南文艺出版

图：陈明

【讨论区】在文末，文章提出了："别的天塌了，你扶不起来，那闭上眼就帮忙了。"对于这个观点，你是否赞同快加入读者圈，说说你的看法吧！

信使

@毕淑敏

军邮车来了

我17岁的生日，是在藏北高过的。虽然是10月，昆仑山却万里雪飘，就要封山了。

一位白发苍苍的老医生对我：“也许军邮车今天会来的。”

“你骗人！”我大叫。有时候烈地指责别人说谎，其实是太渴那消息真实。

军邮车大约每月从新疆喀什开昆仑山一次，日子并不准，仿佛只来去无踪的青鸟。老医生戍边年，他的话有时像符咒一样灵验。每年封山前上山的最后一辆车，是军邮车。山下的人都知道我们心。”他晃着满头的白发，像一丛银针。

那天夜里，军邮车像破冰船一样，跋涉五天，英勇地到了，整个军营为之沸腾。分拣信件的房舍门口站着两个威武的士兵。因为曾有一次，迫不及待的边防军人们跑去抢信，从此，在军邮车到来的日子，这里便加站双岗。

各单位取信的人站在房外，一取到信就像古代的驿马接到加急文书，拔腿就跑，送给望眼欲穿的人们。

在高原上奔跑，不是一件轻松的事，这活儿一般都分给腰细腿长的年轻人，但白发苍苍的老医生执拗地要做这件事。知情的人私下里

说他家中有很老的双亲、很弱的妻子、很小的孩子，想信比别人更甚。

老医生说："有一年封山的时间格外长，半年后军邮车首次上山，信件一直摞到分拣人的胸前。他们在信海中游走，呼吸都很困难。"

老医生抱着一大摞子信，我们扑上去抢。那时候干部去干校，知青接受再教育，妻离子散的多，信件也格外多。

霎时老医生手中就空了，接下来是唰唰的撕信声，信皮的断屑萧萧而下。

读信的日子

我最先看的是父母的信，再看同学和朋友的信，我的同桌此刻在遥远的西双版纳，信中夹了一朵花的标本。她说这是景洪最美丽的花，有沁人肺腑的香气。夹花的那页信纸留有大片紫色的液痕，想象得出花盛开时的娇嫩。我低头嗅那被花液浸泡过的地方，哪有什么香气，有的只是纯正而凛冽的冰雪气息缭绕其中。

我连夜回信。平常的日子，营区是柴油发电机供电，每晚只亮两个小时，然后，就像木偶人似的眨几下眼睛，熄灭了。军邮车一来，首长便传令延长发电时间，以利于捡信和回信。首长其实也很盼信。

同屋的女兵"嘤嘤"地哭了来，她的小侄子病了。我们都放笔去劝她，然而，女孩子常常是样的，越劝越哭得欢畅。

老医生悠长地叹了一口气说"告诉离得这么远的一个小姑娘孩子的病就能好了吗？我家里人不这样的。"

不一会儿，女兵停止了哭泣因为从老医生送来的第二批信中得知小侄子的病已经好了。

"要有经验。"老医生说，"信全拆开，码饼干似的排好，从后面的看起，前面的只能做参考这自然是至理名言。但这么办，间长了，我们也发现了弱点。好一本回肠荡气的小说，快刀斩乱地先看了结尾，再回过头去细细嚼，便少了许多悬念和曲折。

那一次军邮车上山，老医生有收到一封信。按照他的逻辑，有信来也许就是出事了。他的忧持续了整个冬天。

老医生走了

在这海拔5000米的高原地，每逢有人下山，就会挨门挨地问："我要走了，要不要带信？这是高原的风俗。

8. 答案：神话故事、英雄传说和《荷马史诗》。

在我17岁生日过去半年的时，收到了西双版纳同学的回信。是老医生送来的，这是开山后的一次通邮，他也很快乐，他的家寄来了平安信。有时候他又突然惑，说他家里会不会有什么事瞒不肯告诉他？我们都说："不会会，你是家里的顶梁柱，他们离了你，根本就办不了事，怎么会你？"他也觉得很有道理，心就宽许多。

终于，轮到他探家了。他很早告诉我们："下山时专门预备一旅行包，为大家装信。"我便对昆仑山皑皑的冰雪，咬着笔杆，从容容地写了大约三十封信，每封都竭尽我的才能。

我双手捧着这摞信，郑重地交老医生。他的白发在雪峰的映衬，晃动得像一盆水中的粉丝："你心好了！我到了山下第一件事就为大家邮信。假如回信快的话，次军邮车上来，你们也许就能收回信了。"

他走了。军邮车像候鸟，飞来次又一次，但那三十封信却一封见回音。

原来，他下山乘坐的车翻了，熊烈火吞噬了他银发苍苍的头，那个装满信件的旅行包，顷刻之间化为青烟。

他死了以后，军邮车还带来过他的家信。我第一次注意了一下地址，是广西一个很偏远的小城，那地方在北回归线以南，属于热带，该是非常炎热的。老医生的家乡，距离昆仑山，大约有几千公里。

那封迟到的信，边缘已经磨损，好像烙熟又蒸了几遭的馅饼；几处裂口的地方，被薄而坚韧的透明纸粘贴过，上面打着蓝色的印章："邮件已破，军邮代封。"

不知这是不是一封报平安的家信。

丁香清幽摘自《毕淑敏经典散文》

山东文艺出版社

图：陈明贵

【名师有话说】最寒冷的世界里，最温暖的记忆，人性的真善美就在点滴中彰显。凄清冷寂的世界里，一群最普通的人，本真地渴盼着家人的讯息，他们对信使的渴盼、对亲人的思念筑起了比昆仑山脉更高的山峰，筑起了祖国最为牢固的边防。

看似平实的情节叙述，读来却让人荡气回肠！尤其对老医生、"我"、女兵等人物的刻画，极生活化，真实呈现，恍若是你、是我的家人，读来便不由得心戚戚而泪潸潸了。这恐怕就是伟大源于平凡，"真"是写作最好的秘笈吧。

点评者：安徽省淮南市龙湖中学

一级教师 谢全

螃蟹真难吃

@熊先生

螃蟹是啥味

上午第一节课，老师还没有来，所以班级里格外地吵。班长李木沉着脸走到后排说："李里，你们在说什么？"

李里斜眼看着他，问："螃蟹，你知道啥味吗，你？"

看着李木不回答，那群男孩开始起哄，"哎呀，班长居然没有吃过螃蟹！""哈哈，乡巴佬。"

然后"班长从来没有吃过螃蟹"这件事情，迅速地被所有人知道了。

一整天，李木都觉得别人的眼神像针一样扎得他生疼。好不容熬到放学，他迅速背上书包往家赶。他还没有这里的朋友，所以只想快点回家，避开所有的人。

李木住在城市的边缘，这里房租很便宜，鱼龙混杂。他问正削洋芋的母亲："妈，你知道螃啥味吗？"

"螃蟹？"

看着母亲的眼里逐渐生出一迷茫，李木很失望地离开了厨房

晚上，一家人围在一起吃洋和馍馍。李木犹豫了片刻，还是

问父亲："爸，你吃过螃蟹吗？"

"吃过。"父亲给了他一个出乎料的答案，他饶有兴趣地接着问：是啥味啊？"

"嗐，难吃。"提到螃蟹，父亲了皱眉头。

李木有点不开心，如果螃蟹不吃为什么那些男孩会嘲笑自己。爸一定没吃过螃蟹。

想到这，李木的情绪低落了起

他草草吃了几口，就等着父亲完饭腾出桌子来写作业。

"李木，你咋了？"

"我想吃，螃蟹。"螃蟹两个字，木刻意加快了语速，但是还是被母听得一清二楚。

"螃蟹？"母亲首先对李木发"有你吃的就不错了，还天天三想四的？"

李木低下了头，但是他心里有不服气，喊了一句："为什么我能吃螃蟹？都姓李，为啥人家能我不能吃！"

李木的父亲倒是很惊喜儿子理气壮的要求，他心里有些宽慰：吃螃蟹？"

"嗯。"李木低低地回答。

李木的父亲大手一挥说："你次考试得第一，就买。"

"好。"李木点了点头。

螃蟹被妈妈送掉了

拿到成绩的当天，李木克制不住兴奋："爸，我考了第一名。"

看着儿子的成绩单，李木的父亲高兴得眼睛都眯了起来。

"爸，螃蟹。"他的声音又低了下去，没有什么底气的样子，他担心父亲会以家里没钱为理由拒绝履行这个承诺。

"好，好，去买螃蟹。"

父子俩一前一后地往市场走去，两个人的影子很瘦，很瘦。

天已经傍晚了，正是买菜的时候，父亲只是径直走到了那个摆在地上的海鲜摊。那张塑料薄膜上摆着几尾鱼，和一些奄奄一息的小螃蟹，隐隐地散发着腥气。

摊贩看到有生意上门，也不着急。他慢悠悠地放下手里的手机，懒散地说："看看吧，多新鲜。"

李木皱了皱鼻子，很不满地咳了一声，他希望父亲能赶紧往回走，买几只活蹦乱跳的螃蟹。

"螃蟹怎么卖？"父亲开腔的那刻，李木非常失望。

"30。"

"这么贵？"父亲的声音很夸张，这让李木觉得芒刺在背。

"这还贵？多好的螃蟹。"最后卖螃蟹的烦了，挥了挥手说，"26，爱买不买。”

李木的父亲这才舒展开笑容：“来来来，这几只。”

刚到家门口，母亲就迎了上来，看着在黑色塑料袋里不动弹的螃蟹，母亲的眉头才舒展开：“正好厂里班长过生日，我赶紧给送过去。”

“妈！”李木尖叫起来，但是母亲只是敷衍地说：“我不表示表示，以后把累活都给我咋办？”等母亲走出门，李木的眼泪才噼里啪啦地掉下来。

母亲回来得很快，她搓着手说：“送去了，送去了。”手掌上还残留着海鲜的腥气。可是李木的母亲并不知道，她一离开别人的家门，那几只螃蟹就被丢进了垃圾桶，因为闻起来，很不新鲜。

李木磨磨蹭蹭地没有心情吃东西，他看着母亲说：“我的螃蟹呢？”

“你的螃蟹？”母亲瞪着李木。

李木的父亲安抚着儿子：“再买，再买。”

“买什么买，家里那么点钱，还过不过了！爱吃不吃，不吃滚蛋！”

李木晚上没有吃饭，他暗暗地下决心，自己明天一定要尝尝螃蟹的味道再去上学。

第一次吃螃蟹

第二天一早，李木很早就出了，他决定去捡垃圾来赚一点钱垃圾场里，闷热混合着臭气，李忍不住在旁边干呕了起来。他只放弃这个计划，想找个地方打一的工比较靠谱。

李木把书包和校服寄存在超储物柜里，他甚至把头发弄乱，自己看起来成熟一点。可是整条都已经问完了，除了有个爷爷给他一瓶水，他没有任何收获。

在回家之前，他去了一趟海市场，待在水箱旁边看了很久的蟹。看它们被一只一只捞走，他情绪逐渐变得沮丧。

一直等太阳完全落下去，李才往家走。他小心翼翼地走到大口，听见里面母亲的声音一直带哭腔：“你说他去哪儿了？”

“没事，我再出去找找，你先吃点东西。”

还没等李木想好怎么说，他暴露在了灯光下。父亲的脸色一子有些欣喜，然后又沉了下去。硬把李木从母亲的怀里拽了出来“你去哪里了？”

“回来了就好。”母亲出来打场，但是父亲依旧铁青着脸，只盯着李木，等他回答。

9. 答案：埃斯库罗斯、索福克勒斯和欧里庇德斯。

等到几乎耗光了父亲的耐心，木才慢吞吞地说："我去挣钱了。"

"什么？"父亲大概怀疑自己错了，又问了一遍。

不知道为什么李木突然感觉很屈，他几乎冲父亲吼了起来："我想尝尝螃蟹，我不想被人说是乡佬！"李木盯着父亲，心脏怦怦跳。

第二天，李木被一股从来没有过的味道吸引，一盆中等个头的蟹摆在饭桌上，冒着热气。旁边看起来很疲惫，但是眼睛里流露笑意的父亲："吃吧，臭小子。"

那是李木第一次吃螃蟹，什么都不懂，一盆螃蟹吃到嘴里的东西寥寥无几。他有些抱怨地认同了父亲之前说的话："爸，螃蟹真难吃。"

"难吃什么？你爸大晚上去给你抓螃蟹你还敢嫌弃！"

"啊，爸你好厉害啊。"

父亲只是语重心长地说："要什么就和爸说，你以后莫乱跑了。"

从那天起，当别人问他螃蟹是什么味道的时候，他都会皱皱眉，学着父亲的样子说："嗐，难吃。"

本文首发于每天读点故事APP，刘振荐稿

图：豆薇

碰上家暴，皇上也得离婚啊

@萨苏

皇帝也是政治牺牲品

古代男尊女卑，男人闹离婚通常是很简单的，要指责妻子犯了“七出”之不用什么证据就能办到，代也有一类男人要离婚绝如此简单，就是皇帝。

然而，宋朝的第四个帝——宋仁宗的离婚案却处理得比较成功的。

当初宋仁宗选择皇后时候，他更喜欢一位张氏姐，但当时垂帘听政的刘后却选中了后来的郭皇，他不得不从。而此后郭皇的表现酷似一个小辣椒，让宋仁宗跟别的嫔妃多交还时不时向刘太后打小告——这整个儿一个藏在帝身边的女间谍啊。

还有，郭皇后从辈分说竟然是宋仁宗的表姨！代人虽然对近亲结婚不敏但辈分问题肯定是个大儿……既然如此，怎么能两个人结婚呢？这就是出政治考虑了。

刘太后选中郭皇后，要原因便是其显赫的家郭皇后的祖父郭崇威出身

酋长，代表着北方将门。北宋时室结好将门是一种国策，其中一重要手段便是联姻，所以宋仁宗郭皇后这个不甚合理法的婚姻带强烈的政治色彩，若是两人离婚，容易让将门误解为皇室对自己的远。

甩出被家暴的实锤

说起来，宋仁宗的案子也不是指望，也有一个大律师支持他，个人就是当朝宰相吕夷简。

不过，吕夷简虽然位居宰相，称“大律师”，但面对废后这样事儿他也只能暗中帮忙，没办法挽狂澜，否则肯定被政敌骂成猪的——明眼人看来，皇上有理，后有势，律师团里有内应，但总来说对皇帝不利。

结果，宋仁宗在召见重臣们讨离婚的事情时，一个小人物给他了个绝妙的主意，彻底扭转了局。这个小人物便是宦官阎文应，对随时可能来哭谏甚至死谏的大们，阎文应对皇上说：“您把领解开给各位宰辅看看。”

而当皇上真的把衣服一脱，结简直是满堂皆惊，鸦雀无声，人心中不由自主嘀咕了一句网络名——那啥，不作不死啊。

那个时代，没有录音机，也没有摄像头，那么，皇上说皇后对自己家暴，能有证据吗？还真是有证据的——元刻版《宋史全文仁宗卷》说宋仁宗宠幸宫中的尚美人。尚美人恃宠而骄，经常在皇帝面前说对皇后不恭敬的话。皇后不胜愤怒，起来打她的嘴巴。宋仁宗赶紧跳起来去救，皇后误打中了皇帝的脖子。

于是阎文应让皇帝解衣，给重臣们看脖子上的抓痕——这分明是皇后愤怒之下连抓带挠，说不定还使出武将家的功夫对皇帝施暴，才会有此后果！

体面的离婚理由

在婚姻中，无论古今，家暴都属于不能容忍的事情。而看到皇帝脖子上抓痕的大宋臣子们，恐怕也不敢再替皇后辩论了。

果然，这件事很快在重臣中达成了共识，唯一给郭皇后留面子的，便是将离婚理由从“家暴”改成了“无子”。将门会不满吗？当然不会，宋仁宗皇帝定下的新皇后是大将曹彬的孙女，也是将门之后，大家自然更不会说什么了。于是，这起离婚案顺利通过。

暮春摘自《北京青年报》

图：小栗子

终极之爱

@蔡玉明

公公和婆婆是绝对的平民百姓。公公的文化程度是勉强可以看看报纸，婆婆则能看懂“郑彩其”这三个字，那是她的大名。

公公婆婆来自粤西一个穷困小村子，新中国还没成立就到广州谋生，在城市中心住了半个世纪，说的还是地地道道的乡下话。究其原因，是他们之间极少言语。所有交流与理解，尽在不言中，顶多某一方提个什么要求或问个什么话，对方便是“嗯”的一声，简约明了。

所以，十一年，没怎么见过他们红脸、吵架。唯一的一次，却是惊天动地。那是公公 78 岁那一年，他曾为婆婆自杀。

公公是个七级建筑工，当年工资很高。婆婆是个家庭妇女，概做过保管自行车、居民小组长类的职业。婆婆不知是因为与生来性格所致还是肺气肿等病的因，说话从来细声细气的，不急躁。公公对于这位夫人，言听计从从不说“不”。

那一年，婆婆已是将临油干灭的状况，病得只剩一双深陷的睛，还有一层皱皱的皮，包裹住干的一副骨头。公公心痛婆婆，担了所有外出任务：每天起大早给婆婆带回早餐，之后按婆婆的

10. 答案：斯巴达。

，到市场采购当天的东西。

这天，婆婆吩咐公公，买几个红薯——婆婆咽食米饭已十分困难，多是吃容易吞咽的红薯。

公公第一次去市场，人老眼花，买回来的是马铃薯。公公再去市场，鬼使神差，买回来的还是土豆。公公很伤心，躲在房间里反反复复说自己已不中用，之后，一口气喝下了半瓶白酒和半瓶安定片。

婆婆煮好了饭，进房间叫公公吃饭，发现公公口吐白沫，昏过去了。桌子上放着一个空酒瓶和空的安定片药瓶。

上天不忍心拆开这对老夫妇。救护车把公公拉到医院，医生们向我宣布他们将全力抢救，但顶多只能维持公公一小时生命。我们呼天抢地哭喊，公公在我们的哭喊声中睁大了眼睛，奇迹般地在急救室躺了一个晚上，第二天早上步行回家了。

跨过这道生死门，此后两位老人更有默契，相互之间连小声说"不"都灭绝了。婆婆是静悄悄地离开这个世界的。自此以后，更少见到公公笑，甚至说话。

按当地习惯，亲人死后的遗像是不放在家里的，但公公执意要把婆婆的遗像放在客厅向阳的地方。之后，每顿饭前，公公必做的功课就是给婆婆点一支上好的檀香。

常常一家人坐齐了，饭菜齐了，公公却站起来，颤颤抖抖离开餐台。我们大声问："去哪里，干什么？"

公公耳朵很背，一点反应都没有。但一定会边走边自言自语："你们妈妈还没有吃饭哩。"于是去搬一张日字形的小方凳，站在凳上，恭恭敬敬给婆婆上香。

> "
> *公公给予了婆婆人世间最实实在在的东西，平平淡淡，涓水长流。*

有一次，公公得了肺炎，高烧至半昏迷，送到医院打点滴，直到深夜才回家。安顿好公公睡觉后，我疲惫不堪地倒在床上。迷糊中我听到客厅有声音，便爬起来，打开房间门，被眼前的情景吓呆了：公公站在日字形的小方凳上，给婆婆上香。小方凳晃晃悠悠，一百五十多斤体重的八十多岁的公公站在上面，就像要杂技踩球一样。我不顾一切冲上去，抱住公公，扶着他点完那支香。

公公喃喃地说："我出去一天了，你妈还没吃饭哩……"

第二天，我头一遭跑了祭品专卖店，买了一对电香灯回来。电香灯只要一接开关，电香便亮起来，视觉上与点的檀香有一样的效果。我花了很多时间说服公公，电香与檀香一样，婆婆一定会怕公公摔倒，宁肯要电香而不要檀香。

公公自婆婆去世后，老年痴呆症便一天比一天严重。不知日夜，不知冷暖，最头痛的是他时常把晚上当白天，夜深人静时他就起床，不停地在家中走动，翻东西，嚷着要开门出去逛街喝早茶。

受害最大的是我的女儿，她正准备考高中，功课很紧，考试很多，晚上睡不了觉，白天上学就打瞌睡。我不断和公公"上课"，告诉他现在是深夜二时、三时，不能出门，不能逛街。但一切都告无效。

一天晚上，女儿又被公公吵醒，她站在奶奶的遗像前哭诉："奶奶，您快管管爷爷，他天天晚上闹，我睡不了觉，上学很辛苦，我要考试了。奶奶，您一定要帮我。"

奇迹就在那一刹那出现，耳朵差不多全聋的公公是不可能听到孙女的哭诉的，但他却一下子安静下来，一声不吭地回房间睡觉，一夜平安。

第二天女儿在奶奶的遗像前 了两个硕大的新奇士橙，那是奶 生前最喜欢吃的。女儿说："谢 奶奶！奶奶您真行，即使在天界 也能让爷爷听话！"

更不可思议的是，近年，88 高龄的公公，老年痴呆症已到了 亲生儿子都不认识的地步了。但是 有一件事他永远不会糊涂——

问："郑彩其是谁？"

答："我的老婆。"

问："你的老婆叫什么名字？

答："郑彩其。"

又到清明扫墓时，公公老得 坐轮椅的力气都没有了，因此， 替公公好好地拜祭婆婆。在婆婆 坟前，我默默地把公公疼爱婆婆 故事，点点滴滴细细诉说，禁不 泪流满面。

公公与婆婆，贫贱夫妻， 柴米油盐劳碌奔波了一生。可公 给予了婆婆人世间最实实在在的 西，平平淡淡，涓水长流。那种 点滴滴却又是真真实实的东西， 入每个细胞，注进每根骨髓，年 淡不去，阴阳隔不断，始终如一 终极之爱。

强子摘自《青年博览

图：陈明

就是爱历史（古希腊）11. 古希腊城邦中实行民主政治的代表性城邦是哪个？

美国朋友吃中餐

@孤钵

某次，我认识了同住一个小区的新朋友 Jessica，她自称吃货，于是让我介绍一些不错的中餐馆。我迫不及待地向她推荐了新开的一家老四川菜馆，口味正宗。我爱吃辣，一想到那水煮鱼、那辣子鸡，顿时口水横流。

大约我的表情感染了 Jessica，她有了兴趣：“我最爱中餐了，像大皇宫做的橘子鸡，非常棒。”

“呃……”大皇宫是横霸多年的美式中餐馆，像橘子鸡、宫保鸡丁，都是深受老美喜欢、在美国称霸多年的招牌菜。我实在忍不住点评了一下：“其实，在中国吧，我们都没有什么橘子鸡、四川鸡，那种把鸡肉炒熟随便加点酱的，太不正宗了。”

Jessica 当即就表示要和男朋友去那家老四川菜馆，并让我推荐一些比较正宗的菜。

“你能吃辣不？”

“能啊。我去吃泰国菜，都要五级。”一般泰国餐馆都会把辣度分为一到五级。

“那就点水煮鱼，还有孜然羊肉。这两道菜都挺正宗的，和国内餐馆做的没什么区别了。”末了，我还是忍不住提醒了一下 Jessica，“不过，鱼真的很辣哦。”

再见到Jessica的时候，我自是顺便问起她的用餐体验。

Jessica脸上挂起了礼貌的笑容："很好，非常棒。"一般用这么虚无的词汇来回答时，往往真实体验并非如此。

我试探地问："是不是太辣了？"

Jessica欲言又止，最后忍不住告诉我："水煮鱼真的太辣了，我男朋友怕浪费，多吃了几口，结果拉肚子拉了一个通宵。"

我甚是惭愧，虽然预感到水煮鱼的辣度对于美国人来说可能困难了些，但是没想到这么厉害。

Jessica吐槽完，连忙补充："不过孜然羊肉真的不错。我们都吃完了。"

"你喜欢就好。我就怕那种风味你们吃不惯。"

Jessica点头："确实和我们之前吃的中餐不一样，那孜然羊肉里面的蔬菜口味有点奇怪，不过很好吃。"

"蔬菜？那里面有蔬菜吗？"我认真想了想，孜然羊肉不都是肉吗？

"有啊，就是那种切得很碎很细的，好像是洋葱，但是味道又有点不一样，可能还有一些别的什么香料在里面，我吃不出来。"Jessi
仔细地回忆道。

我恍然大悟，这才明白她所
的蔬菜大约是葱、蒜、姜，还有
椒之类的调料："那些都是用来
味的，我们一般不吃……"我忽
想到了什么，"你们该不会把水
鱼里的辣椒也吃了吧？"

"是啊！还有那汤，我喝一口
得喝一杯水啊……"

"汤？！"那不是汤，那都
辣椒油啊，换谁不得拉一夜啊……

是了，我从来没想过这个问题
菜是菜，调料是调料，仿佛与生
来，我知道该把它们分开。可美
人吃饭是把菜和饭放一个盘子里
一起吃干净的。对于没吃过正宗
餐的他们来说，怎么能想象水煮
中真正能吃的部分只有小半盆呢。

为了弥补心里的小愧疚，我
己做了道大盘鸡，请Jessica和
男友一起来吃。土豆和鸡肉是美
人最喜欢的组合，只不过换成了
式风味，不出意外地大受欢迎。
一次，Jessica和她男友都学乖了
自然没有把那些蒜瓣、干辣椒再
下去。末了，Jessica意犹未尽，
我请教做法。

于是我祭出了做菜的法宝——
火锅底料。凡是需要重口味的菜色

11. 答案：雅典。

来点火锅底料，绝对味道超赞。眼见Jessica露出星星眼，我自然慷慨地把一袋底料送给了她。

那一日，我下班回家，刚进小区门，便隐约觉得空气中弥漫着一股火锅的香气，正想着哪家中国小伙伴这么大阵仗吃火锅呢，车一拐弯，却看到一辆消防车停在了某栋楼前。Jessica正抱着双臂和全副武装的救火员谈着什么，一脸苦闷。

我不好上前打扰，但闻着这熟悉的香气，隐隐已经感觉到了什么。眼见旁边有个出来遛孙子的中国大叔，一看这架势，就知道他站了老半天，我连忙停了车，走过去小声地问："知道出什么事了吗？"

"还能怎么的，做饭的时候烟太大，触发那个烟雾报警器了呗。"大叔使劲摇了摇头，"没想到这些美国娃娃也没经验，做中餐，居然关着门窗，还放辣椒，放火锅底料。哎哟，那能不触发警报吗？"

我心里一凉，还真是那包火锅底料惹的祸。我怎么把这茬给忘了？美国的厨房一般没有抽油烟机，就算有，也只有一个滤网，根本就不能把烟排到室外去。一旦有油烟，就一定会触发安装在天花板上的烟雾报警器。那个报警器直接连着火警，一旦触发，五分钟之内，消防车就出动了。

对于美国人来说，一般的烘焙、煎烤牛排都没有什么问题，可中餐讲究爆炒，油烟极大。我初来美国时，已经听了好些小伙伴们因为做饭把火警招来的故事。那时候我自是小心谨慎，要做饭，必定把门窗全部打开，要不然就把爆炒改成水煮。可美国人一年四季都开空调不开窗，他们第一次做，没有经验，可不得中招吗！

"话说，这火警出一次，好像得不少钱吧？"我心里顿时又生起了愧疚之情。

"呵呵，那是，一辆车出来一次250美元，再加服务费，从出发起算，每一小时150美元。"大叔显然经验丰富。在美国，不管是真警报还是假警报，救不救火，这火警一旦出动，账单一定会准时送给你。

"大叔啊，如果我说那火锅底料是我给的，你觉得我跟她还能做朋友吗……"我弱弱地问道。

吃第一顿饭拉肚子拉了一晚上，这顿饭又吃掉几百美元……我估计我和Jessica，朋友是没得做了吧……

司志政摘自《紫色》

图：小柯

丸子的朋友圈

金融小王子刘思聪

一哥们失恋，每天都很心痛，五天以后发展为整个胸口都很痛，经常打电话给我说失恋太难受了什么的。但是疼了十天还是疼，我们一直都以为这次失恋对他打击太大了，也没有理他，直到单位体检，才知道他是得了肺炎。

大老板张富贵：这货今年是不是本命年没穿红？

郭美眉

已经两个月没有联系过的朋友居然给我发了个“早安”。我赶紧回：“哦，今天怎么起这么早？”

对方回道：“你没看我朋友圈吗？我在英国玩呢！”

对这种喜欢炫耀的朋友，我也好使出必杀技：“太好了，帮我代吧！”

丸子：你个心机 Girl。

哲学系二师兄

清明长假哪里去？去香港不伦类，去澳门嗜赌难退，去东北季节对，去青藏缺氧伤肺，去江南冷雨背，去北京堵车崩溃，去上海人多罪，去景点门票太贵，去爬山双腿累，去海边人声鼎沸，玩微博索然味，去哪里都欲哭无泪。选择困难患者，跪求大神赐教！

王大脸真的不是女汉子：对你来说，好是待在家里，洗洗就睡！

王大脸真的不是女汉子

我闺密减肥，经常不怎么吃晚饭。次被异地恋的男友发现后，都会被骂。为了不让男友骂自己，我闺密是拼了，每天编一顿豪华晚餐骗他。个星期后，男友忧心忡忡地问她：尔是不是被人包养啦？”

金融小王子刘思聪：吃还是不吃，对尔和你闺密都是终极难题啊。哈哈。

丸子

有一个困扰了我很多年的谜团：什么中学稍不注意刘海就会长过眉，大学后就很少这样了。终于在今让我给揭开了谜底。

金融小王子刘思聪：说人话。

丸子回复金融小王子刘思聪：发际线上去了。

郭美眉：连 90 后都开始发际线后退了！@大老板张富贵，你的发际线该到天际了吧！哈哈哈。

郭美眉

人间四月天，这么美好的春光，这么养眼的季节，为什么大街上还是那么多不会搭配衣服的人？

快递员小马：不是不会搭配，是没钱买齐一套搭配。

大老板张富贵

突然发现一个重大问题：我这么努力，为啥还是叫我土豪，不是富豪！我听着怎么还是辣么别扭？请问：土豪和富豪的区别到底是什么？

郭美眉：亲爱的，你把这两个词都倒过来念试试。

快递员小马

那天送一个快件，过了一段比较颠簸的路后，那快件居然开始嗡嗡作响地振动。把我给吓坏了，会不会是炸弹啊！后来知道，那是一个除毛器，因为路上颠簸的时候把开关震开了。

丸子：都过去几天了，是不是想起自己大呼小叫打人家电话的样子，还觉得好怂啊！哈哈哈哈。

大佬和蒟蒻

本文有音频版哦！可关注4月号百宝箱免费获取！

@烟二

我喜欢的男生是个插画圈大佬。一次偶然的机会，我在微博上关注了大佬。这天，大佬刚刚在微博上发了一张照片，照片上是他举着奶茶的手，而作为背景的奶茶店，正是我常常去的那家。我瞬间福尔摩斯附体，最终，确认这位插画圈大佬居然是我的同一届经管系校友，名字叫赵霄。

我想，是时候找个机会偷偷看一眼大佬的庐山真面目了。然而室友兔子却对我“不成熟的小提议嗤之以鼻，她说：“这个画画的佬从来不在网上发自拍，一定是得很对不起粉丝啊！你会不会看本尊之后就立马脱粉？”

周四那天，我如愿混进阶梯室，又深思熟虑了几秒钟，决定战速决。于是我戳戳身边坐着的生，直奔主题地问：“你们系是

12．答案：苏格拉底、柏拉图、亚里士多德等。

是有个叫赵霄的男生？”那个女生顿时露出了老母亲般“慈祥”的笑容，指了指侧前方的一个身影。

运气不错，我和大佬只隔着三排座位，可我还没来得及看清大佬的长相，桌上的手机竟然不合时宜地叫了起来——那条我精心挑选的、充满浪漫主义色彩的铃声，久久回荡在安静无比的阶梯教室里，竟然有一点杜比环绕声的味道：“皮卡比，皮卡——丘！皮卡比，皮卡——丘！”

一阵哄笑过后，几乎所有人的目光都朝我射过来，我像中了十万伏特电击。不过，我也看清了大佬的正脸，还和他对视了好几秒钟，觉得自己又中了一次十万伏特。

那条引起轰动的短信是兔子发来的，她问我战况如何，我悄悄拍了一张大佬的侧颜给她回过去，顺便再附上十二个字：始于才华，陷于人品，忠于颜值。

接下来我决定利用闲暇时间去学画画，努力成为另一个大佬，以此来吸引赵霄的注意。首先，我得混进大佬所在的一个同好群，听说，群成员都是平时喜欢画画的粉丝，偶尔会 @ 大佬出来帮忙指点迷津。

当然，我还得给自己起一个足以在大佬眼皮底下怒刷存在感的名字。兔子问我：“你平时怎么称呼大佬？”我说：“就叫大佬啊，还能叫什么！”

兔子想了想，说：“那你叫‘巨弱’怎么样，你看，这个‘巨弱’和‘大佬’多有 CP 感啊。”

虽然我冲兔子翻了一个白眼，但不得不说，这个名字真是棒极了，我用了谐音“蒟蒻”。

我的申请很快得到了通过，入群之后，群里出现提示：欢迎“蒟蒻”加入群聊“我们根本不会画画”。看见这个颇有内涵的群名，我会心一笑，觉得自己可能是这个神秘组织里唯一一个真的不会画画的。

有人冒了泡：欢迎新人……等等，这两个字怎么念？

我正准备在群聊里科普，谁料大佬忽然出现，抢先解答了那个人的疑惑。接下来是新人入群后的例行欢迎仪式，我收获了来自其他群成员的海量么么哒以及表情包，甚至还有人起哄，让我发几张近期作品——我哪儿有什么作品啊？正当我手足无措时，大佬又说话了：“你的名字很特别呢。”

我微微一笑：“因为本人巨弱啊！”我的回复下面来了一群哈哈哈哈的路人，大佬也发了微笑表情，他接着说：“说起来，前几天我喝

了一次学校奶茶店的蒟蒻奶茶，还挺好喝的！我以为你也是蒟蒻奶茶同好哈。”

我赶紧开启“心机模式”，故意向他透露自己的坐标：“啊，那个，我们不会是校友吧？”接下来，就是等鱼儿上钩了。我抱着手机美滋滋地等大佬回复，生怕错过任何一条消息，然而，我那几句话很快就淹没在其他人的刷屏中——赵霄应该很少在群里冒泡，刚才接连说了几句话，居然引起了不小的轰动。

几秒钟之后，“皮卡丘”竟然欢快地叫了起来，我拿起手机一看，是赵霄发来的私聊消息：“蒟蒻同学，冒昧打扰你，如果你有作品请发群里哈，大家相互学习一下。”

这算是大佬对新人的额外照顾吗？他还加了我好友！我现在激动到想在宿舍里做托马斯全旋！但理智告诉我应该先解决眼前的难题，于是，我小心翼翼地问大佬：“是不是不发图就会被踢出群啊？”

进群之后我扫了一眼公告，这是一个督促群成员画画的“互助小组”，一段时间没有提交新作品的成员会被“清退”。赵霄似乎挺在意这个群规，他毫不含糊地回复我：“理论上是这样的，建群的初衷是希望大家每天坚持画画嘛，所以……”

眼见无法回避这个问题，我
能采用迂回战术：“那个，其实
接触插画也没多久，画得很丑，
在不好意思发群里；所以，我能
能把图私发给你，顺便指点我
下？”

赵霄的回复相当谦逊有礼，
让我对他的好感度再度UP。不
我现在迫切需要一幅画，来让整
聊天继续进行下去。我抱着手机
兔子：“现在用金钱请美术系外
还来不来得及？”

兔子说：“远水解不了近渴
你先画个给他看呗。”

我说：“我能画啥，我画个
卡丘给他看吗？”

兔子考虑了几秒钟，说：“
不是不可以。”

我真的在白纸上画了只皮
丘，当然，很丑。破罐子破摔的
对着“杰作”随便拍了张照片，
给赵霄发了过去。

然后，是长时间的沉默，我
着手机屏幕上“对方正在输入”
个字跳了又跳，就是没有消息发
来。我狠狠心，又觍着脸问了句：“
佬，你看我这画还有的救吗？”

赵霄没回复我，我想可能是
在帮别人改图，没时间和我聊天了

就是爱历史（古希腊）13. 希腊神话的内容大体可以分成哪两个部分？

也可能是我玩笑开过头，让他生气了。我心里那个急呀，又发了一个表情包过去，可惜发送失败……发送失败？

兔子噗嗤一笑，说："你被大老拉黑了吧。"

我沮丧地丢掉手机："都是你出的馊主意，还好意思笑？"

"喂喂，这个锅我可不背啊！"虽然嘴上这么说，兔子还是默默拿出了饭卡，双手呈到我面前，"喏，这是人道主义安慰，'巨瑀'同学。"

我随便裹了一件衣服就下了楼，直奔奶茶店，直到付钱的时候才发现自己把兔子的饭卡丢在了宿舍。不过，我伸进口袋摸钱包的手也收了回来，嗯，钱包也没带。

奶茶店老板娘终于看不下去了，她指了指柜台前的二维码。我尴尬地拿出手机，我又发现，手机付款也失败了，我终于意识到一个问题——我的手机停机了。

正当我端着两杯奶茶手足无措时，身后却传来一个陌生却很好听的男声："那个，刷我的卡吧。"

我回头一看，差点儿吓得把奶茶都丢了出去——帮我付钱的人，是赵霄。我脱口而出："你、你……赵霄？"

他看着我，显得有点惊讶："啊，原来你认识我？"

于是，我故作娇羞状，顺手理了理两天没洗的头发："真是太谢谢你了，我一定会想办法把钱还给你的！"

赵霄倒是没和我客气，他若有

所思地笑着："既然都这么说了，那你就留个联系方式给我吧……啊，不好意思，我忘了我们已经是好友了。"他慢慢将伸出来的手机又收回去，"对吧，蒟蒻同学？"

听到那个令人头大的昵称，我感觉自己又一次遭受到了十万伏特！在赵霄的注视下，我只能结结巴巴地承认错误："对不起，我是真的不会画画，我就是想在群里……等下，你怎么知道我是……"

"我还知道你的手机铃声是'皮卡丘'——哈，看到你传给我的画，本来以为是自己想多了；看到真人之后，我发现自己并没有猜错。"

此时我只想用最快的速度滚回去，但赵霄没有给我这个机会，他说："我正好也要交话费，要不一起？"

我木讷地点点头，跟着赵霄慢腾腾地走向营业厅。充好话费后，"皮卡丘"急促地叫了好多好多声，舌头都快打结了，赵霄又轻快地笑起来。

我脸颊滚烫，低头假装毫不在意地翻看手机。停机时没收到的消息像潮水一样涌来，我才发现，赵霄并没有把我拉黑，不仅没拉黑，他还问我周四有没有去旁听过经管系的课——原来早就暴露了啊，我竟然还为自己的愚蠢计划暗自得意了好久。

"还有，关于你的皮卡丘……"赵霄忽然又提起我那不堪回首的往事，他强忍着笑说，"说实话，我觉得你可能没什么绘画天赋。"

"我知道，我会退群的。"我想在通往艺术殿堂的道路上，这大概就是我和我最后的倔强了。

"不，和退群没有关系。我的意思是，你是否需要一位一对一教学的绘画老师呢？虽然他可能也没有画得多么好，但至少，能画对皮卡丘的身材比例。"赵霄很认真地看着我。

认真到让我颤抖着问他："那个，收费……贵吗？"

他愣了半天才接下我的话："不收费，上课还请你喝奶茶的那种。"

我也愣了半天才明白赵霄的意思。我想，我的春天就快来了吧，就算要经历许许多多次十万伏特，那也是幸福的春雷。于是，我对赵霄说："从今以后，还请大佬多多指教——我，我想画个比例正常的皮卡丘。"

赵霄又笑了起来，就像是加了双份糖浆的蒟蒻奶茶，齁甜。

火箭熊摘自豆瓣网

图：豆

13. 答案：神的故事和英雄传说。

相声二则

@张寿臣 口述　陈笑暇 张立林 整理

高个儿和矮个儿

一个高个儿和一个矮个儿一起路，边走边说话。

矮个儿说：“你长那么高有什用啊？依我说，还是个儿矮点好，不仅灵巧，做衣服都比你省布。”

高个儿没接话，正巧，路旁有棵枣树，高个子一伸手，摘了个枣儿，一边走一边吃。

矮个儿说：“你也给我摘几个吃。”

高个儿说：“哈哈，何必呢，你买布省的钱，留着买枣吃得啦！”

姜屈二姓

一个姓姜的和一个姓屈的，两个人在大街上说话儿。

姓姜的问姓屈的：“贵姓啊？”

姓屈的回答：“姓屈。”

“哪个屈啊？”

“‘熊纪舒屈’的屈。”

姓姜的说话不受听：“啊，知道了，上边儿一个尸体的尸字，下边儿一个出殡的出字。”

姓屈的不高兴了：“哎，这是怎么说话！您贵姓啊？”

“哈哈，姓姜。”

“哪个姜啊？”

“‘金魏陶姜’的姜。”

“啊，我知道了，上边儿一个王八羔子的羔，去了四点儿，下边儿一个男盗女娼的女字儿。”

让姓屈的找回去了！

摘自中华相声网

图：小黑孩

我的父亲

@蒋方舟

我爸是一个普通的中国式男人。如果加上职业属性的话，似乎还应该有一条——人民警察。

我爸叫大兵，当了快30年的乘警——火车上的警察。30年的时间里，他三天在火车上，三天回家休息，而回家了也经常是出门和兄弟吃饭喝酒。所以，在我漫长的童年里，经常觉得和这个酷似我的男人不熟。

我爸工作时候的英雄形象我从来没见到过，他有时会收到单位的短信，然后若无其事地说："又
我们抓逃犯。"听起来很FBI，
从来没听说过他破过什么大案，
不曾立过什么大功。

乘警"跑车"的工资不高，
度却严。带无票亲友上车，就有
能"脱衣服"（就是开除出公安
伍），工作也并不稳定。

我10岁那年，蒋氏家族团
圆圆吃年夜饭，我爸抽了根烟，

然说自己要被调到一个非常偏远的小车站。全桌人一时都愣住了，没人听说过那个偏远的小县城，也不知道我爸会在那里待多少年。一会儿，女眷开始尖利着嗓子抱不平，男眷冷静些，说：“这事求求人，还有回旋的余地。”

嘈嘈切切说了半天，女眷们决定当天就去求情。临出门，我妈看了我一眼，年夜饭还只吃了一小半，我怯怯径自吃，正在进行清盘工作。我妈对我说：“你也一起去吧。说不定你还能说上话。”那时我已经出版了书，附近的大人经常带着孩子参观我，算是个小名人，家族中人觉得我比较像一个人物。

一行妇女，浩浩荡荡地去领导家楼下等他。我也油然而生“缇萦救父”的责任感和悲壮感。冬天的晚上，等了三四个小时才听到车驶近的声音，领导下车，和人混乱地大声告别很久。当他终于走近，埋伏在花坛附近的女将们立刻慌乱起来，我分明感到我奶奶在我身后推搡我，说：“跪下，跪下。”

我就这样仓促地跪下，甚至都来不及找到我该面朝的方向。妇女们一拥而上，七嘴八舌述说着冤屈。领导挣脱开之后，我们又去他家按门铃，骚扰了几遍，但终究没有开门。

从前，我爸只有一半时间在家，即使在家也没什么存在感，可他真的与我们分离，家里没有个男人的无助无告才变得明显，经常想摊开两手哭丧说：“这日子没法过了。”

我爸在那个小车站工作了半年后，我搭火车，又换“黑摩”去看望了他一次。那个地方荒凉但有人情味。我爸让伙房杀了一只公鸡，一大半的肉，都堆在我的碗里。我吃的时候，看见院子里的几只公鸡走来走去，很是悠闲，不知生死的样子。

上周，我爸来看我，表示如果我在京城待不下去了，不要死撑，可以回家乡的小城里啃老。说着，还心血来潮地打开钱包，给了我五百元钱。

这是我生平第一次收零花钱，胸中泛起无限暖意。温暖并不是来源于钱，而是喜欢这种庸俗的亲情体现，感动于这种简单粗暴的对我好的方式。让我从孤独恣肆的写作、光怪荒诞的首都文化圈里逃离，竟然回到最平常普通的生活轨迹里，让我觉得茫茫的无人区里还有个依靠。

极品咖啡摘自《语文世界（初中版）》

图：陈明贵

韩愈，你为什么总和动物过不去？

@大老振

位列“唐宋八大家”之首的韩愈是个动不动就拿动物开涮的段子手。

韩愈父母早逝，由嫂子抚养长大。他 19 岁时开始参加科举考试，连续考了三次都没考上。于是，韩愈只好按照潜规则给当时的名人写信，中心很明确：求举荐。

韩愈在其中一封信中写道：在天池的边上、大江的水边，传说有怪兽存在。它可不是一般的小鱼小虾可以比得上的，要是让它得了水，呼风唤雨、上天入地，那都不是事儿。

韩愈笔下的这个怪兽是传说中的龙。他还提到现在龙被困在烂泥里出不来，就发挥不了威力，但它又不想低下高贵的头颅去求人，于是天天趴在那里叫唤。

这条龙就是指韩愈自己？没错，韩愈心里正是这么想的。可惜的是，尽管这封信中心明确、层

14. 答案：居住在奥林匹斯山上的十二个主神。

晰、语言优美，韩愈还是没有得任何回应。

估计收信人心里想：你还只是怪兽就这么目中无人，要是我真你弄到水里，你上天入地呼风唤起来，那还得了？你还是在烂泥待着吧！

792年，韩愈第四次考试终于中了进士。“怪兽”终于靠自己本事扑腾到水里了，可要想从进到高层部门，还要通过更严格的试才行。这次，韩愈又是考了三没考上。

眼见自己快奔三了，还在考试挣扎，他连着给当时的宰相修书封，希望得到一份工作。这次又石沉大海。韩愈只好选择暂时离长安，结束“京漂”的凄惨生活，老家去。

在回去的路上，韩愈恰好看到群人耀武扬威地从他面前经过：人手提两只鸟笼，原来这是给皇进贡的御鸟。擦肩而过时，韩愈乎看到那只白乌鸟脸上写着骄，而那只白八哥正翻白眼瞪着自，目光中充满了不屑。

于是，愤怒的韩愈提笔写下了篇文章《感二鸟赋》，来表达自对这两只鸟徒有华丽羽毛、无真才华的深深鄙视，顺便还吐槽了一下皇帝任用庸才之事。

后来工作渐渐顺利了，他依旧拿动物开涮。

799年，韩愈被某节度使召入幕府任职，虽说不是高层官员，但好歹算是地方正式编制。对未来充满信心的韩愈欢天喜地地上班去了，结果刚看到考勤表就傻眼了：凌晨三点就要签到，九点下班，中午休息六个小时，下午三点又要签到，晚上七点下班。韩愈揉了揉眼睛，怀疑自己找了个假工作。

于是，他给上级写信提意见。韩愈的上级很有涵养地选择不回信。这时，韩愈心里有点儿小受伤：怎么我给谁写信谁都不回？我可是个人才啊！

为此他一口气写了四篇杂说来发泄心中的郁闷，其中一篇就是《马说》。文章出炉后，立刻被人们传阅开了。街头巷尾，人人都在议论千里马的伯乐在哪里。

后来韩愈真的遇见了伯乐：他从幕府出来做四门学博士，再做监察御史，后做到中书舍人。这下韩愈应该满意了，不会再拿动物开涮了吧？

不可能！即便是想妻子，他也会拿动物开涮。他一连写了三首《青青水中蒲》，其中第一首韩愈竟然

写自己与妻子就像两条鱼，快乐地游来游去。这还不算，即使在教育孩子的问题上，韩愈也拿动物开涮：孩子们好好学习吧，不然幼时差别不大，到30岁时可就云泥有别了，学习好者就能变龙，学习不好者只能做猪。

后来韩愈因为写信批评唐宪宗，被皇帝一气之下贬到了荒无人烟的潮州（今广东潮汕地区）。在那里，韩愈终于遇到了动物主动来找碴儿的事情。

在潮州，一个高僧曾点化韩愈"与人为善"。可是，就在韩愈想着要怎样"与人为善"时，遇到了一群"来者不善"的鳄鱼。这些鳄鱼非常张狂，经常祸害附近百姓，吃了不少牲畜，甚至威胁到了人的生命。韩愈一听，这还得了！平常都是我拿你们开涮，这次你们要来找我的碴儿，我要写信！

于是，当地百姓都出动了，看韩愈站在一个高台上对着鳄鱼高声朗诵《祭鳄鱼文》。在这封信里，韩愈先礼后兵，他先送鳄鱼一只羊、一头猪，然后给它们指明一条出路：去南海吧。随后他又告知鳄鱼搬家的最后期限，末尾还不忘说：不搬家，格杀勿论！

据说韩愈读完《祭鳄鱼文》的当晚，便下了一场大暴雨，次日过天晴，人们惊奇地发现：鳄鱼见了，它们真的搬走了。一生拿物开涮的韩愈达到了最高境界：物听懂他说话了。

韩愈最后一次拿动物开涮是前去平定叛乱的路上。822年，州（今属河北石家庄）发生兵乱此时已回到长安转任兵部侍郎的愈毫不犹豫地前去平叛。唐穆宗他被叛军砍成肉泥，派人追他回来

54岁的韩愈没有回去，他忽想起当年的白乌鸟和白八哥，它傲慢的眼神在他脑海里一闪而过他笑了，遂赋诗一首。

是的，他从千里马变成了一鸟，飞到叛军队伍里，傲视群不费一兵一卒，仅靠三寸不烂之就瓦解了叛军，解除了威胁，胜而归。

可是，宰相裴度虽然很欣韩愈，却不懂韩愈为什么总喜欢动物都写进诗文里。韩愈自己心很清楚，他只是想借着"鳄鱼"痛斥当时的贪官污吏，更是在为行"古文运动"尝试各种写作方法而那些飞禽走兽光荣地成了他实目标的跳板。

司志政摘自微信公众号大老振读

图：小

就是爱历史（古希腊）15. 在克利斯提尼时代，雅典制定了什么法以放逐政治野心家

自己的车被借走后遇到过哪些坑爹事？

@清五郎

一

我两辆车，一辆轿车自己开，辆商务扔公司。谁借我车我都让们开商务，3.0的别克GL8，老怀挡，有点燃烧不充分，懒得修。就留个油箱底儿，谁借我就说哎要没油了，你要开自己加油……

去年电瓶亏电，有几次把借车朋友放在路上了，停车以后亏电动不起来，给我打电话，我也没法，没想到你跑那么远，你不说市区接个人，你自己想办法吧。前我都说了车有毛病，跑不远，说一会儿就回来……

后来有个朋友A借车，说用两，我就给了，结果三四天了没动，打电话在外地呢，我说电瓶不了，你别老停着，每天跑跑充充……最后一周才回来，说第四五的时候死活打不着了，花400元我换一新电瓶才开回来……我就笑不说话。

另一个朋友B开车出去，说拉的人多了加油不走车，哦，气门脏了，点火无力，洗个节气门吧百十块钱。我哪知道你拉一车人……

有次某人借我车，回来才知道拿我车拉狗，狗尿在后面坐垫上了，当时不知道啊，把车扔停车场就走了。烈日灼阳，晒了一天，第二天一开门那味直接把我顶回来了，打电话过去，人家倒挺客气，但是当天出去是没办法了，耽误事儿。完了洗车根本解决不了，布艺的座套，只能扔了那一排的座套，然后做了个什么什么臭氧除味，四五百块钱……

说实话这种事儿太多了。也真有不加油的，怎么开去的怎么开回来，油箱的油都不一定到加油站，真是计算精确。

借给一哥们一周，回来一看车里就像经历大战一样，后备厢我放的一桶机油和防冻液居然给我洒了，满车怪味，一问给丈母娘拉海鲜去了，车里那腥味久久无法散去。

还有借了你车使劲儿跑的，借出去一星期，回来一看倒油也加了、车也洗了，上车一看以为自己看错了……这一周跑了三千公里？！人家嘿嘿一笑，去了趟南方。去了趟南方你怎么不开你自己车？心疼自己车。倒知道心疼自己的车……

更神的，拉了一车三四百斤山药，临最后送了我一箱，那意思还得说哥们你看我够意思吧，用你车给你一箱山药。大哥你这标价 55 一箱，我洗个车都三四十好不好，座套上都是泥，座套再洗一遍……这哥们后来还拉过一车蘑菇、一车大葱……

我们这个年龄，三十多岁，实际上不爱那么多应酬，但是有些人就是觉得和你熟，有些就是客户，你为点小事又不愿意得罪他们，真是被逼无奈……

二

然后前段时间，我一个久未见面的叔叔，问我借车，是个长辈，和家里也有点交情。我也没多想，就说您需要我给您送过去，不用来跑一趟。

说了好几次，就是没来开。又过了很久，忽然着急用，当时也没用我去找他，直接来我单位开走的，一走一个星期，我也没在意，回
时候一看车洗过，油箱半满，我
挺知足，就客套了客套。

然后又过了一段时间，又找
借，有了第一次，我觉得靠谱，
给他了，当时给我说可能开得久
些，我倒是没在意，那会儿单位
有辆新车，我就说："您开走吧
车龄偏大可能毛病多，爱惜点
行。"

然后我就在朋友圈看我这叔
直播了一场人生大戏。直播开始
我就有不祥的预感：因为借车当
发了个老人家的黑白照片，还有
黑色的盒子，那放盒子的椅子有
熟悉……这不是我的车吗？意思
明天就要长途跋涉，带老人家魂
故里了？

然后从朋友圈看着他们一家
和我的车走德州过河北一路直
向北向北，再向北……一直到了
龙江哈尔滨——她媳妇老家。丈
娘的骨灰盒以及我的别克频频
镜，然后又是下葬、喝酒，前前
后折腾了两个多星期，然后画风
转又变成了顺便东北大旅游……

我也不敢问啊，也不敢留
就眼睁睁看着。直到一个月以
回来了。车洗得干干净净，前面
CD 机头本身壳碎了居然给我换

15. 答案：陶片放逐法。

新面板，驾驶台一尘不染，钥匙加了个红色的中国结，里外打扫挑不出毛病来，还车时非要和我饭，那就去吧。

酒过三巡菜过五味，喝得有点了，开始给我讲这段时间的事儿。

第一次借车也是接老太太去北，结果看不了了，太严重了，然拉回家来，没多久去世了，去世在本地火化的，老家那边迷信，日子才能回去下葬，就等着日子了，开车送回去了。然后还给我了讲我车在冰天雪地的表现，以葬完丈母娘顺便去看了看冰灯的事，好不容易去黑龙江，到处走吧……然后跋山涉水、穿山越岭旅行。表示这车出了大力了，中怕不行还给我做了次整备，换了机油三滤……说到最后动情了，说以后再也不借我车了，因为一看到这车，就想起自己的丈母娘，简直要落泪……我目瞪口呆，敢情真是没把我当外人……

喝完送回家，我没敢跟任何人说我车拉过骨灰盒，就给我爹打电话说我某某叔叔（他也认识）拿我车拉骨灰盒了。我爹听闻火冒三丈、暴跳如雷，我又安抚他半天。

这是冬天的事儿，到现在为止果然再没借过我的车。

步步清风摘自《知乎日报》

图：小黑孩

【讨论区】除了借车，还有借钱，总是会遇到各种奇葩人奇葩事。快加入“故事会读者圈”，来分享你所遇到过的雷人囧事吧。

我和我妈有代沟

@大甜甜发财葵

昨天我跟我妈说："妈妈我想嫁给一个黑人！"

我妈惊奇地问我："那你俩的孩子不会是黑白条那种吧？"

我妈今天问我吃没吃过一种叫心连心的肉串，我正纳闷呢，她拿出来一看，是骨肉相连。

我妈在我的鼓励之下终于鼓起勇气去楼下跳广场舞了，然后因为人家要收费10块，我妈不给然后就被撵走了。

我："妈，我今天想吃精致点的，你不经常买的东西。"

我妈："我不经常买的？狗屎？！"

电视里整天播林丹的广告：男人不要下厨，女人不要洗碗。每到这时候，我妈在旁边就跟着喊："那他家里活让谁干啊！"

我要一个人回北京了，老妈独自留在长沙，去超市给老妈买了多零食。一回家我老妈就开始生气说我乱花钱买一大堆她不爱吃的西，她自己会照顾好自己。

今天早上就看到我妈偷偷起迫不及待把零食挨个打开尝尝，边喝着香蕉牛奶吃着萨其马，一看《中国好声音》，还说自己上目的话肯定也选周杰伦当导师。

我妈突然问我："什么是领？"我说："那些坐办公室工的人挣得还不错，所以是白领，有挣得更多的叫金领。"我妈听以后问我："那你这种在家待着一分钱不挣的是不是叫秃领？"

"不就是疙瘩汤吗？"我妈了我的珍珠奶茶之后淡淡地说道

我："妈我想换一个碗，这花纹太丑啦。"

我妈："那个不是花纹，那你脸的倒影。"

步步清风摘自豆瓣

就是爱历史（古希腊）16. 古希腊最大最漂亮的一般会是什么建筑?

被伊拉克女人带回家

@马嘉骊

一

到伊拉克机场出口处，我被严拦下。

机场安保主管询问我在伊拉克担保人，我说没有，对方要求我交在伊担保人的地址和名字，否有签证也不准我入境。

就在我快要绝望的时候，先前我搭讪问路的萨达气势汹汹地走过来。她一把握住我的手腕，侧身对着机场负责人，甩去一个凶巴巴的眼神，一字一顿地说："我是她的担保人，她在巴士拉和我住在一起，其他地方哪儿都不去。"负责人被震住，半晌都没反应过来，而萨达已拉着我走出机场。

出了机场，萨达与她的女性朋友让我一同等车。吉普车驶来后，萨达问都没问便把我和行李都硬塞进了车子里。

吉普车行驶良久，最后在一处篱笆墙前停下。

篱笆叶子后是一扇铁门，一位面相慈善的中年男人开了门。客厅里，陆续走出十几位穆斯林女人。萨达向她们介绍我，女人们一边发出啧啧的叹叫，一边纷纷过来抱我。

家族里的大姐是位中学英文老师，我在她那里得知了这是一个大家族。她们都是亲姐妹关系，只有给我开门的二哥是家里唯一一位男性。萨达长住阿布扎比，她的丈夫在加拿大经商。这次返伊，是因为家族里的长兄心脏病突发离世，她赶回来参加追思会，而我们到的那天刚好就是长兄的祭祀仪式。

好不容易我才抓住宾客来的空隙，和爸妈视频聊天。

突然，背后传来一声尖叫，我猛地合上电脑。深知穆斯林禁忌里，女人不加遮盖的脸是不容许被镜头摄下的，被陌生男性看到她们的脸庞，是一种羞耻。我转过头去，对身后尖叫的家族女性连连道歉。她捂着嘴，尖叫着跑开，又一把将大姐扯了过来做翻译。

大姐面对羞窘的我，大笑着问：“刚和你视频的是谁？”见我支支吾吾的样子，大姐笑意更深了，“是谁？快说呀！我姐妹说那个男人很帅！”这时，我的心脏这才平复来，说：“那……那是我爸爸。”

大姐开始起哄，一刹那，家里其他女性都闻声而来，齐声催打开电脑。于是，我那无辜的老爸在再次接通视频后，愣生生被几位裹着黑袍的女人们吓着了。他了一会儿，招架不住便很快把我叫了过来。

估计我妈心有敌意，不然怎会捋好了刘海，抹了淡色唇膏，改以往聒噪的出场，优雅地坐在头前，媚媚地笑。我妈的举动叫斯林女人看了，大喝了一声倒散了个干净。

客人来得差不多的时候，家大姐过来问我：“你怎么没让你爸成为穆斯林？”我天真地反问“为什么你希望我爸爸成为穆林？”她说：“因为我们这里男可以娶四个妻子，这样他就可以了你妈妈，再娶我和我的三个妹啦！”

哐当一下，我的心都碎了。

二

等短暂的祭祀仪式一过，女们就擦干了眼角的泪，扯下头神色又再飞扬起来，客厅和厨房上恢复了热闹哄哄的场面。转变

16. 答案：希腊神殿。

之快，叫我目瞪口呆。

把客人都送走之后，他们把逝长兄的房间清理干净，腾出来给睡。醒来时，客厅地毯已铺满了饼乳酪，姐妹们满面笑意地招呼用餐。我问，我今天可以出门走吗？

萨达摇头，唤来一位大男孩：这是我们的侄子穆罕默德，这段间他都会带你到处逛逛。不许你自出门。”

带我出去逛也不能步行，只能在出租车上游览主城区。按照巴拉家族的说法，在伊拉克，只要人听到说英文，就可能惹来杀身祸。最后我一分钱没花就游览了士拉城。我掏钱给他，他直言拒：“姑妈姨妈们交代我做的。”

本是自己的旅途，却给陌生人了麻烦，我心里盘算着尽快离开。以我就赶紧把憋了几天的秘密告了穆罕默德：我准备离开巴士拉，往北部的库区和巴格达。

我曾在网上发过帖子，询问如前往北部的库区，一位在库区的性阿玛给我留言，建议我搭乘多出租车前往巴格达，再由巴格达往库区。阿玛还称他在巴格达有友，可以托这位好友给我找一位得信赖的出租司机。

穆罕默德笑了：“你居然相信一个未曾谋面的男网友？你知道吗？在伊拉克，一个居心不良的司机，随时能把你高价卖给恐怖组织。”

我不但没有成功说服任何人放心让我一个人去库区，而且自从萨达与她的姐妹们知道我要离开之后，便在每晚7点准时召开讨论大会，研究探讨我的旅途安全。

直到又是一晚的“安全会议”，我再也扛不下去了，干脆盘了瑜伽里的莲花坐姿，指了指自己的坐相，问大姐：“你能做吗？”体形丰满的大姐好奇学做，刚掰起左腿，右腿又松了开来。她大笑，兴奋地去拍身边的姐妹，让她也做。于是，她们纷纷尝试，我终于把安全讨论大会变成了健身运动。

之前，阿玛已经联系过我，称他在巴格达的朋友已为我找到可靠的司机前往库区，但我不舍也不敢告别。那一刻，我突然下了狠心，对着刚掰完大腿、气喘吁吁的巴士拉家族姐妹们说：“我要离开你们，前往巴格达了。”

三

刚才还笑嘻嘻掰着腿的她们一下子急了：“怎么去？”

“坐车去。”

“为什么不直接坐飞机去？”她们问。

“机票太贵。”我回答，那时我在印度丢了钱，身上只剩下300美元，而前往库区的单程机票就要500美元。其实我并未坦诚相告，去巴格达再转库区，还因为巴格达是我一直想去看的城市。

萨达朝我扑上来：“我们给你买机票。”我满心感激地拒绝了。一旁的穆罕默德不满我的不领情，吹须瞪眼说道：“哎，你们还不如给她买头毛驴，让她骑着去巴格达。”我瞥了他一眼，让他别惹我：“我在中国可是开学校的。”

“哟，什么学校？”他问，漫不经心地。“ShaolinTemple，你上网搜搜看。”我说得一脸诚恳，脸不红心也不跳。他果真去搜，捂着嘴回来，留出一对瞪大的眼，满眼敬佩和畏惧。

巴士拉姐妹们劝我不过，只能让我走。不过虽然她们没办法给我买机票，但依然坚持送我过去。

第二天清晨，她们把我推醒，说车子到了，要送我去巴格达。待我穿上黑袍戴上面罩走出门来，所有姐妹已在门口等我。

大姐给我一条红色串珠，二姐给我一块白色的祷告头垫……直礼物塞满我的双手，她们才迈开子送我走。姐妹之中有人开始哭泣渐渐地都不再送我，只捂着嘴、着手跟我道别。

萨达和她的二哥把我送上早找好的出租车。我不知道他们究给司机付了多少倍的车钱，这本是多人共乘的出租车，竟只载了一人。

忽然，萨达把一大沓钱塞进的手心。我慌了，推还给她。萨凶起来，使了一把狠劲，把钱压我攥起的拳头里。这股霸气，我见识过的，就在最初见面时她在境处官员面前一把将我拽走那样

她拍着心口，直视着我的眼真诚地说：“钱，你要拿着，这我们给你的礼物，而你，”她指着“你是安拉给我们的礼物。”说大颗的泪从她睫毛扑闪的眼睑里落下来。她不乐意我见到她哭，把抹掉泪，把车门甩上，转身就不留给我说一句告别的余地。

车子启动了。我回头看萨她并未走开，正站着抹泪……

彼岸花开节选自《我不允许你独自旅

中信出

图：

（关注4月号百宝箱，免费听本文音频

 就是爱历史（古希腊）17. 古希腊城邦制度的特点是什么？

约面记
燃烧吧!小羽酱!

@天朝羽

，我家附近新开
家面馆，味道超
！我还办了一张
饭卡！请你吃面

哇哈哈，我最
爱吃的面条！
火速赶去！
距离很近，
只坐两站
公车就到！

哇咧！只差一步！

40分钟后
668
公车怎么
还没来……

平平常常摘自作者新

17. 答案：小国寡民，各邦长期独立自治。

跟着黑猫警长学科学

@爱较真

动画片《黑猫警长》不仅展示了黑猫警长机智、勇敢、帅气的形象，还通过森林里的各种动物给我们传授了不少科学知识呢。

鼩鼱不是老鼠的亲戚

《黑猫警长》中第一个出场的色是什么？鼩鼱。

鼩鼱属于食虫目鼩鼱科，是世上最小的哺乳动物，靠吃蚯蚓、虫等为生。它们眼睛小，视觉差，觉、嗅觉发达，因此，鼩鼱妈妈着小鼩鼱们出洞学抓虫子，在教们之前，先让它们都戴上小眼镜。

别看鼩鼱个头小，它们却是十的大胃王，一天到晚总是不停地啊吃，每天至少得吞下同自己体一样重的食物。如果食物丰富，它们甚至一天能吃下相当于自己体重3倍的食物。

它们虽然长得极像老鼠，还有一个别称是“臭老鼠”，但和老鼠没有任何关系。就像圆耳象鼩形似鼩鼱，却与大象血缘亲近。

鼩鼱是一种小巧可爱的有益动物，所以你们千万不要把它们当作臭老鼠打死了。

《黑猫警长》中，一只耳想把偷吃粮仓里的食物这一罪名嫁祸给鼩鼱一家，不料很快被黑猫警长识破了。

食猴鹰捕食动物

食猴鹰又叫食猿雕，也称作菲律宾雕，是菲律宾的国鸟，被人们赞为世界上“最高贵的飞翔者”，有“鹰中之虎”的美誉。

它们属鹰科，体形庞大，体长91厘米，翼展2～2.5米，体重6500克，是世界上第二大鹰。

在《黑猫警长》第二集中，食猴鹰以酷似黑帮老大的一身装扮出现，森林中的小动物和它们的房子在食猴鹰面前就是玩具。

食猴鹰的主要猎物是各种树栖动物，如猫猴、蝙蝠、蛇类、蜥蜴、犀鸟、灵猫、猕猴及野兔等。在村庄附近，它们还经常捕杀狗、猪等家畜，在啄食猴子时十分凶残，因此得名“食猴鹰”。作为大反派，食猴鹰吃猴的片段在动画片中也有体现，兔宝宝们吓坏了。

现实中，食猴鹰的捕杀方法更残忍，它们善于在低空盘旋，一旦发现猎物，就会闪电般俯冲而下，先啄瞎猎物的眼睛，然后撕成碎块。

食猴鹰战斗力非常强，黑猫警长多次调整作战方案，甚至动用直升机部队拔光了它的毛，才战胜它。这也告诉我们，鸟类不能失去羽毛。

尽管威猛无比，食猴鹰现存却不到500对，集中分布在棉兰老岛的雨林中。为了拯救食猴鹰，菲宾政府采取了一系列保护措施，在1983年颁布法令，严禁射猎此违者罚以巨款，并处1至5年徒

动物吃红土

《黑猫警长》第三集中，大河马、野猪吃掉了小猴、小兔等动物们用红土搭建的新房。

为什么它们要吃红土呢？为红土中含有动物所需的丰富矿质，它们吃红土，就是为了补充物质。

不过，现在还有另外一种解为了解毒。动物常年吃的植物、子等东西在体内会慢慢积累大量素，而红土具有显著的解毒功它们为了解毒，便会吃红土。

动物们吃的红土是没有经过何处理的天然红土，有别于平时友给鸽子们喂食的保健砂土，保砂土是红土与其他物质混合而成产物。

螳螂吃夫

《黑猫警长》中螳螂那段美的爱情和背后残忍而悲伤的真相人印象深刻。大家也因此知道螳螂新娘吃掉新郎的脑袋是为了殖后代，这是一种自然现象。雌

产卵需要大量能量，雄螳螂的肉是极佳的能量来源。

片中借由雌螳螂吃掉雄螳螂，提到了爱和传统的延续——

“为了我们能生下更多吃害虫后代，非这样做不可。奶奶是吃爷爷才生下爸爸的，妈妈又是吃爸爸才生下我的。如果你爱我，请把我吃掉吧。”

可是，雄螳螂被吃掉了脑袋，螳螂还怎么繁殖后代？

事实上，断头的雄螳螂是可以成交配的，因为控制交配的神经在头部，而在腹部。而且，由于些神经抑制中枢位于头部，头被掉，只剩下半身思考，交配欲望而更强。

不过，不是所有的螳螂都会吃。螳螂的种类有1500多种，吃的螳螂主要是其中的两种：中国刀螳螂和欧洲螳螂。在自然条件，雄螳螂交配时被吃的概率并不，不会高于5%。

“吃夫”并非螳螂的专利，不节肢动物也有这种行为。

吃猫鼠不存在

一只耳远赴非洲寻找它的娘舅猫鼠。在现实生活中，吃猫鼠并存在，而是幻想的生物。

《黑猫警长》中吃猫鼠的设定是这样的：能放出使猫昏迷的气体；在猫昏迷时，会扑上去用锐利的牙齿咬断猫的喉管，然后把血吸干。

据此，人们怀疑阿滕伯勒长喙针鼹是吃猫鼠。

搬仓鼠可能是混种仓鼠

大反派一只耳是搬仓鼠，搬仓鼠是不是仓鼠？它会不会是仓鼠的别称？

从体形上看，它们还是有些差距。仓鼠属于仓鼠科，是一种啮齿类动物，身体较肥圆，尾巴很短，长5～10毫米，有些甚至没有。而搬仓鼠一只耳身体健硕，尾巴很长，而且动力十足，能高速旋转，当作船桨。

从动画片的角度来看，一只耳的娘舅是非洲吃猫鼠，它可能是混种仓鼠。

鼩鼱、食猴鹰、吃红土的大象、河马和野猪……《黑猫警长》里的动物取材超前而多样，给我们上了一堂生动的科学课。

潘光贤摘自《发明与创新》

图：小柯

【小贴士】想不想知道鼩鼱怎么读？除了鼩鼱以外，动物界的吃货军团还有哪些？快关注4月号百宝箱，免费阅读！

牛大姐家乐事多

主要人物：牛大姐（妈妈） 牛大哥（爸爸） 牛小美（女儿） 牛小宝（儿子）

钱多多（牛小美的男朋友） 刘姥姥（牛小美的外婆）

※ 这天，牛小宝对牛大哥说："爸爸，我能烤烤你吗？"

牛大哥边看手机边漫不经心地回答："好啊，你考吧。"

接着，牛小宝竟然用打火机点燃了牛大哥的头发……

※ 牛小美问牛大姐："妈，人家都有什么祖传的宝贝，咱家呢？"

牛大姐说："有啊，你看过的。"

牛小美疑惑起来，牛大姐见状，掏出一面镜子："来，看看你家祖传的丑。"

※ 牛小美对牛大姐说："上次钱多多说他上厕所发现没纸，发朋友圈求救，竟然有二十多个人来给他送纸。"

牛大姐："哎哟，他人缘挺好的嘛！"

牛小美："可不是！我昨天效仿他发了朋友圈求救。"

牛大姐："哦，怎么样？"

牛小美："结果多了五十个……"

牛大姐："啊，这么多！"

牛小美："五十多个赞……"

※ 牛大哥在给牛小宝讲晚安故事："……最后，王子和公主幸福地生活在了一起。好了，儿子，该睡了，晚安。"

牛小宝仍然缠着牛大哥说："可是爸爸，我想知道后来发生了什么？"

牛大哥被缠得没有办法，只好胡诌道："后来啊，他们生了个孩子，每天晚上给他讲故事。"

※ 牛大哥跟牛大姐哭诉，最

18. 答案：马拉松战役。

发很厉害。牛大姐安慰牛大哥说：别难过了，我最近也遇到了跟你一样的情况。”

牛大哥揉揉眼睛，不相信地问：你啥时候也脱发啦？”

牛大姐甩甩引以为豪的秀发：“不是，我一个跳广场舞认识朋友，他脱发跟你一样厉害。”

※ 牛大哥喝多了，跟牛大姐谈他的前女友。

牛大姐质问牛大哥：“她这么，你当初怎么没选她？”

牛大哥委屈地说：“她比你年、漂亮、身材好，可是她是属狗的，从小就怕狗……”

※ 牛大姐穿着新买的皮鞋抱怨：“这双鞋好硌脚啊，试的时候么没发现呢。”

牛大哥说：“貌似网上有说白能解决这个问题，你试试。”

牛大姐问：“真的吗？要擦多啊？”

牛大哥拍拍胸脯说：“我来帮擦，三天一疗程，一个疗程不行，多试几个疗程。”

※ 钱多多和牛小美吵架。钱多生气地说：“一吵架你就说分手、分手，结婚了以后怎么办？”

牛小美气哼哼地说：“离婚！”

※ 牛大姐手机掉地上摔坏了。刘姥姥鄙视地说：“你看我这手机，摔了多少次了都没事。”

牛大姐：“那还不是因为你人老了个子往回缩了！”

牛小宝说：“不对，妈妈，是因为外婆手机经常摔在床上啦。”

※ 牛大姐突然打电话问牛小美：“你这几天买丝袜了吗？”

牛小美说：“前天买了两条，一条落家里了。”

牛大姐说：“哦，那就对上了，不然你爸活不过今晚。”

※ 晚餐时间，牛小宝吃完碗里最后一粒饭，对刘姥姥说：“外婆，你碗里怎么还剩一些稀饭啊？”

刘姥姥说：“我在等你呢，你碗里那几片火腿肠也要吃完。”

谁知，牛小宝“噌”地站起来，说：“外婆，你要讲道理，都说‘谁知盘中餐，粒粒皆辛苦’，没听说片片皆辛苦呀。”

刘姥姥竟无言以对。

（此处应有一个有趣小游戏，可移步 4 月号百宝箱，免费体验！）

枕头里的家

@周海亮

女人经常出差。她背一个很大的双肩包，里面塞满换洗衣服、化妆品、牙膏牙刷、书籍……当然，那里面，总是塞着一个柔软轻便的枕头。有时女伴会笑她，她解释说，宾馆里的枕头，不合适呢。

宾馆里的枕头的确不合适。要么太软，要么太硬，要么太高，要么太矮，好不容易习惯了，又该去另一个城市或者调头往回返了。男人对女人说："出门在外，睡眠才是关键。有好的睡眠，才有旺盛的精神。"说话时男人正往女人的背包里塞着那个枕头。那是女人第一次出差，那是男人第一次给女人的背包里塞枕头。枕头很轻，高矮恰当，软硬适中。那是男人特意为女人缝制装填的出差枕头，枕面是一幅美丽淡雅的十字绣图案。女人觉得好笑，却又不忍拒绝。一个满脸胡碴的大男人，为一个枕头，十几天时间里飞针走线。

女人很快发现了枕头的好。在陌生的城市奔忙一天，回到宾馆，头落上枕头，很快就睡着了，很香。女人感觉有些奇怪，因为那段时间，她正闹着失眠，严重时，睡觉几乎成为一种负担。女人想也许是太累了吧？太累了，就可以倒头便睡。

一连好多天，都是如此。女人

找回失去已久的安宁甜美的睡眠，让在她把睡觉当成一种享受。后来她回了家，家让她的睡眠反而更加踏实。女人感到奇怪，跟男人说了，男人笑笑说："睡个好觉难道不好吗？"说完他去厨房，洗菜的声音很快响起。

那次，出差在外的女人去看望一个朋友，她把背包放在朋友家，然后一个人出去转了转，回来，朋友的家门却锁着。她打电话给朋友，朋友说："正好有点急事，现在在外面，要不你先等一会儿？"她说："你忙你的。"就一个人回了宾馆。那天她是枕着宾馆的枕头睡的很晚才睡着。第二天一大早，她就去朋友家取回了枕头。她抱着枕头，心里有着从未有过的踏实。夜里，好梦连连。

回家后她问男人："你是不是在枕头里放了蒙汗药？"男人笑笑说："蒙汗药倒是没有，不过在里面放了些干花而已。你的出差枕头，现在家里的枕头，都有。"

"干花？"

"干花。一位搞中医的朋友告诉我，干花填枕，有助睡眠。"

真有这么灵？女人想，果真如此的话，那真算得上失眠患者的福音了。不管她的睡眠跟干花有没有关系，总之，抱着那个枕头，她就可以踏实地睡个好觉。

一次女人办完住宿手续后去街上买了些东西，回来，发现钱包竟然不见了。虽然钱包里没有什么重要的单据，可是那里面装着她的所有现金。女人只好给男人打电话，让男人明天一早就给她汇些钱来。男人先安慰了她，然后问她晚上吃什么，女人说不吃了，正好减肥。男人问："那明天早晨呢？"女人故作轻松地说："同上。"男人在那边嘿嘿地笑了。他说："好在我留了一手……现在，把枕头拆开吧。"

女人有了甜蜜的预感，拆开，果然在一簇干花苞之间，发现一个小小的布包，再打开，里面正好两千块钱。

男人说："两千块钱，不管你身在中国哪里，足够吃一顿饭，然后买一张回家的车票了。"

女人也许找到让她踏实地进入梦乡的真正原因了。她想抱在她怀里的，其实不是一个枕头，给自己安宁的，也不是那些干花苞，那明明是男人无微不至的呵护与爱啊。有了这枕头，有了这呵护，有了这爱，她身在何处，何处就是家了。

摘自《郑州日报》

图：恒兰

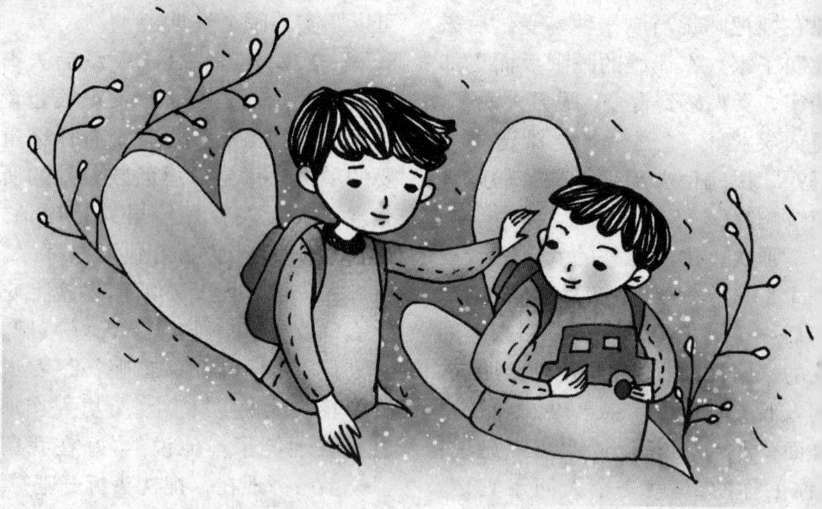

聪明的孩子

@蒋　曼

（文中有十处差错，你能找出来吗？答案在文末）

豆豆的新朋友

我不喜欢豆豆的同学——嘉奉。虽然都是一年级的小学生，虽然都6岁多，嘉奉明显比豆豆聪明。这种聪明让人不太舒服，并不是因为它触动了一个年轻母亲的一点虚荣心、攀比心。嘉奉瘦小，却远比豆豆灵活，很能看人的眼色。说话、做事沉稳，颇有心机。

第一天放学回家，就没有人
接他，他趁着人多混乱，从老师
皮下溜走，跟着其它家长慢慢走
一点都不害怕。后来发现我总来
豆豆，就悄悄尾随着我们，和豆
迅速地搭上了话：“你们住在哪
的？我们一起走吧。”豆豆和我
是不设防的人，毫不犹豫地答应了

豆豆一路上有了伴，说说笑笑

19. 答案：雅典海军。

又开心，又热闹。“为什么没有人来接你呢？”我好奇地问。嘉奉闪烁着回答：“我自己认识路，不害怕。”“过马路太危险了，你爸妈倒是省心。”我顺口说。“我自己能走，他们都忙。”嘉奉脸上闪过一丝恼怒，不像一个6岁小男孩的神情。

我爽快地同意带他一起走，豆豆有了小伙伴，就不会随时缠着妈妈。有时候，碰上给豆豆买想吃的棒棒糖、冰激凌之类，也会给嘉奉买一份。嘉奉一点不客气，吃得理所当然，后来，连“谢谢阿姨”也免去了。

> 你像个好妈妈，总是给他买好吃的，我像个好哥哥，总是让着他，像一家人的样子。

反击自私的朋友

两个小男孩很快有了矛盾，嘉奉是强势的孩子，说一不二。豆豆简直就是傻白甜的童年版。每次小纠纷，都是豆豆让步。嘉奉总是窜掇豆豆买小商店里的玩具，然后在路上边走边玩，玩到意犹未尽要分手时，他总有办法说服豆豆让他拿回家玩：“你好小气，反正都是你的，我只借一晚，明天就还你。”“我明天把我那个大的带过来给你玩，好吗？”但实际上，嘉奉从来没有与豆豆分享过他的玩具。

豆豆虽然不情愿，最后还是同意。我很不满意，对泱泱不乐的豆豆说：“明明不愿意，为什么不懂得拒绝呢？”豆豆含着泪：“可是，每次他都说得有道理呀。”唉，善良的孩子就是吃亏，我懊恼对豆豆进行的“绵羊教育”。

终于，有一次，在我的鼓励下，豆豆开始对嘉奉的自私自利行为说“不”了。嘉奉异常恼怒，气势汹汹地把那本想借的书扔向豆豆，刚好砸在豆豆的脑门上。豆豆没有还手，愣了一下，“哇”地哭出了声。我又气又恨，上前一步，大声呵斥：“你这样做就不礼貌了，明明是别人的东西，这样硬借就是抢了，还动手打人，太过份了。”我连珠炮似地开火。嘉奉并不胆怯，也不羞愧，他用怨恨而愤怒的目光和我对视，那种怨恨不是属于一个孩子的眼神。我心里很是讶异，暗下决心，再也不会让这孩子跟着，豆豆会被带坏的。无情无义，好强好胜，没有感恩之心，一定要远离这种人，哪怕是孩子。

孩子的善良

后来接豆豆回家，我故意避开了嘉奉，豆豆却总是健忘，还是记住等着嘉奉。我对豆豆说："你不长记性，说他欺负你，又要缠着一起玩，非要跟他玩吗？"豆豆迷惑又委屈地看着我。

嘉奉仍然跟着我们，悄悄地，不声不响，相距一百米。豆豆扭头过去看，我厉声呵斥："看前面，自已走自己的路。"豆豆没吭声，却故意放缓了脚步，或者假装系鞋带，或者假装掉了东西，偷偷地和嘉奉对视，然后偷偷地笑。在我接电话或者问路边菜价时，他们快速地传递信息，然后殊地分开，板着小脸，虽然嘴边的笑一点都没揩干净。真拿这些小孩子没办法，我虽然余怒未消，也不好坚持，毕竟是孩子。

两个小男孩见我没有反对，马上就如胶似漆地混在一起，又开始以前的老游戏，还会时不时地闹别扭。嘉奉并没有明显的改变，只是忌掸着我，会躲着我去施展他的"诡计"。豆豆却很少告状了，虽然还是不乐意。我心疼豆豆的单纯善良，劝告他多向嘉奉"学习"："他发脾气，你不是也可以发脾气吗？他要你的东西，你可以拒绝他，或者要求分享他的东西。"

直到有一天，我又为此数落教育豆豆："你这个样子，以后怎么适应社会，胆小、怕事。他抢你的你要学会说不。"豆豆玩着手里的玩具，漫不经心地说："嘉奉的爸爸妈妈每天忙着上班、吵架，哪给他买这些玩具。他说，每天最开心的时候就是和我们一起回家，你像个好妈妈，总是给他买好吃的，我像个好哥哥，总是让着他，像一家人的样子。"我楞在那里，半晌才叹了一口气。

唉，真是聪明得让人掉泪的孩子。嘉奉是，豆豆也是。

司志政摘自《37° 女人》

图：恒

《聪明的孩子》参考答案

1. 它——他
2. 答——答
3. 窜掇——撺掇
4. 泱泱不乐——怏怏不乐
5. 过份——过分
6. 似地——似的
7. 自已——自己
8. 殊地分开——倏地分开
9. 忌掸——忌惮
10. 楞——愣

最初的相遇，最后的别离

@ 黄镜滔

"好故事"就是值得讲且世人也愿意听的东西
愿《故事会》文摘版越办越好

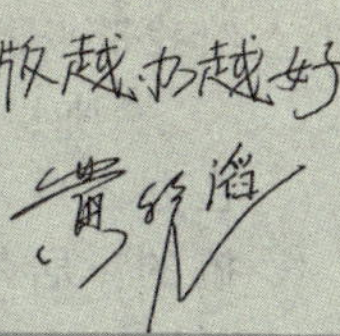

一

我一直很可怜并曾想救助流浪，但遭到了我妈的强烈反对，因她很害怕我被猫无意抓伤，感染狂犬病死去。

我妈说我时，我爸总是在一旁默地抽着烟。我以为他根本就不心这个话题，只关心明天加不加，加班费落不落实。所以当他从位领回来一只小奶猫时，我们都了一跳。

我爸在一家国企工作，每到冬，他就要和另外一个同事负责轮守仓库。那个同事觉得过于寂寞，救助了一只又老又胖的流浪猫，安置在仓库，陪他打发漫漫长夜，顺便捉捉老鼠。

没想到这只胖流浪猫并不是真胖，而是怀孕了。在最冷的月份，居然产下了一只小奶猫。

这下可愁坏了我爸的同事，总不能把刚刚出生的小奶猫"处理"掉吧？其实仓库里有猫倒没什么，就说是养来抓老鼠的。不过太多猫的话，就说不过去了，领导发现了肯定要斥责他的。

我爸这人义薄云天，大手一挥，就把这只尚未断奶的小奶猫领回了家。

我妈看到这只小家伙，面露不

快，把我爸数落了一顿，说绝大多数流浪猫都潜伏在废墟角落和垃圾堆周围，充满了细菌。

我爸这人最好面子，都把猫带回来了，是绝对不会再带回去的。他再次大手一挥，把猫往我手里一塞，说："闺女，这只小家伙就交给你了。"

小奶猫和茶杯差不多大。作为它的小主子，我首先要做的，就是给它取名。当天正好有个网络热词在朋友圈刷屏，叫"蓝瘦香菇"。我一时兴起，安在了它身上。

二

那段时间正逢两会，我作为报社骨干，每天工作量非常大，经常加班加点，深夜十一二点回到家已然成为家常便饭。

按照以往，拖着疲惫的身躯一回到家，我估计脸都不洗就睡着了。可现在一看到小奶猫在箱子里爬来爬去，奶声奶气地喵喵叫，我就立刻精神抖擞地开始照料它。

小猫白天睡觉，晚上闹腾，坚持不懈地往我身上爬。它很容易饿，经常用叫声把我唤醒，然后我只好跌跌撞撞、迷迷糊糊地跑去厨房给小家伙温奶，用注射器一点一滴地打进它的小嘴里。

在这折腾死人的日子里，我然发现自己成长了，感受到了已人母的感觉。虽说睡眠从来都没标过，可我却丝毫不觉得累。有候半夜三更看到它的萌态，我还录下来发朋友圈。

我不是为了点赞才发的，毕凌晨三四点也没几个人在线，我是单纯地想分享此时此刻的心情可我万万没想到，正是这种分享给我带来了麻烦。

"啪！"领导把一沓文件在办公桌上，怒视着我："你怎搞的？居然把部长的照片都配了！"

我轻微地皱了皱眉，没有接话是的，我干了一件错事，在给某长配图的时候，配错了人。但这能全怪我，毕竟会务组给我的材上都是错的。

领导骂我"玩物丧志"，证是凌晨我还在和猫玩。

我当场就气不打一处来，争了几句。

"选择这份工作，就不适合猫猫狗狗，我要的是专注。专注懂吗？"他把手重重地撑在桌子缘，像是要把桌子撑垮一样。

"领导，是这样的……"

"打住，我不想听你解释！"

20. 答案：提洛同盟。

“你就说你想怎么处理我吧。”

“就你这态度，明天可以不用来上班了！”

寒冷的空气如同冰一样，厚重地顿结在我心间。“好，我走。”我把门重重一摔。

外面的世界银装素裹，我并不觉得冷，滚烫的泪在我脸上流淌，模糊了视界里的一切。

回到家，蓝瘦香菇似乎是感知到我的情绪，变得出奇的安静。它用刚刚长开的小眼睛湿漉漉地望着我，像是要把一整片湖泊灌进我的眸子里。

三

伴随着猫越长越大，我和妈妈的矛盾也越积越深。

首先她对于我突然离职的举措很震惊，认为都是这只猫害成的。“真是玩物丧志！”我妈念念叨叨，“这么好的工作，居然说不要就不要了！别逗猫了，跟你说话呢！”我妈叉腰咆哮，把我和蓝瘦香菇都吓得一哆嗦。

面对这种每天都反复上演的戏码，我只能做出妥协。我承诺去找工作。

熬过凛冬，春意盎然。凭借着之前的任职经历，我顺利找到了一份新媒体工作。由于公司在开发区，我得早早地搭乘公交去上班。

无论刮风下雨，蓝瘦香菇都会跟我出门，一路把我护送到公交站；下班回来时，它也会准点守在公交

站，随我一起回家。

和往常一样，这天上了公交后，我寻了一个靠窗的位置，看到它规规矩矩地站着，屁股贴着车站椅。我挥着手，与它告别。

又是忙忙碌碌的一天，归来时已是傍晚。很反常，蓝瘦香菇没来接我。我问爸妈见到蓝瘦香菇没?

爸妈都一脸茫然，说猫一天都没回来，还以为是跟母猫跑了呢……

第二天我请了一天假，早早地赶到了派出所，求民警给我调监控。我好说歹说，并再三保证不拍照时，民警小哥允许我看了。

我盯着电脑一帧一帧地看着，生怕漏过一丝细节。我看到蓝瘦香菇摆动着四只小腿，正在走着，突然一辆白色的轿车以极快的速度碾向了它，它就像破布一样被撞飞到街边的人行道上，打了几个滚才止住，血汩汩地流着。路过的行人都很冷漠，视之如瘟疫，唯恐避之不及。它周遭就像一个真空，所有人都绕道而行。没有一个人伸出援手……它死之前，小小的脑袋一直朝着公交站的方向，似乎在呼唤着我。我号啕大哭，撕心裂肺，感觉浑身的力气都被抽走了，身体只剩时断时续的抽搐。

最终，我连蓝瘦香菇的尸体都找不到，据说是被环卫工人清理走了。

“要不……我们再养只猫吧?”这天，我妈小心翼翼地说。

然后，我听到一声“喵喵”叫，看到我爸兜里兜着一只和蓝瘦香菇一模一样的猫。我面部表情骤变，喜出望外：“这是怎么回事？”

“这是蓝瘦香菇的兄弟。”我爸挠挠脑袋，“其实当时母猫产下的不止一只猫。”

“怎么不早说？”我破涕为笑。

“你也没问啊！”

我接过猫，好似我的猫起死回生、失而复得。只因我坚信，这是它以一种新的方式重新回到了我的身边。

摘自微信公众号黄镜

图：豆

【作者简介】黄镜滔，作家，已出版《白页》《墨绘记》《银十字》《永远东张望 永远热泪盈眶》等多部小说、故事集，作品曾被翻译成尼泊尔语等多国语言发表。2012 年获“长江杯”小说大赛二等奖；2016 年被评为“中国文坛十大高颜值男作家”之一。现为湖北省作协会员、湖北省“青社工程”学员。

想听黄镜滔对《故事会》读者的有声版寄语吗？请进 4 月号百宝箱！

民防小知识 1. 如果家庭厨房起火，且火势不大，可用湿毛巾、湿抹布将火焰盖住。

薯片诗集

@王新芳

2016年诺贝尔文学奖揭晓，鲍勃·迪伦成了历史上首个拿了文学奖的歌手。蜂拥而至的出版方，展开了一场版权争夺大战。最终，国内某出版社拿到了翻译、编辑、装帧、出版鲍勃·迪伦诗歌中文版的版权。

出版社不喜反忧，因为一个棘手的问题摆在面前。原作收录了鲍勃·迪伦超过半个世纪创作生涯中的31张经典专辑，369首作品，重达2公斤。中文版如果做成中英对照版本，体量还将翻倍。

出版社尝试了市面上所有常见的开本尺寸，试着把它分成两册、三册，反复试验，这意味着未来的成本和价格都将高得惊人。大家一筹莫展，直到一个艺术机构的创始人“恶鸟”的出现，困局才开始变得有趣起来。

“恶鸟”给出的建议是，把诗集拆成十册或八册，变成短小精悍的规格，让它像唱片一样方便携带，包装做成薯片袋的样子，吸引年轻吃货们的注意。

可要把一本书装在一个充气袋里，尺寸、重量、分装、充气都是问题。

如果要真正变成一袋薯片的模样，开本尺寸必须要小，且重量不能破坏整体的呈现。

至于充气，有一个厂家给他们支了个招：买台充气封口机，大不了一个一个袋子手动封口。

要做就要做到最好。为了让这本诗集看上去更像一袋薯片，编辑还为它特意制作了“薯片诗集说明书”，为每一本分册设置了不同口味，比如民谣孜然味、迷幻椒盐味、蓝调烧烤味、摇滚番茄味、爵士青瓜味、午夜波本酒味、嬉皮士麻辣味和电音焦糖味等。

2017年5月24日，正值鲍勃·迪伦76岁生日，该出版社为这套穿着“薯片袋”的诗集举办了一场首发会，地点是北京复华生命大厦的全时便利店。首发会的营销非常成功，随后，这本诗集通过不同渠道开始热销。

摘自《知识窗》

我们看的都是包公

@吴 钩

宋朝并没有包公戏，包公戏是从元朝兴起的，盛行于明清。从元朝开始的所有包公戏，除了包拯的名字是真的之外（但包文正的谥号也是假的），其他的全都是假的。将包公戏当成文艺来娱娱情倒没什么，如果以为那戏文里讲的是宋朝历史，那可就被文人带进沟里去了。

包公的脸是黑色的吗

在京剧以及众多地方戏中，包公的脸谱是黑色的。电视剧《包青天》里的包拯相貌，虽然不像戏剧里的那么夸张，但也是黑如奥巴马，直让人怀疑，包拯是不是有非洲血统。

事实上，“黑包公”是坊间文人想象出来的形象，史料从未说过包拯面如黑炭。反之，在故宫南薰殿旧藏历代名臣画像中，有一幅包拯画像，绘出的包拯形象浓眉大耳，面目慈祥，与一般士大夫没什么不同。这幅画像绘制的年代相当早，大概是从宋代传下来的，显然是我们了解包公相貌最可靠的图像史料。

包公主政的开封府真的有三口铡刀吗

传说开封府有“龙头铡”“虎头铡”“狗头铡”三口铡刀，龙头铡专杀贵族，虎头铡专杀官吏，狗头铡专杀平民。

实际上，包公的这三口铡刀也是民间文人幻想出来的刑具，历代都未见将铡刀列为行刑工具的，很可能是入元之后，民间文人从蒙古人用于铡草的铡刀获得灵感，才想到了给包公打造铜铡的情节。由于戏剧、小说传播极广，许多人都真的相信包公有三口铡刀。

今天开封市的人造景区——开封府，里面也安放了三口铡刀，实在太误导游客。

包公有尚方宝剑吗

戏剧里的包公还有一把皇帝御赐的尚方宝剑，可以“上斩昏君，下斩佞臣”。毫无疑问，这也是坊间小文人想象出来的东西。

宋代并没有御赐尚方宝剑的制度，明代万历年间才出现了尚方宝剑之制，皇帝才经常给出巡的监察御史赐尚方宝剑，赋予持剑人“如朕亲临”“先斩后奏”的超级权力。

这东西，宋朝是没有的。

包公身边有没有公孙策这个人

答案是：没有。别说公孙策这个人，就是公孙策所代表的师爷这个角色，宋朝也是没有的。

师爷流行于明清时期，有专职的刑名师爷、钱谷师爷等，这是因为：明清的地方编制简略，朝廷没有给州县长官配备专业的幕职官；同时，朝廷以八股取士，选拔出来的地方官，严重缺乏司法、理财等专业技能，因此不得不依赖刑名师爷、钱谷师爷对付公务。

而宋代的地方政府，一般都配备有主持具体公务的幕职官，比如开封府，设有判官、推官、司录参、左右军巡使、军巡判官、左右厢公事干当官，都是负有司法职能的幕职官，根本就不需要公孙策这样的刑名师爷。

顺便说一下，包公戏中的展昭、王朝、马汉等，也都是虚构出来的人物。

包公当过几年开封府尹

拜戏文所赐，在我们的印象中，包公与开封府几乎是相捆绑的。很多包公审案故事都发生在开封府。但实际上，包拯担任开封府府尹的时间非常短，只有一年多的时间。只是在包公的光芒之下，其他开封府尹显得有些默默无闻了，比如欧阳修、张方平、蔡襄等。

心香一瓣摘自《祝你幸福·上旬》

图：小栗子

【《古龙版考场风云》续写】陆小凤用一支霸王笔在考场上与监考官黄大发斗智斗勇，在校园中还有他怎样的传说呢？请看两位作者的精彩续写——《水浒体改邪归正》和《古龙版考试之后》。

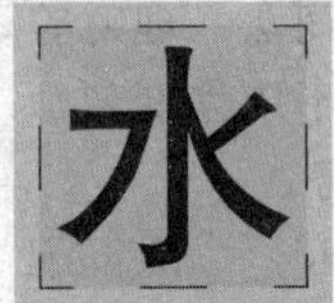

水浒体改邪归正

@奇奇漫

一

七日后，学堂放榜，陆小凤高居榜首。不久，已是西京大学的英雄人物。

这日，陆小凤快步行至一女子处，探身讨好道："巧儿，与我一同吃饭去罢！"此人正是他心尖上的人儿——宋巧儿。话说这宋巧儿，并不生得十分艳丽，且家境贫寒，高数成绩更是惨不忍睹。

两人吃饭的当儿，陆小凤从怀中摸出霸王笔："巧儿，你可知我为何考试能独居榜首？秘诀就在此笔中！"陆小凤拨弄着霸王笔，将内中机关一一说与宋巧儿。

宋巧儿惊得柳眉倒竖："你这厮，如今端的竟打起作弊的名堂！当真是胆大包天！"

陆小凤辩解道："娘子不知，这支笔其实是为娘子而做。小生看娘子每日既要奔波打工，又要挑灯夜读，实在心疼，才出此下策！"宋巧儿犹豫间，陆小凤又劝道："娘子，你门门功课都不差，唯独高数拖了后腿。他日，若是高数成绩扶摇直上，你便年年能拿奖学金，何须再如此劳苦？"

半推半就间，宋巧儿收下了霸王笔。

二

此后，宋巧儿的成绩果然一路攀升。只是，自有霸王笔相助后，原本勤劳的宋巧儿渐生痴懒之心。她不再似从前那般认真学习，空闲的大把时间，宋巧儿皆用来打扮玩耍，穿着也洋气了，竟引得许多男生如闻了狗屎的苍蝇，日日追在她身后。

陆小凤渐渐觉出宋巧儿的变

之，她不再似从前那般朴素谦逊，反而生出许多虚傲之气。众兄弟私底下皆嗤笑陆小凤，让他苦不堪言。

临毕业时，因成绩突出，宋巧儿被老师推荐去了一家大型外企。

宋巧儿即将签约外企的消息一出，更引得众多公子哥儿前来献殷勤。这其中有一位土豪公子，生得比陆小凤帅出多少个立方！宋巧儿对那公子颇为属意。

这一日，宋巧儿宴请陆小凤。陆小凤已预感到，这顿饭恐是“鸿门宴”。

果然，菜一上齐，宋巧儿举杯道：“小凤，四年来承蒙你照料。奴家感激不尽！只是，如今你我二人差距过大，俗语说，强扭的瓜不甜，你看……”

陆小凤愤而仰脖，将半杯白酒一饮而尽，他痛苦道：“巧儿啊，你当真如此着急踹了我？罢罢罢！你既有好归宿，我不拦你！”说罢，陆小凤夺门而出。

三

两个月后的一日，宋巧儿两只杏眼肿得似金鱼的大眼泡，不顾颜面地哭诉道：“小凤，我知错了！那土豪公子知晓我工作黄了，他当日便狠心将我踹了……”

原来，那外企正式签约，还需一道复试。复试乃是总部随机命题，没题库，没教材，霸王笔自然也就派不上用场了。宋巧儿早已荒废学业多年，只考了个七零八落。成绩一出，知情者皆笑掉大牙。土豪公子面色一黑，当即拂袖而去。

陆小凤思忖一夜，辗转难眠。但他终是忘不了巧儿！更何况，当日若不是他耍小聪明，将巧儿引上走捷径的邪路，巧儿又何至鬼迷心窍，落得今日下场？好在，他们正当青春年少，幡然悔悟，犹未晚也！

来日方长，他和巧儿要凭着汗水，坦坦荡荡勇闯天涯！

图：小黑孩

【作者简介】奇奇漫，原名韩建奇。系滨州学院教师。

古龙版考试之后

@苗馨文

黄昏，操场，白杨树下。两人，一老一少，隔着杨树伫立着。

“是你？”“是我。”

“你来了。”“我来了。”

“你不该来。”“我已经来了。”

“你毕竟还是来了。”“我毕竟还是来了。”

沉默，良久的沉默。仿佛泥塑木雕的两人，对峙着，那夕阳却越发斜了。

“你来干什么？”老者最终打破沉默。

“道歉。”干脆利落，没有半点迟疑。“我错了。”依然不带一丝犹豫。

老者的脸色已变，道：“你知道我从来不喜欢不诚实的学生？”

“是的，所以我要当一个诚实的学生。所以，我来了。”

“当真？”

“当真！”

老者盯着少年，如果少年不悔改，他是决不会饶恕他的。

周围还是那么寂静，死一样的寂静。夕阳已渐渐要落下去了，老者看了看远处的夕阳，觉得说不的空寂。他轻轻笑道：“你一定说出真相吗？”

“一定！”

老者抬眼望着少年，咬牙道“好，你说罢，只是你从今往后说到要做到，莫要再用霸王笔！”

“是的，我不该使用霸笔……”少年说出原委，真诚道歉

片刻之后，少年转身向宿舍去。这一次，他轻松了，脸上掠一丝笑意。

老者却从背后叫住了他：“实，那天考试，我并不确定你用王笔，只是猜测。你本可以不道歉。

少年的身子微微一震，脚步顿。接着，沉静的声音传来：“论您是否发现，我都要道歉，否我会很内疚的。”

“老师没有看错你。”话音未落老者已不见踪影。

不错，老者是黄大发，少年陆小凤。

作者系江苏省沭阳县第一实验小六（14）班学生 指导老师：伍元

 民防小知识 4. 家庭中备的颗粒盐或细盐均是灭厨房和火灾固体阴燃的灭火剂。

一个女演员不为人知的身世

@王左中右

我们都熟悉三打白骨精的故事，讲的是一个底层女演员，摸爬滚打，为了能过上吃肉的好日子，在取经团队面前进行了三次个人表演。但你有没有发现，这个励志故事很有问题。

首先，白骨精却连个“大王叫我来巡山”的小钻风都没有，从来都是一个人出没，书里也没讲她哪儿有个什么洞府。她感觉就像个不知从哪儿冒出来的新手，搞了个皮包公司，临时干一票。

其次，唐僧肉再好，也不能不要命是不是？而在已经认识到和最强王者孙悟空的实力差距后，白骨精不仅没有选择投降认输，反而像一个没有天赋的演员一而再再而三地进行着笨拙的表演。形单影只、羸弱不堪的她到底图个什么？

要想知道白骨精所想，得先知道她是谁。她的户口本上写着的是：江湖人称白骨夫人。这个称呼表明，白骨精是有家人的。白骨精自己也说了：“几年家人都讲东土的唐和尚取‘大乘’，他本是金蝉子化身，十世修行的原体。有人吃他一块肉，长寿长生。”这句话同时透露了另一个重要信息：唐僧肉的传说是白骨精从她家人那里听知的。这是一个重要切入口。

因为你要知道，白骨精出现是取经刚开始的时候。在后面紧接着出现的黄袍怪抓到唐僧后一脸懵圈，随后还满不在乎地把唐僧放掉了，说明他根本不知道唐僧肉这回事。黄袍怪是个草根也就算了，在山沟沟里消息闭塞，但他是道教的中层干部，天上二十八星宿之一的奎木狼星。连他都不知道的消息，白骨精的家人却早早知道。那重点来了，白骨精的家人是何方神圣？

众所周知，“唐僧肉能长生不老”的信息是西天取经计划的重要组成部分，属于钓鱼执法，目的是为取经团队吸引妖怪凑满劫难。能那么早知道取经计划安排的，应该只有佛道两家的高层。但无论从物质条件、气质谈吐还是武功实力来看，白骨精都不像来自高层干部家庭。线索似乎又断了。

但这时我想到，很早就窥听到取经计划的，其实还有一个底层公务员。他就是西海龙王。当年，白龙马纵火烧了殿上明珠，而西海龙王却反常向玉帝告发了自己的儿子，其实是提前得知西天取经计划的西海龙王设计的一个局，是为了给白龙马创造加入西天取经团队的机会，去西方留学，拿到佛教世[illegible]的绿卡，完成阶级跨越。

西海龙王似乎有重大嫌疑。[illegible]独有偶，西海龙王虽然本名叫敖闰[illegible]却还有一个特殊的名号：西海白[illegible]王。因为三界神妖，常以颜色做姓[illegible]比如白蛇精就给自己取名白素贞[illegible]而根据五方五色论，西方色白，[illegible]以西海龙王有时也叫西海白龙王。

同时，《西游记》原著里也[illegible]示了，白骨的名号是婚后妻随夫[illegible]而来。因为白骨精实际上不是一[illegible]白骨，而是一堆粉色的骷髅。白[illegible]精住的白虎岭更透露了她和西海龙王不同寻常的关系。

“白虎”这个形象，在《易经[illegible]八卦中代表着西边。而白骨精住[illegible]地方，又是面向西海春暖花开，“[illegible]山叫蛇回兽怕的白虎岭，正西下[illegible]是我家。”我们知道狐死首丘，[illegible]是家的方向。所以其实白骨精的[illegible]里也住着一个远方——西海。

如此看来，白骨精是西海龙[illegible]的妻子无疑了。但问题是，好好[illegible]一个龙王夫人，怎么就自己一个[illegible]出来了呢？在黑水河那回，西海[illegible]王的外甥小鼍龙抓到了唐僧，很[illegible]事很孝顺，特地邀请舅舅、表哥[illegible]吃唐僧肉，结果被自己的队友出[illegible]了。他大表哥摩昂，也就是西海

民防小知识 5. 酒精火锅在加酒精时突然燃烧，可用茶杯盖或小碗碟盖在酒精盘上。

子，好好地教育了他一番。但当最尴尬的应该不是小鼍龙，而是白龙。他的兄弟摩昂提都没提他，表兄弟小鼍龙也对他视而不见。

这不是偶然。在之后大战犀牛那回，摩昂太子又和取经团队打照面了，可关于小白龙，他还是句没提。很显然，白龙马很不受鼍龙和摩昂这些家里兄弟待见。

再联想到白骨精随的是白龙王小姓而非正宗敖姓，而白龙马虽也有个姓敖的名字，却总被称呼白龙马，一个答案呼之欲出：白马是庶出，而他的母亲就是白骨——因为妖精身份而不受龙王家其他成员待见的一个小妾。

在这个基础上，一切问题都迎而解了。没有实力，没有背景，有法宝，白骨精心里是有数的，不是真的想吃唐僧肉。她所做的一切，都是为了自己的儿子：白马。因为白龙马进了取经团队不，可是事与愿违，在取经队伍里龙马的位置，是一个大写的尴尬。

首先，取经策划人观音的构想，“白龙马是做个脚力”。在小领唐僧眼里，白龙马也不是他的徒，他的口头禅“我们师徒四人，过此地”，把白龙马当空气。

所以，为了让白龙马能有一个展现自我的机会，能有存在感，只有一种办法：让取经团队内部产生信任危机，从而让能力背景不足的白龙马在团队弥合这样的事情上发挥重要作用。

事实上，她的努力得到了回报。因为三打白骨精，孙悟空和唐僧产生了重大隔阂，孙悟空回到了花果山，然后白龙马在紧接下来的宝象国里，力斗黄袍怪，苦劝二师兄请回孙悟空，凭着一己之力拯救了分崩离析的取经团队。取经结束以后，原本只是一个脚力的白龙马，和猪八戒、沙僧一样，都被封为了菩萨，如愿拿到佛界绿卡，完成了阶级跨越。

这就是白骨精。从家人口中得知消息的她，独自走上了历史舞台。她单枪匹马独自作案，是为了掩人耳目；她三次变幻，是为了不在小白龙面前露出真面目。在浮夸笨拙的演技下，白骨精其实是一个好演员。她骗了我们所有人，包括白龙马。直到临死前，她才现出了本来的面目，暗示了自己的身份，她把名字刻在了脊骨上，只是为了告诉白龙马：妈妈爱你，但妈妈没用，只能做到这个份上了。

摘自作者微信公众号

图：小栗子

线上增刊 “码”上就看

4 月号线上增刊实用攻略

杂志没看爽，就进故事会百宝箱！包罗万象，有趣实用！

实用

1. 超实用！名师解读记叙文的错误写法！

仅需 1 元，即可打包阅读。

2. 长知识！鹡鸰怎么读？

与内文《跟着黑猫警长学科学》配套阅读，不仅告诉你鹡鸰的正确读法，还告诉你和鹡鸰一样“天赋异禀”的天才吃货豪华阵容！获取免费，免费，免费！重要的事儿说三遍！

3. 趣味答题！秘境伊拉克古代知识趣味问答！

与内文《被伊拉克女人带回家》配套使用。说到饱经战火的秘境伊拉克和曾经辉煌的古巴比伦文明，很多人都有一定的知识储备，但要说二者的联系，估计答不上来的就多了！没关系，十道题送你，免费助你变身达人。

4. 你问我答，《故事会》文摘版阅读小助手！

免费问答式呈现你对《故事会》文摘版的若干小疑惑！

有趣

1. 好惊喜！本期专栏作家黄镜滔独家小音频放送！

仅需 1 角钱，你就可以收听到青年作家、获评“2016 年中国文坛十大高颜值男作家”之一的黄镜滔，给《故事会》文摘版独家录制的有声版寄语！

2. 太好听！4 月号有声故事大全来袭！

懒得看文字，那就用耳朵听呗！本期为你精选 7 则音频故事，全部免费畅听！拿走不谢！

3. 真好玩！你是人群中的哪一个？

读《牛大姐家乐事多》，玩角色扮演小游戏！让牛大姐和她的家庭成员来为你分析你的潜在性格，是颜值担当、责任担当、搞笑担当、可爱担当、实力担当，还是智慧担当？

互动

免费加入读者圈，和故事会读者、编辑互动！想一吐为快，就把它当作树洞！想要以故事会友，这里大门更是向你敞开！等你来哦！

 民防小知识 6. 野外电器发生火灾，可铲沙土覆盖电器。（上海市民防办供稿）

全是温暖全是幸福

@程　刚

一天，我坐公交车赶一场饭局。一对大爷大妈上了车，我立即让座。两位老人笑着对我说："谢谢，我们下一站就到了，你坐吧。""我也是下一站下车，大爷，你坐着歇一会儿。"车到站了。我帮他们提着包下了车。外面下起了大雨，我们只好在公交站点避雨。每次目光相对，两位老人都会给我一个笑容。

我准备打车走，可打了半天也没有打到车，我有些着急，不停地招手示意出租车。一辆私家车先停在大爷大妈身边。司机摇下了车玻璃窗，大爷把头伸进车里和他说了几句。估计是价钱没谈成，司机便把车停在了我的身边，问我去哪，我说出地点，问多少钱，司机说十块。

我刚上车，突然从反光镜中看到大爷和大妈还在风雨中。我摇下车窗对他们说："大爷，你们去哪？我把你们带上。"

大爷一听，笑了，摇了摇头，我只好关上了车窗……

十几分钟后，我到达了目的地，掏钱给师傅，他却笑了："老弟，不收钱。刚才那俩老人是我爸妈，他们让我先送你一下，感谢你的照顾。"突然间我有些脸红，更有些自豪，但我还是一边掏钱一边对他说："这都是应该做的。你咋知道他们在那一站呢？""我就让他们在那里等我的，没想到下雨了，他们说你估计有急事。"师傅一边笑着挡我的钱，一边让我慢点下车，他准备去接他爸妈……

田龙华摘自《金山》

故事会 2018.05
Stories Digest
文摘版 总第45期

社长、主编：夏一鸣
副社长：张凯
副主编：高健
本期责任编辑：蔡美凤
发稿编辑：高健 田芳 袁燕娜
美术编辑：周睿
电话：021-64668742
021-54561119
邮编：200020
地址：上海市绍兴路74号
主管：上海文艺出版总社
主办：上海文艺出版总社
出版单位：《故事会》编辑部
发行范围：公开

出版、发行电话：021-64313938

发行业务：021-64313938
发行经理：钮颖
媒介合作：021-64338113
广告业务：021-64334376
新媒体：021-64677160
广告经营许可证：
沪工商广字3100320080016号

国外发行：中国图书贸易总公司
印刷：上海四维数字图文有限公司
发行：上海邮政报刊发行局
邮发代号：4-900
国外代号：MO9178
定价：5.00元

卷首

焦点

看点

笑点

亮点

故事会文摘版欢迎投稿

稿件要求：来自最新的报刊、书籍或网络，故事性强，文字明快，主题健康，视野开放，纪实或虚构均可，体现“新、知、情、趣”的特点，同时欢迎第一手的翻译作品。推荐作品须注明原文出处、原作者姓名，确保转载不存在侵害版权的行为，并请留下推荐者真实姓名及通信地址。作品一经采用，即致推荐者50至200元推荐费，并向作品著作权人支付稿酬。

故事会文摘版 投稿信箱
wenzhaiban@126.com

故事中国网：www.storychina.cn

故事会文摘
gsh-wz

故事会微信
story63

1976年7月28日3时42分——

一块钱的希望

@孙宝成

一

杜建斌和李志欣打架，砸破了李志欣的头。还是李志欣的表妹王晓晖掏了一块钱，替他缴了医药费。李志欣要求杜建斌还给表妹一块钱医药费，再给他一块钱的补偿费。

直到放暑假前，杜建斌才来还这一块钱。王晓晖说啥都不要，硬是塞给李志欣。李志欣只好对杜建斌说："你必须再给我一块钱，然后我来还给王晓晖。"

除此之外，这个夏天，似乎和以往的夏天并没有什么不同。

二

突如其来的轰然巨响，把李志欣从睡梦中惊醒。蒙眬中，他听到爸爸一声大喊："地震！跳窗户！"

李志欣不顾一切地踹向窗户。"轰"的一声，屋顶同时塌落了足有一半，他拉着妈妈和妹妹四肢着地趴在旁边小厢房的废墟上。身后，屋子的西墙再一次坍塌。李志欣中一惊，大喊："爸——"

李志欣攀上断裂的屋顶，从口中看进去。昏暗的星光下，爸依然保持着站立的姿势，后背靠墙上，只是头深深地垂下。他用己的肩头扛住了下落的横梁，头血流，但一动不动，挺直腰板。

人们把爸爸放在门板上，他头和双手都还保持着原来的姿妈妈颤抖着用手去扳，却怎么也不动。

李志欣找了一双鞋穿上，妈让他赶紧去看看表舅一家。

到了表舅家，院墙还剩下少半，李志欣只看到表舅一个人，在院子里，不知在干什么。

院子里收拾出一块空地，三人平躺在那里，分别是舅妈、王晖、小表弟。

表舅用棉絮蘸着一个军用水里的水，仔细地给他们擦拭。三

 就是爱历史（古罗马）1. 古罗马指从公元前9世纪初在哪里兴起的文明?

去的人虽然伤痕累累，但全都穿整洁，显然是表舅把他们扒出来刚刚穿好的。王晓晖还穿着那条红的连衣裙。那红色，如同烈火样灼烧了李志欣的心。

三

忽然，从隔壁的废墟里隐约传了呼救声，微弱但很清晰。

表舅提起水壶，指指隔壁，简地说："有人活着，去救人！"

已经有两个人在救人。其中一告诉表舅里面是小两口带一个孩，大人没了声音，孩子还有哭声。了一半的墙面掏开了洞，龇牙咧的屋顶悬在上面。

表舅趴下身子，朝洞里看："孩在哭，还活着，为什么不进去呢？以钻进去的。"

表舅把水壶挂在李志欣脖子，自己一点点钻进洞，从洞里倒出不少碎块，要外面的人给他找斧之类的工具。有人找来一把菜，说是该换人了，让他进去。

又一阵余震，屋顶"哗啦啦"下许多碎块。表舅急了，接过菜，有些结巴地说："别、别争了，还、是救孩子吧！"

余震再次袭来，洞里隐隐传来舅的声音，说他够到床上的孩子了。然而，话音刚落，屋顶轰然坍塌，洞口前的人全都向后倒去。

不等尘埃落尽，李志欣撕心裂肺地喊着表舅，冲到废墟前。几个人奋力掀开碎裂的屋顶……

孩子依然活着，表舅双手护着孩子，自己却被砸中了头部。

四

不知怎么，李志欣忽然想起杜建斌欠的那一块钱。

杜建斌家保持着塌陷时的状态，他看到一个窗台前有裂缝，把耳朵贴近缝隙，真就听到了杜建斌呼救的声音。

"救命啊！救救我！"那喊声很是低哑，从深处传来。

李志欣靠近缝隙，大喊："杜建斌，我是李志欣，我救你们来了！"说完，他捡起大门上掉的一根铁条，开始掏挖墙砖。

"李志欣，你快点呀，我弟弟没声了！"杜建斌哭了起来。

"混蛋，哭啥！还不帮我踹两脚！我敲，你就踹。"

李志欣敲了敲，杜建斌用力踹，砖头纷纷落地。两个人相互配合，把墙洞扩大。杜建斌先把弟弟推出来，李志欣抱住，接到外面。

李志欣拧开军用水壶，让男孩

侧身躺着，用水灌进他的嘴里。他灌一下水，男孩连水带土朝外吐一口。半壶水快要灌完时，男孩“吭”的一声，从鼻孔呛出两股黑泥浆，终于能用鼻子喘气了。

“全亏了你，救了我和我弟弟一命啊！”杜建斌灰头土脑地钻出来，泣不成声，“我爸妈，还有妹妹，一点儿动静都没有了……李志欣，我、我一定会还给王晓晖那一块钱。”

“还钱，你还给谁？王晓晖？她一家、一家人都没了……”李志欣说着，泪水终于喷涌而出。

五

这天，李志欣收到杜建斌的一封信，里面掉出一块钱，信上说震这就一周年了，他要还给王晓一块钱，他答应过的。

这时，隔壁住的男孩跑进院两个手掌捂在一起：“欣哥，欣我捉了一只鸟，它自己钻进我家易房了。”

“过来，我看看。”

小鸟大小与麻雀差不多，头长着一簇红色的羽毛，很是鲜小鸟驯服地卧在李志欣的手中，是他稍微松开一点手，小鸟便挣着要飞。

夕阳西照，彩霞满天。李志握着小鸟，满眼都是火红。他心忽地一动，拿起桌上杜建斌寄来钱，递给男孩：“一块钱，卖给好吗？”男孩看看他手里小鸟，又看看那一块钱，兴地接了过去。

李志欣松开手，小鸟有丝毫迟疑，展翅飞上天

“王晓晖，还给你一钱！”李志欣心中默默地“是杜建斌还给你的，也我还给你的。”

小鸟朝着西方飞去，入一片红彤彤的云霞中。

莫难摘自《少年文艺·上半

图：陈

1. 答案：意大利半岛（即亚平宁半岛）中部。

2013年4月20日8时02分——

担担面的尊严

@mc拳王

2013年四川雅安地震，我的一医生朋友参加了医院组织的救援奔赴灾区。我当时正好在当无游民，就跟着去帮忙抬担架。回途中，车队被堵在了成雅高速上，个小时都没能移动分毫。

沿途有很多乡民贩卖方便面火肠，我问了一下，一碗方便面竟卖到了40元，开水2元。“这些资产阶级！”我的医生朋友骂道。

为了表达对发国难财的鄙视，买了一碗方便面不加水啃着吃，当时指出这不是干脆面，不适合吃。她表示不是心疼那2元钱，代表着她的尊严。

就在这时，我看见以三蹦子为的大军中多了一名佝偻的老者，挑着一条扁担，扁担两端是一口锅和一个煤球炉子，颤颤巍巍地走着。我好奇地下车上前一探究只见他支起锅和炉，点上火，出一把细薄的手工面，扔进铜锅煮，同时极其麻利地打起了调料我用鼻子都能闻出里面的红油、芽菜、蒜末、花椒面，以及透着一股焦香的猪肉臊子。

这是正宗的担担面。我掏出钱包，摸出一张百元钞票，跟老者说：“来一碗。”“有没有零钱？我找不起。”老者半眯着眼睛回答。

我愣住了，我想以该地段的物价水平，方便面都要卖40元，一碗担担面不破百就是对成都小吃的侮辱。我坚持把100元塞给老者，我说这不是钱的问题，是尊严问题。

片刻工夫，面煮好了，老者用大盘子端着10碗面上了我们的车，他说10元一碗，绝不发国难财。“这是我的尊严。”

李金锋摘自作者新浪博客

【编者的话】2017年8月8日，四川九寨沟；2014年8月3日，云南鲁甸；2013年4月20日，四川雅安，2010年4月14日，青海玉树；2008年5月12日，四川汶川；1976年7月28日，河北唐山……地震无情，人间有爱，汶川十年祭，让我们擦干眼泪，以更深的爱来面对走过灾难的人们，以更深的爱来面对生活！

经过一片葵花田

@一两琴音

对葵花过敏的哥哥

我叫马三好，可我什么都不好，长得不好，身体不好，成绩也不好。但我知道我有一个什么都好的哥哥。他叫马三江，是我大爷大娘家的孩子。每年都有各种小礼品从四川绵竹他们的家寄到我手里，可这一年，礼物再也不能来了。

那一天，爸爸和妈妈正在葵花田里除草，我们村的大喇叭突然插播了一条新闻，爸爸听了以后撒丫子就跑了，一边跌跌撞撞地跑，一边喊 ：“我的哥啊，我的哥啊……”

不久后，爸爸带回了我哥马三江。他现在坐在轮椅里，不愿意和任何人说话。

我爸说，我哥在倒塌的楼板坚持了十二天，他出来的时候已严重脱水了。

爸爸在田里种了葵花，花开时节，金灿灿得晃人眼睛。我想带哥哥上山就要经过这片葵花，哥哥对葵花过敏，一次也没有去过哥哥在河边的浅水里，发现一种看的小石子，黑漆漆的，还泛着泽。其中有一颗特像瓜子，我毫犹豫地一口嗑下去，结果差点崩了我的小钢牙。

这堆黑石子被哥哥扔进了泥缸里。

葵花地里的大石头

有一天半夜，山洪暴发，我们的葵花损失大半，葵花地里还有历不明的巨大石头，足有一人高，板那么宽。这个时候老金头主动出帮我们把大石头弄走，他说他缺一块晾萝卜干的大石头。

听说老金头的孙女丹妮得了很的病，需要到国外动手术治疗，是她家和我家一样穷。我和哥哥看她，看见老金头在给大石头洗。他说："这大热的天，石头渴，渴了就会爆皮，就没法晒萝卜了。"这话我们自然是不信的。

夜静悄悄的，我和腿脚不好哥哥趴在墙头上。我们看到老金拿着强光手电筒对着大石头照啊，好像在找什么地方开刀。哥哥老金头这叫开天窗，他把洪水送我们家的玉骗走了。哥哥最后决，如果真的是无价的宝贝，我们要回来，丹妮的病我们给治，哥的这个决定我举双手赞成。

这一天，我和哥哥发现老金头倒在院子里。老头住院了，哥哥始每天给大石头喂水。

天气又开始大旱了起来，全村人都在赶水，哥哥却把来之不易水喂给不会说话的石头疙瘩。

听说老金头出院了，妈妈让我送一些山野菜和水果去，可我还没有去，老金头就杀了过来，让我们把那块大石头交出来。在他家院子里，我们果然没有看见那块大石头。哥哥赶水回来，我妈再也控制不住，狠狠甩了哥哥两个嘴巴。哥哥什么也没有说，到老金头家院子指了指。哥哥说，天气太旱了，他已经弄不来水了，只好把它埋在地里。

老金头最后说出了石头的秘密，它果然就是一块璞玉，玉是需要不断用水来滋养的，否则的话价值就会大打折扣。

老金头在众人的帮助下，当场用解玉砂卸掉石皮，但既可笑又可悲的一幕出现了。可笑的是，将石皮层层卸掉以后，居然只剩下天窗那一个位置有玉，并且绺裂很多，是块下等玉。可悲的是，丹妮没有钱看病了。老金头长叹一声，说他不该骗我们家的玉，他犯了做玉人的大忌，五年之内不能做玉，他想利用这五年的时间，带一个好徒弟。他把眼睛望向了哥哥。

葵花一样的脸庞

哥哥每天坐在水凳上、琢玉机前面忙碌，不久就能做出像模像样的手把件。可老金头却说，哥哥心里有一道坎，他始终不肯迈过去。

葵花收获的日子来临了，我和妈妈没日没夜地去地里拧葵花头。可哥哥就是不愿意去，这个季节已经没有葵花粉了，根本就不可能过敏了。有一天夜里，我发现哥哥悄悄去了葵花地，他摸着葵花成熟的脸蛋大哭不止。老金头来找他的徒弟，结果意外发现泥鳅缸里的黑石子，他说这是难得一见的墨玉。

老金头让哥哥参加岫玉大赛。哥哥白天在老金头家做素件，晚上回家鼓捣那些黑石子，他做得很慢，躲在琢玉间不出来。

到了比赛那天，哥哥的素件雕好了，他从家里还端走了一盘葵花籽，个个颗粒饱满。老金头长叹一声："孩子，你终于走出来了。"

玉雕比赛把我眼睛看花了，那些玉雕精美极了，看上去一个比一个雍容华贵。到哥哥上场的时候，他只端了他从家拿的那碗葵花籽上去，奇怪的是，那些评委抓起葵花籽放进嘴里之后，谁也没有咽进去。

投票开始了，一件玉雕作品遥遥领先，评委全票通过，叫做《妈妈的葵花籽》。我一看，那不就是哥哥那盘葵花籽吗？我想到了泥鳅缸里差点把我牙都给崩了的黑石子，不禁为评委的牙担心起来。不过我的担心都是不必要的，哥哥用葵花籽把那些光闪闪的玉件都打败了。白头发评委说，最高的作品既要做到以假乱真，又要饱含温情。《妈妈的葵花籽》就是这样一部作品。

> 哥哥说他以前活在过去，以后要活在未来，让天上的妈妈也有一张葵花一样的脸庞。

哥哥上台领奖的时候已经泣不成声。他说，四川绵竹的那场大地震中，他和妈妈同时被困在楼板里，妈妈衣兜里装了一把葵花籽，说好他们一人一颗分着吃下去，可妈妈骗了他，一颗也没吃……

哥哥说他以前活在过去，以后要活在未来，让天上的妈妈也有一张葵花一样的脸庞。

哥哥终于迈过了老金头说的那道坎。

摘自作者新浪

图：

看完还想听？
打开故事会百宝箱，
朗读音频随你听！

2. 答案：罗马王政时代、罗马共和国、罗马帝国。

盛“宴”

@周国华

男孩拉开椅子，对女孩做了请入座的手势，一派绅士风度。

女孩坐下，两手搭在膝盖上，着头，像个犯了错误的小学生。

“客人都走了，你才来。”男孩倒酒边责怪着。

女孩抬头，痴痴望着对坐的男。男孩笑：“看我干吗？先把鲍吃了，这个菜没人动过。”

女孩说：“还是你吃吧，你辛。”男孩耸耸肩：“我盘里有牛排，，还有大龙虾。”

金黄色的鲍鱼和汤汁在白瓷盘衬托下，显得格外富贵大气。女没动筷子，却突然冒出来一句：哥，我想吃你摸的河蚌。”

男孩一愣，收住了笑，用力点头：“会的，很快。”

小时候苦，家家桌上都难得有荤菜，河蚌是为数不多的免费肉食。男孩水性好，一个猛子扎下去，就能从河底摸上来两三个。女孩每次都是托着下巴在岸上羡慕地瞅着。每回满满的河蚌都会给小木盆戴个帽，男孩总会捧出些来给女孩。红烧河蚌、雪菜炒河蚌，那香喷喷的气味，飘在男孩和女孩的记忆里，一经提起，就觉得像是能闻到一般。

男孩举杯：“干杯，为咱认识这二十六年。”

女孩抿了抿，仰头靠在椅背上，对着天花板上的水晶灯微笑。

男孩一叹：“真快，在这儿都七年了。”

七年前，男孩从另一个城市赶来，揣着女孩的信去找她。女孩打工的那家厂子门口围满了人，老板逃走了。当男孩挤进人堆唤了一声女孩名字的时候，女孩回身，头一回扑在男孩怀里。半年多的辛苦钱啊！

男孩扮了个鬼脸："嘿嘿，是谁想死了我，骗我过来，又是谁一见面就哭鼻子。"

女孩坐直身子，急声辩解："人家是觉得城里挣钱快，才好心喊你过来，哪晓得会是这样。"

男孩瞅着女孩焦急的样子，笑得前仰后合。女孩眼一红："也怪我，让你受了那么多苦。"

男孩来了以后干过好多活，洗车工、送水工、保安……甚至一人同时兼过几份活。这些年来，男孩身上似乎有使不完的劲。

见女孩难过，男孩说："看看，又来了，苦个啥呢，我啊，成天跟下半截的甘蔗那样，心里边甜着哪！"女孩"扑哧"一笑。

男孩学着村里老头的腔调说："要吃要穿，靠手靠脚，小姑娘，甭心疼这坏小子，这家伙啊，生的就是副贱骨头。"

女孩捂着嘴，不让自己笑出来。

男孩坏笑："变个戏法，把眼睛闭上。"女孩闭眼。男孩来到女孩身边，拉过女孩的右手，在她中指上戴了个戒指。女孩惊呼："

咋知道？"

男孩笑着看她。女孩独自去

几次首饰店，等她走后，男孩悄

问了导购员。

男孩突然单膝跪地："亲爱的

嫁给我吧。"女孩嗔怪："不是说

了回老家后结婚吗？还搞这套。"

男孩一本正经地说："这是

仪，懂不？边上的澳洲大龙虾看

我们呢，你就答应了吧。"

女孩笑得浑身乱抖："好，

答应、答应。"

男孩回到坐席，举起酒杯："

杯，为你明年，噢不，后年春节

做我的新娘。"

女孩喝了一大口，葡萄酒的

瑰色浸透双颊。

外面的爆竹声一浪高过一浪

今晚是大年三十。女孩举杯："干杯

为咱阿爸姆妈。"两人起立，同

向着北方一饮而尽。

每年春节都是生意最忙的

节，整整五年了，两人都没回过家

男孩唏嘘，女孩垂泪。

突然，一个女高音由远而近

"咋搞的，客人都走那么长时间了

包厢还没收拾完！"

摘自《金

图：小

就是爱历史（古罗马）3. 古罗马帝国疆域最为辽阔的时候，横跨了哪几个大洲？

因为这10秒，我被美国签证官拒签了

@罗布泊

说到出国，肯定少不了签证这一关。签证面试的时候，难保遇上几个奇葩面试官，不给你过签证的理由，简直是“五花八门”。有不少留学生遇见了千年难得一遇的奇葩问题，惨遭拒绝。下面，让留学君为大家展示几段辛酸史，以供借鉴。

学校全拼要记牢

有一个面试者拿到UIUC(美国伊利诺伊大学厄巴纳－香槟分校)录取的通知，他要申请学生签证。

签证官问他录取学校的全称拼写，他想了10秒钟，于是就被拒了。

University of Illinois at Urbaba Champaign……这么长的名字谁记得住啊!

血的教训！留学生们，竟然10秒都嫌长，回去我就把学校名称拼写倒背如流。

一组数字决定成败

留学生：“您好，这是我的护照。”

签证官：“你的护照号后三位是911？”

“对呀！”

“我讨厌911的所有！”

所以……被拒签了！

这……没办法预测啊，护照数字不是留学生能决定的好吗？谁碰见谁倒霉啊，心塞……

读预科也不行？

一个朋友要去法国读研，想先读半年预科。被拒签了，拒签的理由是朋友现有水平可以直接读研，不需要再读预科了……

人家想把语言基础打扎实一点都不行吗？人家想好好学习也不行吗？

护照照片很重要

一个留学生朋友，签证官看了他的照片觉得很像恐怖分子，就拒签了两次。

第三次，才在他苦苦哀求的眼神下，勉强通过了。

他说："这次再不通过，我就再也不去了……"

有必要这么追根究底吗？

几千年过去了，第一位还是看脸啊！仰天长叹……

其他谜一样的拒签原因

上海一位妈妈，31岁，外企白领，怀着二胎。去美领馆面试时带了大宝贝一起。

孩子在领事馆里面跑来跑去，太吵了。

然后直接被拒签了……

就因为熊孩子……孩子的管教很重要啊！

33岁的罗恩·特雷齐斯来自英国，她和丈夫打算申请新西兰移民身份但是被拒，理由竟是他们太胖！

罗恩的体重达到了131公斤，移民局准许减重成功就可以继续申请。但悲剧的是，丈夫减重成功签证获批，而她还是失败了没能达到标准。

凭什么鄙视胖子！！！

如果你属于无房、无车、无老婆的单身贵族，就很有可能被拒签了。一位在上海工作的白领，向美国领馆申请商务签证，被拒签的理

3. 答案：横跨欧亚非，称霸地中海。

由居然是“没有上海户口”和“未婚，没有约束回国的理由”！

这些回答，应该是上海丈母娘对未来女婿的要求吧……“家住哪里？父母干吗的？祖上有几亩地？为什么门牙不对称？”从祖宗八代的族谱问到你上个月某一天的早饭，鸡毛蒜皮什么都要管，恨不得把家底翻查个遍……

我签个证，纯粹是看您的心情吧？

您是公安局查户口的吧！

朋友打算去美国玩，在大使馆，签证官问他去干吗。

他笑而不语地做了一个推筹码的动作，大喊一声：“Show hand！”结果被拒签了。理由是怕他输光了回不来，赢太多了不想回来。

迷之微笑！

以前有个中年妇女去办签证，被拒，离开时嘟囔了一句：“美国有什么好的，我还不想去呢！”

面试官闻听此言，立即叫住她：“你不知道美国有多好是吗？那我就让你去知道！”就盖上了PASS章………

不让我去，我还不稀罕呢，哼！

和朋友去日本，签证官问去日本最想干什么。

我回答去看樱花，再去北海道玩玩。

没想到签证官居然说：“看樱花去台湾阿里山就可以了，北海道和海南差不多。”

接着“啪”一下，盖上了拒签章！

想看风景难道是我的错？！

听说过英国签证最奇葩的一个拒签理由是：Poor paper quality……

纸质太差也能是理由吗？！

我竟无言以对！

司志政摘自《留学》

《战长沙》参考答案

1. 气魂——气魄
2. 眼现——眼观
3. 目光——日光
4. 洒手——撒手
5. 娇傲——骄傲
6. 德胜——得胜
7. 千栽——千载
8. 以德报怨——以怨报德
9. 百步穿扬——百步穿杨
10. 虾红——吓红

战狼

@佚名

2013年11月，我们单位接到一个勘测定界的项目，是在山西霍州一个什么山里面。我跟甲方一个老大爷俩人，边走边测量。前面不太厚的雪上有整整齐齐的两排动物脚印，我问大爷："这啥脚印这么大？难道是牛的？羊的？"大爷说："不是，这应该是狼的脚印。"

我心说来的时候领导也不给交代清楚，这地方还有狼呢？这说不好等下碰到可就有意思了。

哎，有道是怕什么来什么。

我们把这一站测完之后，我单枪匹马带着测杆下了山，下山的时候满脑子想的是下一站仪器架在哪里。刹那间我感觉背后有个东西，猛然回头，发现离我大概十几米的地方有一条灰色的狗。

仪器的事想得差不多了，我眼睛不经意又瞟到了路边的脚印，突然脑子里一个炸雷闪过，这条狗体形怎么这么大？这深山老林里面哪来的狗？

我回头又看了一眼，发现那家伙跟我一直是个十五米左右的距离，眼睛盯着我，尾巴下垂，长得像哈士奇，但是比一般哈士奇体形大太多了。我的心脏开始狂跳，掏出电话准备让同事们带上家伙赶紧来救我，可是那地方没有信号。我一下慌了，想着要不冲刺一下摆脱它，就加紧跑了几步，回头一看那畜生也加紧脚步开始小跑了。它一加速我怕了，我撒腿就跑，就听到背后那种类似于狗龇牙咧嘴时发出的喘气声，我赶紧回头，那畜生

就是爱历史（古罗马）4. 布匿战争是古罗马同哪个国家争夺地中海霸权的战争？

离我也就五六米，我当时用尽全身力气大喊了一声："啊！滚啊！"狼估计也吓了一跳，不往前走了，开始低着头瞅我。我不敢动了，它边瞅我，边左右走动。我也不知道它要干吗，就看着它。

忽然这货估计是看出来我没啥战斗力，在我没反应过来的时候就冲过来了，直接把我扑到雪地里，就咬我的脖子。我左手往它嘴里伸，拽它的舌头，一拽，那狼叫了一声，一爪子打到我脸上，就从我身上起来了，起来之后又开始咬我的腿，一边咬一边摇头。我看着他咬，满脑子空白。那畜生咬了几下咬不动，又松口，朝我的脑袋发动攻击。求生的欲望让我来了一个驴打滚，站起来我才想起我手里是有家伙的——测杆！

测杆是一个铝合金杆子，圆柱形，直径有4厘米，杆长1.4米可伸至3米，其中一头是尖锐的，像刀一样，这样方便扎进土里。

那狼看到我手里的家伙就冲过来咬我的右手，疼得我把测杆扔了，左手也不管那么多，抓住狼头就抠它眼睛，一用力手指抠出来热乎乎的一大团。狼一下退出去四五米，扭头就跑。它怂了，我爆发了，我拿起测杆就去追狼，戳它尾巴，一戳那狼就跟狗一样回头龇牙咧嘴，把我吓得滑倒了。这货趁势又骑到我身上，我两只手就那么乱抓乱抠，不知道怎么抠到了狼脖子，我掐住它脖子，用尽了全身的力气。那狼开始舔我、挠我，我一个翻身把狼压在身下。那狼踢我肚子，我就扇它耳光，抠它。突然一瞬间我用膝盖撑了一下，摸过测杆就用尖的那个地方顶住狼脖子，双手用力使劲一戳。

测杆就扎进去了，那狼踢得更厉害了，我已经快没劲了。没办法我就跪着，脸贴在它脖子下面，双手死死地用力。

不知道过了多久，我的同事们过来了，马上把我送到了医院，我脸部被大量划伤，手上的皮肤血肉模糊，羽绒服应该也烂完了，听医生说我还尿了一裤子……在医院住了一个半月，最初的那一个星期，经常做噩梦梦见被狼吃了。

后来出院之后，我琢磨着这应该是一头病狼。要不然就我这180厘米的身高，165斤的体重制服一头狼应该不太可能。

到这里，我徒手杀狼的故事就结束了。

彼岸花开摘自《知乎日报》

图：陈明贵

手电筒

@苏童

四月的时候祖父还很健康，到了五月他就疯疯癫癫了。

祖父说，他的手电筒埋在一棵冬青树下。

众所周知，香椿树街上根本没有什么香椿树，唯一的绿化便是冬青。工厂的大门口，街上的空地，房屋的墙根，到处可见高高低低的冬青，哪一棵冬青树下面埋着祖父的手电筒呢？

最初祖父把目标圈定在孟师傅家门口，央求儿子去挖，儿子不肯做这荒唐事，委托孙子去挖，保润也不肯，嫌丢人现眼。祖父只好把铁锹扛在肩上，亲自上阵了。

孟师傅听见门外的动静，出来问祖父是不是要挖蚯蚓。祖父非常坦诚，说："我当年从祖坟上捡了几块祖宗的尸骨，装在手电筒里，一时没地方埋，可能埋在这片冬青树下了。"

孟师傅一下跳了起来，说："保润爷爷你欺人太甚了，怎么跑到我家门前来埋你家祖宗的尸骨？这不

 4. 答案：地中海西部强国迦太基。

骑在我头上拉屎吗？”

祖父羞愧地拖着铁锹，后退了几步，借着一阵剧烈的咳嗽，酝酿了勇气，忽然向孟师傅抖出一个历史遗留问题：“我也不是乱挖呀，孟师傅你一定忘了，你家的房子盖在谁家的土地上？这个地方，从前是我家的豆腐作坊，我埋东西，肯定埋在自家的地盘上啊。那会儿你还小呢，不记事，去问你老母亲，她老人家一定是清楚的。”

孟师傅只好敞开了临街的窗户：“妈妈你来，我家的房子是盖在保润家的豆腐作坊上吗？”

窗后很快响起一个老妇人苍老而尖厉的声音：“谁在翻旧社会的老黄历？现在是新社会，地皮房子都是政府的，政府给谁就归谁了！”

祖父后来移师王德基家门口的冬青林。王德基冲出门来收缴铁锹的时候，祖父顺势抓住王德基的手，在那只手背上悄悄地写了两个字：金子。王德基甩了甩手说：“保润他爷爷，你怎么把我手背当黑板呢？”祖父只好凑着王德基的耳朵告诉他，事情不宜张扬，他当年埋藏的不是一支普通的手电筒，是一支装满黄金的手电筒。

这样，王家的老老小小都拥到门外来看祖父挖黄金了。王德基的小女儿一边打着毛线一边及时提醒祖父：“爷爷，这是我们家的地皮，要是挖到了黄金，我们一家一半，到时别赖皮啊。”

王德基看祖父的挖掘进展缓慢，便从家里拿了把铁锹，说：“爷爷你年纪大了，歇一会儿，我来挖。你别听小孩子乱说，我不贪心，要是真的挖出来黄金，我们四六开，你拿六，我拿四就行了。”

王德基一家人中，倒是小拐对祖父保留了必要的怀疑，他说：“爷爷你一定是犯糊涂了，黄金那么值钱的东西，你不埋在自己家里，怎么会埋到我家门口来呢？”

祖父放下了手里的铁锹，耐心地向小拐解释：“你们家，原先是我家商行堆煤的煤场啊，这儿宽敞，没人来，我兴许把手电筒埋这儿了。”

祖父挖掘手电筒的路线貌似紊乱，其实藏着逻辑，他无意中向香椿树街居民展现了祖宗的地产图。传说从孟师傅家到两百米开外的石码头，曾经都是祖父的家产。这几乎是半条香椿树街了，沿途不仅分布着七十多户居民，还有一家刀具厂，一间水泥仓库，白铁铺、煤球店、药店、糖果店、杂货铺，堪称香椿树街的心脏地带。人们在各自的屋檐下生活工作，早就淡忘了从前土地的历史，未料到祖父突然冒出来，以一把铁锹提醒他们，你们的房子盖在我的地皮上，你们吃喝拉撒，上班工作，都是在我的土地上。

祖父的手电筒里到底藏着什么东西？香椿树街的居民出于理性的推测，或者出于浪漫的想象，基本上形成了两种派别：尸骨派和黄金派。

有些人心里打起了发财的小算盘，考证祖父所言真伪，毕竟只要一把铁锹或者铁镐，无须投资或冒险。

最早动手试挖的是王德基一家，连续两个早晨，邻居看见他家门前的冬青树都歪倒在墙上，四周一片泥泞，连水泥地面都似乎进行了一场夜耕。

每天夜里都有人出动，宁静的夜空里响起了铁镐、铁锹与泥土亲密接触的声音。很多持锹人在月光下对视一笑，有人坦然，有人腼腆，然后各挖各的。

掘金者劳作风格不一，属于黄金派的深耕细作，属于尸骨派的草草收兵。

负责街道卫生的居民委员会遭遇了一场噩梦，三个女主任结伴闯到保润家来讨伐罪魁祸首。祖父当时正蹲在地上，用木榫加固松脱的锹柄，他试探着问主任们：“是不是保润在外面惹了什么事？”

看着祖父无辜而麻木的样子，两个女主任都气哭了，另一个性格特别泼辣，她一脚踢飞了地上的铁锹，撸起袖子，对祖父坦言相告：“爷爷，我真想打你一个耳光，解解心里的气！”

这场疯狂的掘金运动席卷了香椿树街，最后却不了了之。

月移花影摘自《黄雀记》人民文学出版社

图：豆

【名师有话说】一个疯癫老人的疯癫之举却引发了香椿树街的居民“出于理性的推测，或者出于浪漫的想象”。一场闹剧让人们内心深处的想法暴露无遗。这或许才是最真实的人性吧。

小说以祖父寻挖埋在冬青树下的手电筒为线索，用一把铁锹推动情节发展。三个女主任的出现让小说达到高潮，故事也戛然而止。

作者用富有悬念的故事情节、各具特色的人物形象、精彩细腻的场景描绘，推动故事在不动声色的叙述中开展，读罢既让人忍俊不禁、啼笑皆非，又让人掩卷深思、回味无穷。究竟是生病的人“疯癫”，还是看似正常的人有病？！

点评者：湖北省钟祥市石牌中学

一级教师 罗

文　身

@草木虫

画 鹿

@草木虫

5. 答案：罗马的全体男性公民。

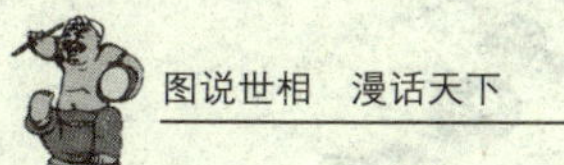

装　修

@草木虫

过生日

@草木虫

平平常常摘自微信公众号草木虫

就是爱历史（古罗马）6. 被历史上称为前三头同盟的分别是哪几个人物?

那些半夜到酒店来敲门、撞门、开门的到底是干吗的？

危险有多远

@知　友

去年暑假，我跟我室友去湖南住了三天。我们入住的第二天晚上，室友跟她的朋友去通宵唱歌了。我自己溜达，买了很多辣味，就一个人回旅店了。躺在床上玩了很久手机，打算洗洗睡了。

突然有人拍门。听到有个女声喊："开门啦。"

我当时第一反应是：室友可能是早回来了。其实事后想起来，她自己就有房卡，怎么可能敲门。

由于自己防范意识不够，我直接开门了。然后我看到一个女人，还有两个壮汉。

他们看到我开门，其中一个压住门，另两个把头探进我房间里迅速观察了一圈，然后二话不说，狠狠抓住我往门外拖。

我还没反应过来，只吓得大叫，当时想着快点脱险，还很天真地跟他们说："钱包给你们，你们放开我。"可是他们要的不只是我的钱包。

我喊得喉咙都哑了，衣服都快被他们扯烂了。

邻居们似乎被吵醒了，开门瞧。

我很傻地觉得，有别人出现了，我肯定得救了。我用求助的目光看着他们，不断喊救命，说我不认识他们，求他们帮我报警。

然后，拍我门的那个女人，哭了。

是的，她哭了，我听到她用带着点口音的普通话哭诉了很长的一段话，大意是："我妹妹不肯回她夫家，嫌弃她老公穷。她还跑出来，找男人，丢死人脸。她姥姥生病，快不行了，就想看她好好结婚生孩子。"她还喊了好几声"家门不幸""妹妹不孝"，言语中全是悲痛和恨铁不成钢。

我当时真的蒙了，大概有十几秒都没讲出话来。之后我不断重复："我不认识他们，求你们报警，求你们救救我！"

没人信！一抬头，周围的陌生人用一种令我现在想起来还浑身发冷的眼神看着我。我喊得越急，他

们越觉得我疯。

我清清楚楚地记得，有一个男人跟他们说："打一顿就好了，这类女的惯不得的。"然后另一个人接上话："别在这里搞，我们都要休息的，她一叫，都不要睡了。"剩下的人全都不说话，就拿着手机拍我。

我以为我死定了。

围观的人越来越多，当时几乎整层的人都开门出来看了。抓我的那个女人一直在不停说话，说些"这是我们家里事情"之类的话，每个不清楚状况的看客，都以为是家庭纷争，也可能以为是抓小三。没有人报警，没有人叫保安，没有人发过一声质疑。

我死命用手指抠着门板，不让他们抓走我。这时候我听到一句救命的话。

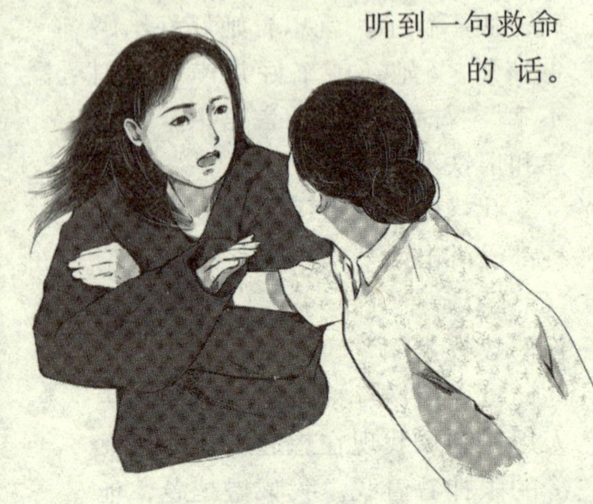

一间房里出来看热闹的男人，他身后有个四五十岁的阿姨也探出头来看，问他："啥事体？"

她用的是上海话。我是上海人。我马上抬头对着她，忍着泪，用方言大喊："阿姨，我不认识他们，你救救我帮我报警，我是师范大学的四年级学生！你相信我好哦，我不认识他们！求求你相信我！"

现在想起来真的感谢这位阿姨和她丈夫。他们听了我说的话以后，马上急着跟周围录视频的看客们说这些人是坏人，他们要抓我。那位阿姨很急地回房间拿手机帮我报了警。

当时状况十分混乱，抓我的人不断说，不要干预他们家里的事要拖我走。但是有那对上海夫妇帮我，他们报了警，喊了前台，然后我趁抓我的男人急着吵架辩解，使劲挣脱，跑到人群之中。那三个人看我跑了，马上拔腿就跑。

之后去派出所做了笔录，警察说这种事情很多，他们这种是熟练的团伙作案，我能在这种情况下逃脱算是幸运的了。真的很庆幸碰到了家乡的人，希望大家出门在外都注意安全。

彼岸花开摘自微信公众号知乎日报

图：小[illegible]

6. 答案：克拉苏、凯撒、庞培。

静默的漂流

@辉姑娘

有一种漂流，不需要呼喊。
有一种告别，不需要听见。

盛夏，去阳朔附近的龙颈河漂流。漂流的人很多，我因为一个人，被挤在岸边，等着安排船只。

忽然，不远处一个女孩从人群中挤过来，一把拉过我。“这样也太危险了！”她急急地说。

我愣了愣，连忙回头去看，随后倒吸了一口凉气。刚刚没发现站的地方距离河水只有半步之遥，若不是那女孩拉我，下一秒可能就一头栽倒在河水里了。

我连声道谢。那女孩是和朋友们一起来的，这群人有男有女，有老有少，当时一定也都发现了我的危险情况，却没有一个人提醒一句。

我与那个女孩被安排到同一艘皮艇。我们在水流中先是缓慢行进，几秒钟以后，一个突然的落差出现在面前，像一个小瀑布一样，皮艇在“瀑布”顶端的旋涡里打了个转儿，然后迅速地坠落了下去。

“啊——”我和女孩忍不住发出惊声尖叫。“像激流勇进！”我冲着女孩大声叫着。她笑起来，刚要答话，又是一个“瀑布”出现，我俩的惊叫声再一次响起。

奇怪的是，这一行人中，似乎只有我跟这女孩感到兴奋，其他人尽管也在水中颠簸，却并不大呼小叫。如果不是大家同处一条河流，我几乎以为是管理人员单方面给他们调低了游戏的难度系数。

又到一个大“瀑布”的地方。大约是为了增加期待值，每个比较高的落差前面都设置了一个类似小平台的“瓶颈”地带。小艇们在这里挤挤挨挨地排队，轮流从平台上滑到“瀑布”边缘，再冲下去。

旁边那位大哥见小艇始终不动，就跳下来推着小艇走。这其实并没什么危险系数，毕竟水位大约也只到他的腰部，然而随着他离“瀑布”越来越近，我忽然反应过来，大叫了一声：“不好！”

这个“瀑布”离下一层的垂直高度在四米左右，一旦摔下去，不死也得脱层皮。

幸好岸边有一位救生员，他听到了我的叫喊，回头看来，也大惊失色，几步冲过去抓住了那位大哥的手。

大哥只顾拼命扑腾，居然也不叫喊。眼看来了救命稻草，立刻伸手死死抓着不放。那救生员力气很大，这时又有几个同行的人也都注意到了，过去帮忙，一起使劲儿，才把那大哥救了回来。

回过神来，我简直想要大骂！

刚刚的事故是我用余光瞥到的，可旁边还有几艘小艇，怎么就没有一个人呼救？难道眼看着他摔死吗？简直是冷血动物！

这么想着，也就这么说出来了
“现在的人啊，简直太自私了！见
死不救会有报应的！”喊完了，没
人理我。只有那女孩愕然地看着我

小艇已至“瀑布”边缘，我一
边紧张地闭上眼睛，一边暗暗思忖
哪句话说错了吗？

我们再一次重重摔在水面上
又狠狠撞向岸边的礁石，几乎是旋
转着飞了出去。

我被水拍得七荤八素，在眩晕
中居然还有余力思考：这么大的落
差，哪怕胆子再大的人，出于生理
反应也会发出叫声。

这一行人，除了我与女孩以外
依然保持着静默。

这实在太不正常了。

我睁开眼睛，咳了一声，喷出
一点儿刚刚呛入的水：“对不起
我想问，他们是不是……不能说
话？”女孩点了点头：“抱歉。”

“我才应该抱歉……”一张嘴
又是浪头扑上来，“我真的不知道
刚刚还那么说他们……”

“没关系，他们也听不见。”

我的表情一定像个傻瓜一样。

女孩说：“我们是一个聋哑人
旅行团，我是导游，也是唯一可以
听和说的人。”

这一刻，我才从全神贯注的

就是爱历史（古罗马）7. 被历史上称为后三头同盟的除了雷必达，还有哪两位？

音中抽离出来一些意识，留意着那些人。

他们也沉浸在漂流的快乐中，一样紧握着把手，一样面带笑容，一样张着嘴，试图发出惊叹和呼喊——

然而四周除了剧烈的水声，一片安静。

直到漂完全程，我整个人还是懵着的。

其他人也纷纷上来，伸手拉着同伴登岸，他们的脸上带着满足的微笑，在午后的阳光里透着润泽的光芒。

临别的时候，那个被救上来的大哥忽然跑了过来。他憨厚地冲我笑着，比画起手语。

“他说，他不会说话，只能用手语。不过这样也很好，因为十指连心，代表着他对你说的话，都是心里话。”女孩帮我翻译道。

与大哥握手，又与女孩拥抱，一行人纷纷向我挥手再见。从他们灿烂热情的脸上，我几乎可以听到一阵爽朗的笑声。

我大声地对着那些背影说：“再见！”

摘自《这世界偷偷爱着你》

湖南文艺出版社

图：恒兰

囧事 『鬼车』

@胡展奋

人都称自己的座驾为“爱车”，但我这辆大众不知什么时候真像着了鬼魅一样，让我吃够了苦头。

事情出在去年，我们去了两趟美国，每趟都住了两个月左右，车就这么在上海趴着，按常理，好暇以整，应该为车所乐吧？休息休息有什么不好？！

可是偏不。

第二次回国后用车，一启动发觉有什么地方不对劲，车身抖了几下，有点情绪，但还是上路了，心想，“久卧伤筋”，没事，走走不就顺了嘛。

没想到，这次出车，没到指
地点就突然熄火了，怎么也打不着
乃叫来拖车，拖到修理厂，可一
厂，众目睽睽之下，却一启就动
完全正常！这不是青年曹操嘛，
你面前假摔，你真要告发，它当
人面又没事了。浑身查了一遍，
发现任何问题，乃换了一台电池
以为闲置久了，漏电。

电池换了，开了几天倒也没事
就以为是电池的问题了。

那天去青浦会友，巧了，众
中忽然见到了多年不见的女同学
大家谈笑风生，不觉月上东墙，

7. 答案：屋大维、安东尼。

道回府了。和同学告别，车钥匙转——坏了！又不动了。再转，毛病，只听得“哧哧哧哧……”“哧哧哧哧……噗”！心想坏了，地离开寒舍太远，难不成……

我头皮阵阵发麻，汗出如浆。什么时候都可以“尥蹶子”，谢你别在我同学面前下手好哦？！

女同学过来问长问短，还好，车奋起神威，居然像刘备当年那“忽然从水中涌身而起，一越三，飞上对岸”的“的卢”一样，但没有“妨主”，反而“救主”地大吼着启动了！

我松了一口气，但知道，那车，定有病了。

侥幸地从青浦回到市区，翌日去了4S专修店。这货真阴险极，一到专卖店，就怎么打火都着，拉上高速，怎么飙，都行。如“鬼附身”，故意作弄我嘛。最的那天终于来了——老同事陆楚电话里说好来我家玩，我开车去铁站接他，久别重逢唠着往事真心。那“鬼车”又作祟了，只见速度渐慢，踩油门渐渐没反应，立即靠边停车，然后就是“咚咚”熄火，一点都不给面子。楚南诧异之余赶紧安慰：“别急，拖到来前，我陪你聊天，咱见面本来就是聊天，这不很好吗？”

早就听说有个“熊师傅修车”，比4S店认真负责多了，人厚道技术又老到，便决定去找熊师傅。熊师傅接下车，观察沉思很久，不说话。最“鬼”的仍然是，车一到熊师傅手里，车钥匙一转，又启动了！又是曹操式的“假摔”！

我被它气得说不出话来。熊师傅安慰我，说：“如果相信我，把车留在这儿吧，我开个收条。”

翌日中午，熊师傅电话来了，说车子启动后就一夜没停，直到第二天的上午9点，突然熄火。根据判断，基本可以肯定是车载电脑中的“点火模块”出了问题，但“坏”呢，没有“坏透”，干脆彻底坏了，判断就容易些，它时好时坏，成了一颗“不定时炸弹”，彼修车二十年，从未见过。

狡猾的暗疾总算找到了，解决的方法就简单多了，把“点火模块”替换了就是。

没车的日子如同没腿。但现在开着它上路便心有阴霾，说是修好了，总觉得它哪里还有“暗疾”……

它里面藏着一个小人，随时会给你致命的一击。

摘自《新民周刊》

图：小黑孩

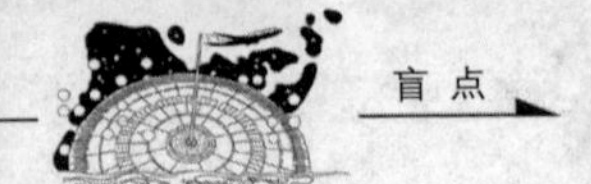

宋之问：诗人中人品最烂，烂人中诗才第一

@六神磊磊

一

我们今天故事的主人公，是唐诗历史上的一代宗匠——宋之问。某天，父亲把宋之问兄弟三人叫到面前："爹这一生最拿手的有三门本领：一是武功，二是书法，三是文采。你们一人选一样学吧！"

老二宋之逊选了书法，成为一代草隶名家；老三宋之悌选了武功，成了一名颇有战功的勇士；而宋之问坚定地说："我要学文学！"

定下目标之后，宋之问刻苦学习，天天读书写诗，忙得连洗脸刷牙都顾不上。父亲劝他说："孩子啊，你刻苦学诗当然很好，但牙还是要刷的，不然早晚要吃大亏。"

宋之问却不以为然："刷一个牙，至少要五分钟，多浪费时间啊。少刷牙怎么会吃亏呢！"说着，他又埋头到了书本之中。

渐渐地，小宋同学在各大报刊上不断发表作品，开始有了些名气。

有一天，他的手机上忽然收
外甥刘希夷发来的一首诗："小舅
你看我这两句诗能不能发表？"

那两句是："年年岁岁花相
岁岁年年人不同。"

宋之问不动声色："外甥
这两句诗的水平我看也一般般，
算发出去效果也不会太好。要不
这样，这两句诗就署我的名字，
舅帮你发怎么样？"

刘希夷很快反应了过来："
么？你是要剽窃？我不干……"

宋之问怒了：小子，敬酒不
吃罚酒，我弄死你。

据说宋之问做了一个装满土
土布袋，压在了刘希夷身上。可
的外甥便这样死掉了。宋之问剽
了外甥的这一句诗，发表之后，
行一时。

有不少学者考证说，这事太
靠谱，可这个八卦段子也不是我
的。大诗人刘禹锡曾经给人大讲

段子，讲得口沫横飞。

二

渐渐地，靠着帅气的长相和出的才华，宋之问越来越红了。他入朝中做事，担任了高级书童。处的竞争是激烈的，这次的对手强大，叫做东方虬。

是日，武则天带队浩荡出游，看着一片山明水秀、柳绿花香，姐心情大悦，命手下写诗助兴。

东方虬当先而出，一挥而就，然文采斐然。武则天很高兴，当给他颁发最高奖：一件豪华时装。

可他的新衣服还没穿暖呢，就见武则天大喊一声："好！这一更好！来人呀，把东方虬的时装了，给我家小宋穿上！"

一战告捷之后，宋问愈发巩固了在武则身边的地位。他渐渐得了一个外号——诗射雕手！

这时，光靠给女皇诗已经不能满足宋之了，他还决心要给武天……当男朋友。

为此，宋之问使劲结张易之、张昌宗两弟，鞍前马后地服侍。据传说，这俩兄弟要解手，宋之问还亲自给他们端夜壶。

事与愿违的是，不管宋之问怎么钻营，武则天对他的态度总是这样的：

小宋呀，你是一个好人。

小宋呀，你的诗写得真不错。

小宋呀，我知道你很努力。

……

宋之问铆足了劲，给武则天写了一篇大诗，叫《明河篇》。

很多人都说那是一封情书。

情书送上去之后就没了消息。过了好久，小宋才终于侧面打听到了武则天的回复：

"我不是不知道小宋有才华、有情调。可是……架不住他口臭啊……"

三

公元705年，小宋遭到当头一棒：老板武则天被人推翻下台了。

宋之问度日如年，暗暗下了决心：我的人生还没有完！我还可以继续宫斗！他悄悄潜回了洛阳，住在一个叫张仲之的朋友家。很快，他的机会就来了。

这一天夜里，月黑风高，宋之问无意间听说了一件惊天动地的大事：好朋友张仲之居然和别人密谋搞政变，要杀了当朝宰相武三思。

小宋抹着泪水，毅然作出了决定：告密！结果可想而知，张仲之全家被杀光光，宋之问则举报有功，升官发财。

这一阶段，是小宋人生的中兴时刻。他仍然努力地写作，要压过其他诗人，以得到新老板的赏识。

很快，他人生中的最强对手出现了。

当时诗坛的两大天王并称“沈宋”。其中“宋”就是宋之问，而“沈”则是另一个人——沈佺期。

一山不容二虎。他们之间终于爆发了一场正面对决，那就是唐诗史上几大著名决战之一的“彩楼之战”。

故事发生在正月的最后一天。这一天是古人所谓的“晦日”，唐中宗打算搞一场隆重的赛诗大会，担任评委的是一个大大有名的人——上官婉儿。

彩楼之上，上官婉儿随手评点，淘汰了的卷子被直接扔下来。扔最后，上官婉儿手上只剩下两个的卷子：沈佺期和宋之问。

所有人的目光都集中在她的上。只见她秀眉紧蹙，将两首诗来比去，始终难以取舍。终于，一扬素手，一张卷子悠悠飘下，家抢过来一看，是沈佺期的。

那么，赢得了“彩楼之战”小宋，从此青云直上了？

并没有。

公元709年以后，宋之问的板们先后倒台。小宋到处遭人嫌被一路猛贬。

回望小宋的一生，那些端尿求做鸭、弄死外甥的八卦故事，实不一定都是真的。

说到底，还是小宋品行太差见风使舵太猛了，一些事做得太体面，人们就把各种坏事都安到头上。

小宋的故事告诉我们一个简的道理：做人哪，不要太投机。

田龙华摘自《六神磊磊读唐

北京十月文艺出版

图：小

8. 答案：屋大维。

所谓忠臣

@张天野

历史学家问："在你们看来，才是忠臣啊？"

秦始皇说："赵高是个忠臣，通律法，对朕忠心耿耿。"

汉高祖说："韩信、张良、萧都算不得忠臣，还是朕的老婆吕更贴心。"

汉武帝说："朕认为司马迁是忠臣，所以朕把他宫刑了，让他心著述。保护人才嘛。"

隋炀帝说："宇文化及实乃本的第一忠臣。"

唐太宗说："魏徵是个忠臣，于犯颜直谏。不过呢，魏徵太不重方式方法了，警告一次。"

宋徽宗说："蔡京是个忠臣，泼墨写意，他就挥毫题字，真是联璧合啊。"

蔡京说："陛下谬赞。臣以为俅高太尉是个忠臣，德智体全面展，尤其踢得一脚好香蕉球。"

高俅说："太师夸奖。本太尉以为童贯童大人才是忠臣。童大人面上虽不长胡子，但心里长胡子，每根胡子都是惊天妙计啊。"

宋高宗说："这么多年考察下来，朕发现只有秦桧才算忠臣。"

秦桧说："陛下圣明。其实臣的妻子王氏、万俟卨和张俊也都是忠臣。"

明太祖说："在朕的眼里，就没有一个忠臣，都是白眼狼。"

正德帝说："刘瑾绝对是个忠臣。"

嘉靖帝说："严嵩是个老臣，更是个忠臣。"

天启帝说："魏忠贤才是忠臣，朕做木匠活时，他从不来烦朕。"

乾隆帝说："和珅是朕见过的最好的臣子，大大的忠臣。"

慈禧太后说："奕䜣、奕譞、曾国藩、左宗棠、李鸿章都不算忠臣，还是安德海、李莲英贴心啊。"

余娟摘自《讽刺与幽默》

永远的茶花女

@徐 鲁

故事点亮万家灯火，阅读传承千秋文化。与“故事会”杂志共勉 徐鲁 二〇一八年初春江南

这天早晨，阿美把借去的那本《茶花女》还给我的时候，神色就有点不对劲儿。“这么快就看完了？阿美。怎么样，你觉得哪些地方最精彩？”阿美小声地说道：“第 33 页……”话还没说完，就一溜烟儿地跑远了。

下午最后一节自习课之后，我刚刚走出教室，阿美就从后面追上来了：“喂，徐延泽，第 33 页你看过了吗？”“什么第 33 页？物理还是代数？”“不是，都不是！……”阿美几乎要向我扬起拳头了。

“哎呀，《茶花女》第 33 页！”我恍然大悟。“我等你，不见不
哦！”不等我拿出书来，阿美丢
一句话，又一溜烟儿地跑远了。

我刚一翻开书，一张淡蓝色
小纸片掉了出来，竟是一张电影
时间就在今晚九点半。

再看第 33 页，我看到了几
被阿美画上了波浪线的文字：

扫码看阿美画线的究竟是什么内容？

就是爱历史（古罗马）9. 奥古斯都创建的政治制度被称为什么制度？

这一段话，真的是阿美觉得最彩的吗？这个阿美，她是从什么候起注意上我了呢？

阿美也许是真诚的，但说实话，却从来没有，以前没有，现在也有，想和阿美“好”的意思。

不过，我也绝不愿意对阿美的诚与好意有丝毫的伤害。因此，决定去看这场电影。

我怕被老师或别的同学看见，故意拖延到差不多快要放映的时，才悄悄溜进了电影院。

“Sorry，阿美，迟到了。”

我和阿美坐在电影院里，其实有点心不在焉。在剧终前的一分，趁场灯还没亮起的时刻，我们身离开了电影院。

已经是十一点钟了吧，我帮美推着自行车，送她回家。走进条寂静的石板小巷，阿美站住：“徐延泽，你哑巴了？”“我想说呢，阿美，谢谢你请我看电。”“哼！当我不知道啊，你根本没心思看电影。你只知道功课、课、功课！”

我轻轻地按了一下自行车铃，它发出一阵清脆和轻快的声响。美笑了，我也笑了。

我说：“阿美，就让我们做个远的好同学、好朋友吧！别让我们的友谊进入这样一条狭窄的小巷……”“那你觉得，像这样的月光小巷不美吗？”

“很美，但是一会儿就走到尽头了。我倒更愿意，我们都把今夜这条小巷的秘密，藏进各自的心里，等我们毕业后，再去回忆起它们来……还有，那本《茶花女》，你画了波浪线的那一页……”“第33页！”“对，第33页，我会好好保存这本书，它记下了我们的友谊。”

阿美突然得意地问道：“徐延泽，你说实话，我选的这段话，用在你身上，恰不恰当？”“恰当，恰当，小仲马的这段话说得很好。”这时候我突然也记起了《茶花女》里的另一段话，“这本书上还有一段话，用在你身上，也很恰当。我回去看看，是在第几页上，也给它画上波浪线。”

“那你星期一就得告诉我，在第几页上。”阿美有点怅惘地说道。

在月光下，在这静静的小巷里，在这个美丽的夜晚，我和阿美的这一段秘密的插曲，就这么悄悄地戛然而止。

那本旧《茶花女》，至今仍保存在我的书橱里，它是我中学时代珍贵的纪念物之一。

摘自作者新浪博客

耳神

@普二丁

我和阿卤坐在公园里，一个老头敲着小钵儿就过来了，手里一支长长的……掏耳勺。

“掏耳朵啊，话说确实好久没掏过了，最近感觉耳朵痒得很。”阿卤念叨着。

老头从背包里捞出各种器械，开始掏耳朵。阿卤闭眼凝神，表情安详。老头手上的掏耳勺忽地一停：“姑娘，你这耳朵里有陈年耳垢，再不处理会危及听力的。”

阿卤翻了个白眼：“要加钱吗？”老头拈着胡子：“二十。”“成。”

老头小心地解开腰间四方盒子上的蝴蝶结，从盒子里扯出半指宽的小小绳梯，系到阿卤耳朵上。他曲起食指，在盒子上“铛铛”地敲了两下：“起床干活了，孩儿们。”

盒子里传来“窸窸窣窣”的声音，一个比蚂蚁还要小一点的小人探出了脑袋，很快，更多的小人顺着绳梯爬进了阿卤的耳朵。那些小人身手麻利，源源不断地将耳垢分解成小块运出，动作井然有序。

大概过去十分钟，老头又“铛”地敲了一下他的小钵儿：“掏耳十块，耳神服务二十，一共三十块，请付费。”

又是周末，我躲在家里做蜜汁鸡翅呢，突然接到电话：“喂，哦，是阿卤啊，怎么了？”“亲爱的，我家出事了，你快来。”

我揣起鸡翅下楼打车一气呵成，然后阿卤敷着一脸黄瓜仰着脸给我开门了。

“阿卤，你今天要不说清楚，我怀里这一包刚烤好的蜜汁鸡翅你一块也别想吃。”

阿卤拽着我在沙发坐下：“你还记得那天咱们一起在公园掏耳朵吧。那个老头，有阴谋。”

悬疑的气氛鼓胀起来了！

“我，逮住了几只耳神。”阿卤继续仰着脸，伸手在沙发下面摸出了一个脏兮兮的玻璃瓶。果然，里面有很多细小的、蚂蚁似的东西……不过已经不动了。

“啊啊啊，阿卤，你把耳神弄死了啊！！！”我把阿卤眼睛上的两片黄瓜摘下来。她仔细看了眼

9. 答案：史称元首制。

䥇，拿错了，这是我装黑胡椒的子。瓶子在我床头呢，跟我来。”

玻璃瓶里，几个小人正在叠罗，妄图逃走。

“说，你们是什么人？有什么谋？”“我们是耳神，我们来这偷东西的。”几个小人齐声说。

“是那老头派你们来的？”“不是，那天帮这位小姐掏朵，我们几个偷偷留下了。”

“你们来阿卤家里想偷什？”“我们想要阿卤小姐枕头里一根鹅毛。”

阿卤的脸色丝毫不变：“我枕是荞麦的，我奶奶缝的。”几个人立刻沮丧了起来，身体软软地在玻璃瓶子里。

我突然想起自己的新枕头就是鹅毛的。“你们要鹅毛干吗？”

一个小人站起来，仍然沮丧：“老先生晚上睡不好觉，听说从女孩子的鹅毛枕头取出一根鹅毛，缝进被子里，会做香甜的梦哪。”

“可惜这个小姐没有鹅毛枕头……完蛋了，还被捉住了，老先生会很担心。呜呜呜。”几个小人又悲怆起来。

阿卤拽拽我的衣袖：“喂，姑且给它们一根鹅毛吧，不然这群小人回去，说不定要挨骂呢。”

这就是耳神的故事啦，小人后来举着我的鹅毛开心地走了，应该是回家了吧。女孩子枕头里的鹅毛，真的会帮助失眠的人吗？谁知道呢。不过这次烤的鸡翅倒是很好吃，我和阿卤每人吃了二十几根。

番外

第二天清晨，老头起床。几个小人兴奋地跳着脚：“先生，先生，您昨晚睡得好吗？”老头摸摸胡子：“倒是没有失眠，不过昨晚梦里好多没翅膀的鸡来围攻我，吓得我跑了一夜，现在倒是有点饿了。”

彼岸花开摘自《一头栽进月光里》

湖南文艺出版社

图：恒兰

风一样的男子

@王双增

罗晨这一次百米短跑测试又不及格。罗晨正在闷头开展自我批评时，突然听到陈松和李必达吵起来了。

陈松几乎是在咆哮："我的脚尖明明比你先触到终点线的，怎么可能比你慢0.5秒。"

李必达也不甘示弱地反驳："得了吧，我的肩膀早早就触线了。比我慢0.5秒，你算是超常发挥了。"

罗晨赶紧过去劝架："一人少说两句，饱汉不知饿汉饥，我还没及格呢！"

当天晚上罗晨就接到陈松的电话："罗胖子，明天早上开始你陪我晨跑吧，我咽不下这口气，下次测试我一定要打败李必达。"

"那个……我的成绩一直比们差，要补的东西太多，要不我周的周一周三周五陪你晨跑吧，下的早上让我朗读背诵。"陈松快地答应了。

隔了一天早上，李必达又找门来邀约："陈松那小子输了不账，我估计他这段时间肯定卧薪胆地加强训练。我也不是吃素的不能眼睁睁看着他反超。罗胖子明早开始陪我跑步吧。"

罗晨听了一个头两个大，只咬咬牙对李必达说："达哥，我成绩一直比你差，要补的东西太多要不我每周的周二周四周六陪你

就是爱历史（古罗马）10. 被称为拜占庭帝国的是罗马帝国分裂后的哪个部分？

吧，剩下的早上让我朗读背诵。”

李必达走后，罗晨欲哭无：这是活生生逼着我减肥的节奏——做好人就是累啊！

如果老天长眼的话，一定可以到一个悲催的胖子，周一周三周的早上，在一个公园，跟在陈松面气喘吁吁地奔跑，一身肥肉乱。而周二周四周六的早上，这个子又在另一个公园里摇晃，跟在必达后面苦苦坚持，有时满脸愁，有时甚至一脸悲愤。

那天清晨，睡梦中的罗晨好像到一阵闹钟响起，他立马惊醒，紧刷牙洗脸，换上运动服。当他着今天是跟陈松还是达哥时，才现闹钟至今都没响。他终于回过来——今天是周日。“如今万事备，只欠跑步。那还能怎样，那跑呗！”

整个城市好像还在沉睡中，悄声息的大街上，罗晨一个人边跑望，不远处的高楼大厦还笼罩在蒙的晨雾里……慢慢地，罗晨感自己的身体越来越轻盈，耐力似越来越持久。

转眼就到了体育科的期末测。随着体育老师口中一声哨响，必达和陈松如离弦之箭一样，朝点线飞射过去。

在两位“竞赛选手”触及终点线的那一刻，罗晨和体育老师几乎同时各自按下两次秒表。李必达率先开口：“罗胖子你说我们谁更快？”陈松语出惊人：“谁更快真的很重要吗？胖子你帮我看看，我比上次快多少？”

罗晨张大嘴巴看着陈松：“快了不少……”话还没说完，就听到体育老师喊：“罗晨和体育委员过去起跑线准备。”

很快听到一声哨响，只见罗晨和体育委员两人箭一般地同时疾射而出。曾经那个总是慢一拍的罗胖子不见了，奔跑在体育委员旁边的是一个肤色赤红、四肢发达的追风少年。

罗晨冲过终点，刹住身形，他还没有忘记刚才李必达和陈松的问题：“你们都比上次快了，但谁更快，我觉得……还是看体育老师的记录比较准确。”

他俩笑得东倒西歪，李必达边喘边说：“我们根本就不介意谁快一点，我们关心的是你这个罗胖子，看来终于及格了，估计成绩还有点吓人哦！这回，你绝对算得上‘风一样的男子’了。”

芷彩卓摘自《少男少女（校园版）》

图：小黑孩

民国催债高手

@杨早

要知道谁是民国催债第一高手，先得知道谁是民国赖账第一高手。赖账高手姓袁，名世凯。他平生最大的赖账，是洪宪帝制发动前，组织了一个近千人的国民代表大会，一致拥戴他当皇帝。这些代表们自以为拥戴有功，富贵可期，天天在北京城狂吃滥嫖，欠下烂账无数，净等着洪宪皇帝给他们埋单，不料老袁过河拆桥，上楼抽梯，每个代表只发一百元大洋。一时间哭声震天，怨声载道，代表们哪个不是当衣典裤才离开京城的？以曹锟后来贿选总统时每票两万元计，这笔赖账足足有将近两千万袁大头。

等到帝制失败，老袁退位，这才轮到催债第一高手出场。来者何人？姓周，人称周妈。她的委托人，是筹安会首领杨度的老师，湖湘第一才子王闿运。

还是老袁在谋划当皇帝时，觉得王闿运乃大名士也，托人说项，请他列名为劝进领袖。王闿运以前曾劝过曾国藩称帝，有什么不肯？只是回信说：王某这个名字，每字要卖十万金！老袁一口答应，指令湖南都督如数拨给。不过，湖南借口现钱不足，

10. 答案：东罗马帝国。

付了一半。

不料帝制取消，湖南独立，尾自然扣住不发。王大名士年老力，只好委派第一号心腹周妈为代，来京索债。

老袁只当钱已付清，谁知道还了这么个尾巴！想致电湖南问问，那边已经独立，正在讨袁。只回转来和周妈吃讲茶。民国笔记记载的对话精彩，不可不录——

老袁：不管钱有没有到位，我事业已经失败，你怎么还能来要呢？

周妈：我们家老王列名，只负责劝进，你成不成功，我们哪能担保咯？我家老王八十多岁，从来没有离开过我，现在派我北京，已经十天了，不知道多想我呢。你一个大总统，动辄耗财万，不在乎这些个小数，做什么把钱给我，好拿回去让我家老王兴高兴呢？

老袁：你既然怕他孤寂，我里一时款项又不充足，不如你先湖南，我筹足款再给你寄过去如？

周妈：老婆子奔走几千里，专取款而来，现在两手空空回去，么对得住我家老王嘛。大总统，行行好吧，把钱给我，马上就走！

这一顿讲茶，吃来吃去吃不妥。老袁想把周妈晾一边，可是周妈每天会去春藕斋吵闹一通，老袁躲开吧，她就遍搜各位姨太太的房间，反正她在袁府也住熟了。最后老袁发火了。

老袁：我就不给你钱，你能怎么样？

周妈：不给钱，我就不走！

老袁：你不走，我就不能赶你走吗？

周妈：赶我也不走！

老袁：莫非我就不能杀了你吗？

周妈：你杀，我让你杀！你先求我家老王，现在不给钱，还要杀我，传出去才好听哩！你能杀人，不去杀西南诸省的乱党，倒来杀我一个老婆子，到时候外面都会说：袁大总统当不成皇帝，杀一个老婆子，赖掉十来万块钱。莫忘了，我家老王还有一支史笔，你就不想想你会在历史上成一个啥人！好，要么杀我，要么给钱，你决定吧！

结果呢，自然是周妈大胜，拿钱走人。老袁赖账不成，反被一个老妈子羞辱一番，没过几天就死了。

李金锋摘自《野史记》
生活·读书·新知三联书店
图：小栗子

【《反童话》续写】小红帽和外婆与大灰狼化敌为友？王子能否在两万个试穿水晶鞋的姑娘中找到真心人？请看两位作者的精彩续写——《小红帽后传之快乐森林》和《不可复制的美丽》。

扫描二维码，看《反童话》原文

小红帽后传之快乐森林

@张春燕

小红帽和外婆运用智慧，杀死了想吃她们的大灰狼，并把狼皮做成褥子，过上了幸福生活。

好多年过去了，一天，小红帽去看望生病的外婆。雨后的森林里，冒出了许多蘑菇。小红帽兴高采烈地采了一大筐，给外婆做了一锅鲜美的蘑菇汤，盼望外婆吃下蘑菇汤后，身体快快好起来。

谁知，刚喝完蘑菇汤的外婆大声说："小红帽，你给我过来！"外婆的声音很大、很凶恶，"你个坏孩子！在干吗？是不是想骗我吃蘑菇，趁机偷我的东西？"

外婆一边说，一边拿过放在床边的拐杖，对着小红帽一通乱打。

完全不能接受外婆这突然变化的小红帽一下子蒙了。她越躲闪，外婆追打得越厉害，直打得她伤痕累累，疼痛难忍。她委屈地大哭起来。

就在这时，一只大灰狼推开跑了进来。他飞快地跑到小红帽面，挡住外婆的拐杖，对着外婆喊："您醒醒，别打了！她是您爱的外孙女小红帽！"说罢，这神勇的大灰狼拿出一支喷雾药剂对着外婆喷了好几下。

外婆骤然停住了手，然后了晃脑袋："我这是怎么了？"她看到额头流着鲜血、身上多处肿的小红帽时，眼泪一下子涌了来，"我亲爱的小红帽，你这是么了？"

大灰狼将小红帽从地上拉来，又拿出一支药膏，涂在小红受伤的地方。小红帽的伤口立即再疼痛，迅速弥合。

望着魔力大大的大灰狼，小帽露出了感激的微笑。

大灰狼放下药膏，向她们讲述发生的一切。

两年前，就在森林边上，来了家公司，对外宣传要生产一种特有效、特别赚钱的化学药物。这公司的机器，24小时都发出震耳聋的声音。这家公司的屋顶，24时都冒着呛人的烟雾。结果，森上空好多小鸟都飞走了，森林里多动物都不见了。大灰狼和他的人也生活得十分痛苦，感觉就要不下去了。

后来，他们联合住在森林边的类，还有少数留在这儿的鸟类，鹦鹉、黄鹂，以及少数生命力特顽强的四脚动物，如猴子、野马，向环保部门报告了这里的情况。保部门来进行了调查，让这家公停止生产。终于，在半个多月前，震耳欲聋的机器声和让人窒息的雾都没有了。

“可是，这跟我外婆打我，有系吗？”小红帽满脸疑惑。

大灰狼点点头：“有关系。因你外婆吃了被那家公司烟雾污染的森林毒蘑菇。那蘑菇会刺激人神经系统，让人性情大变，变得躁、暴力、冷血。你外婆吃了以，才会对你百般挑剔，狠狠打你。”说罢，大灰狼幽默地一笑，“吃了毒蘑菇的外婆，真变成了传说中的狼外婆。”

“那……你又是怎么知道这事儿的？”

大灰狼又一笑：“为了更好地照顾老人，我们这儿新成立的森林管委会在你们家门口安装了最新的、适用于所有人和动物的生命安全感应器。你外婆打你的时候，我们从屋子里的振动和你的哭声、你外婆的吵闹声中发现了异样。我作为森林管委会的义务管理员，就飞快赶到了这里。”

如梦初醒的外婆，很是感慨：“这2500年的世界，还真是不一样啊！”外婆怜爱地搂过小红帽，抚摸着她的伤疤，连连说，“宝贝，对不起，对不起。”

说罢，外婆和小红帽一起向大灰狼表达感激之情，她们想挽留大灰狼，让他跟她们一起，在森林边享受快乐生活。

大灰狼微笑着说：“我还是要回到森林里去，与我的家人和同伴们在一起。人和狼各有各的生活领地。一旦有了自然灾害，或者突如其来的各种侵袭，我们可以一起来研究措施，协力同心对付。相信我们都会拥有更加清新、健康、美好的天地。”

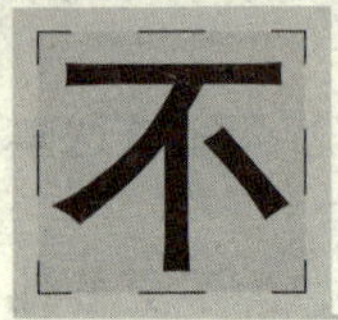

可复制的美丽

@孟子渝

王子得知在全国试出两万个姑娘，不禁大吃一惊。他反复摩挲着那只水晶鞋，眼前又浮现出那美丽的脸庞："灰姑娘，你到底在哪儿？"忽然间，他灵光一闪，灰姑娘手中应该也有一只水晶鞋！于是，他让士兵到王国各地仔细搜寻，希望很快就能找到灰姑娘。

可是第二天，整个王国又"呼啦"一下多出两万只一模一样的水晶鞋，且当天下午，小贩们走街串巷，都在兜售水晶鞋！这也难怪，在这个以假乱真的时代，连夜仿制出几万只水晶鞋也不足为奇了。

又过了几天，王子思念之情与日俱增，他迫不及待地想再见到灰姑娘，于是，他向全国发布诏令：在本月中旬，王宫再次举办盛大舞会。

这下美容院可热闹了，两万个姑娘把美容院的门都快挤破了。照着上次她们熟记于心的灰姑娘的容颜，垫鼻的垫鼻，削脸的削脸，拉双眼皮儿的拉双眼皮儿……

之后，她们又挤进裁缝店与
发店，把衣服与发型、发色，都
制成了灰姑娘的风格。

灰姑娘从她那两个姐姐得
的神情和嘲讽的口吻中得知舞会
事，她的心如小鹿一般怦怦乱跳
于是等姐姐与继母出去买衣服
悄悄去了仙女居住的森林，孰不
身后却有一双恶毒的眼睛狠狠地
着她。

带着仙女送的礼服，灰姑娘
匆匆地赶回家。一刻钟后，继母
两个姐姐也回来了。继母冷冷地
着她："灰姑娘，你下去擦猪圈！
待她一走，继母急忙来到小阁楼
翻箱倒柜找出那套礼服，"哼，
加舞会？我让你去地狱参加！"
着，在礼服的蝴蝶结里塞了什么
西，又把一切放回原位。

舞会终于开始，继母与两个
姐早早便打扮妥当出发了。灰姑
随后也穿上礼服去了会场，一进

11. 答案：凯撒大帝。

她就惊呆了，铺天盖地全都是“灰姑娘”。“即便不能和他跳舞，远远地看一眼也是好的。”灰姑娘转念一想，又开心起来。她站到角落里，默默地注视着自己心爱的王子。

王子非常无奈，他在这一大群“灰姑娘”中来回逡巡。一扭头，却猛地发现角落里一双含情脉脉的眼睛，那澄澈的目光似曾相识。王子心中大喜，快步走过去邀灰姑娘共舞一曲。在全场嫉妒的眼神中，王子与灰姑娘翩翩起舞，裙摆在旋转中圆圆张开，犹如一朵盛开的鲜花。

但意想不到的事情发生了。

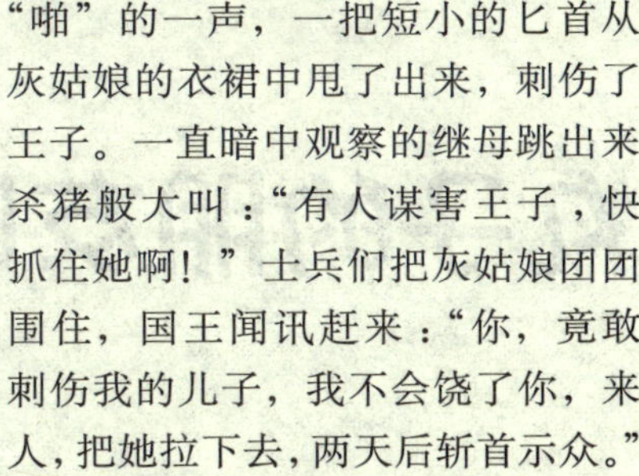

“啪”的一声，一把短小的匕首从灰姑娘的衣裙中甩了出来，刺伤了王子。一直暗中观察的继母跳出来杀猪般大叫：“有人谋害王子，快抓住她啊！”士兵们把灰姑娘团团围住，国王闻讯赶来：“你，竟敢刺伤我的儿子，我不会饶了你，来人，把她拉下去，两天后斩首示众。”

一天之后，宫里传出消息。王子被刺伤，引发曾经的肾病，急需合适的肾源替换。那两万个姑娘听说之后，人人退避三舍，唯独灰姑娘在狱中听到狱卒们议论，着急地大喊：“我愿意，我愿意！”

灰姑娘被领入宫中，却发现王子面带微笑地等着她。原来，仙女给王子托了梦，王子便故意设计试探所有人的真心。一个月后，老国王为王子与灰姑娘举办隆重的婚礼。婚礼上，他意味深长地说了这样一句话：“美丽的容颜可以复制，但金子般的心灵却是永远无法复制的。”

作者系山西忻州五中

1701 班学生

指导老师：李际昕

丸子的朋友圈

大老板张富贵

昨天，在办公大厅里，我发现有个职员不工作在玩游戏，立马让他汇报工作，可一时想不起他的名字，就说："那个穿黄色外套的来我办公室一下。"

谁知道他居然默默地脱下了外套。

郭美眉：你要跟他说，他今天就是把裤子脱了，也必须来你办公室一趟……
丸子：捂脸。

王大脸真的不是女汉子

昨晚去吃烤肉，肉居然没熟！

郭美眉：牛排就是要五分熟啊！
金融小王子刘思聪：可能这块肉有很强的求生欲吧。

丸子

我妈关切地对我说："你要多注意，我知道现在好多90后年纪轻轻身体已经不行了。"

我只好说："是啊，现如今90后能活过三十岁的还一个都没有。"

哲学系二师兄：有理有据。

金融小王子刘思聪

中午我跟领导说："我这次流感挺严重，我下午休假回家好了！"

领导说："你傻呀，与其传染给家人，不如传染给我们。"

我……

哲学系二师兄：领导好大公无私啊！
王大脸真的不是女汉子：那不传染上怎么对得起领导的一片真心啊！

哲学系二师兄

为什么有人说“女人永远是对的”？

金融小王子刘思聪：按照达尔文的进化论解释，一种人认为女人永远是对的，另一种人不这么认为，后来没有女人嫁给第二种人，于是他们灭绝了。

哲学系二师兄回复金融小王子刘思聪：听君一席话，胜读十年书。

快递员小马

今天中午在门口的小饭馆吃午饭，刚吃了一口，我忍不住说：“老板，这面好咸啊，能不能换一碗？”

老板却说：“你放桌上一会儿吧。”

你们猜他给我的解释是什么？

哲学系二师兄：他等会给你加水？

快递员小马回复哲学系二师兄：他说：“说出来你可能不信，时间可以冲淡一切。”

郭美眉

最近准备出去旅游，好纠结啊。

大老板张富贵：什么地方纠结了？

郭美眉回复大老板张富贵：我不知道要去南方旅游还是北方。

大老板张富贵：区别很大吗？

郭美眉回复大老板张富贵：北方纬度高，向心力小，而且离地心比较近，这样的话，体重就会重一些！

大老板张富贵：……那就去南方呗！

郭美眉回复大老板张富贵：可是南方热，热胀冷缩，这样我的体积又会大一些！

哲学系二师兄

刚在公交车上，人挺多的，给一个大妈让了座。

大妈坐下就说：“现在的年轻人，长得不咋样，心肠还挺好的。”

王大脸真的不是女汉子：这大妈还会不会说话了？

快递员小马：马上公交一个急刹车，摔倒在她身上！

王大脸真的不是女汉子

第一次做烧鸡爪这道菜，食谱上说要放八角，实在找不到零钱，我立马放了一块……

金融小王子刘思聪：有钱，就是任性！

哲学系二师兄：放点硬币更有声响。

世上活得最明白的人

@张佳玮

十几年前，我第二次去北京时，在长安街打车，半天没车搭理。

一辆车子慢慢地从我身旁滑过，司机一路打手势，把我往一边路上引，我跟过去了。到旁边小路，司机容我上了车，劈头盖脸就说：“我本来都要回家，不载了，看你在（第三声）那儿，我着急呀！你知道你为啥打不到车吗？这是长安街！北京就这么一条长安街！中国就这么一条长安街！亚洲就这么一条长安街！地球太阳系银河系就这么一条长安街！你在这儿打到头发白了都打不到我告诉你！我看着可着急了！说，要去哪儿？”

2015年夏天，一行四人，二男二女，去尼斯。打了辆车。

司机师傅看了看我们，对其一位女士说：“您身材最好，请坐我右手边吧！”

那位姑娘乐了一路。直到司送到地方，让我们下车，道声再开走后，她才意识过来。

“我一个人坐前面，你们三人坐后面……他这意思是，我是个人里最胖的？！？！”

2017年，秋天的某夜，我和个朋友——女的——在亮马桥吃饭，打车，打不到。

后来，我们打了个去望京的风车，上了车，我朋友先开口：“不住啊师傅。我是住望京，我朋他住金鱼胡同……您送完了我再他吧……”“这……有点难办

12. 答案：《十二铜表法》的颁布。

这绕远儿啊！”“我补您钱吧。”我说。“这不是钱的事儿哥们。”“那得，”我说，“我就这儿下车，再自己想法子吧……”“不行，你难得来北京一趟，大晚上的，你……”司机后视镜里看着我们，许久，叹了口气：“得嘞！反正明儿礼拜六，没事。”

到望京了。我看她下车，朝她挥挥手。司机问我：“不下车告个别？”“不用了吧……那，金鱼胡同，谢谢。”

司机看看我朋友的背影，问我：哥们，你刚上车那会儿，我不是不肯帮忙，就是……我是说，你如果不回金鱼胡同，今晚上不就能住这儿了吗？”“啊？我没想住这儿啊。”司机后视镜里看看我：“哎，敢情这不是你女朋友啊？”我：“不是。”司机沉默了一会儿后，叹了口气，道：“暂时不是……以后可以是的嘛！”我：“……以后应该也不会是。”

司机师傅轻叹一声，眼望前方，说：“年轻人，不要把话说死了，人怎么知道自己将来会遇到什么样的感情呢？像我，哎，我以前啊，也没想到自己会是这样的……”

司志政摘自作者微信公众号

图：恒兰

我把你当朋友，你却只想收我份子钱

@咪 蒙

一

“份子钱”已经成了敏感词了。

很多人提起来就无奈、就炸毛、就生气。

同事小葱说，前段时间，一个高中同学发微信跟她说，自己下周要结婚了。

小葱看到跟她上一条聊天记录是在一年前，当时她们最后一次的对话是：“那我们以后保持联系。”

通常这么一说，后来往往就断了联系……

小葱有点感触。原来对方还记得自己，结婚还想到来邀请她。她庆幸自己捡回了一个朋友。

于是，小葱开始查日程，准备专门回一趟老家，去参加婚礼。

当时是元旦，票很难买，小葱有点着急，她怕同学失望，以为她不回去了，所以就赶紧在微信上提前给了红包，转了500块给对方，还解释说：“不好意思啊，车票很难买，我继续想办法……”

同学收了份子钱之后说：“原来北京回来的车票这么难买啊，专门为我回来一趟，确实也挺折的……”

听到这里，小葱有点感动，果，下一条微信弹出来了。

同学说：“要不这样，你把票钱也当份子钱打给我吧，这样就省得来回折腾了嘛。”

小葱真的目瞪口呆。

二

粉丝哩哩说，她讨厌过年。

最近快春节了，老同学们密结婚，一结婚就要收份子钱，肝颤啊。

就上周，哩哩已经被拉进两婚礼群了。

她还在读研啊，一个月国家补贴500啊。

结果前天，她的一个初中同来找她。平常她们都是点赞之交聊天记录都是空白的，结果对方接甩了一个电子请柬，上来就开倒计时，离××和×××大婚

就是爱历史（古罗马）13. 适用于罗马统治范围内一切自由民的法律被称为什么？

有××天。

哩哩很想假装没看见，但是她很怂，不敢。她含泪去看了一下花呗，上上个月的分期还没还完。但她还是咬牙从生活费里抠了500块出来，含泪打了过去。

结果对方收了款之后，一句话都没说。

当晚，哩哩就看到对方发了朋友圈，九宫格，都是其他初中同学的转账截图，有的给了1000，有的给了1200，最少的给了800。

这简直就是无声的控诉吧？

她实在没办法，只好临时找室友借了钱，补了300块。

这个时代，连份子钱都有建议价了。

三

小乔的高中室友结婚的时候，在微信和QQ上轮番轰炸她，盛情邀请她回老家参加婚礼，还一路盯紧她的行程，生怕她不到场。

她很看重这份友情，专门去参加婚礼了，还给室友包了2000块的大红包。

最近小乔也要结婚了，也邀请了高中室友，也是在老家举办。

室友现在就在老家工作，小乔以为室友一定会来。

结果室友说："我不太方便，看情况吧，有时间我就去。"

小乔也没多想，就说好。

结婚的前一天，小乔再次发了微信给室友，室友没回复。

当晚，刚好同学群一直有人在祝福她新婚，小乔为了表示感谢，在群里发了个红包。

结果，室友是第一个抢到红包的。

但是，一直到婚礼结束，室友都没有回复小乔的微信。

四

同事还参加过一次毕生难忘的婚礼。

新郎花了几天时间，当面邀请了全公司每个人（包括研发、销售、前台、客服……)，于是他结婚当天，公司的人几乎都到了，比开年会人还齐。当天，每个人都送了600以上的红包。

大家没想到，婚礼地点是在一家人均40的土菜馆。同事说，那是他毕生第一次见到婚礼上吃热干面的（据说还挺好吃的)。

更恐怖的是，明明是婚礼，新郎新娘连婚纱都懒得租。新郎穿了一件格子衬衫，新娘穿了一条吊带裙，摆明了就是来收礼金的。

人家诈骗犯还要写一下剧本，对一下台词，说："我说的都是真的。如果你不相信，可以去投诉我，我的工号是084572……"

他俩连道具都懒得准备，简单粗暴，直接圈钱，可以说是很没有职业道德了。

五

更极品的是，有些人跟你根本不熟，上来就甩请柬。

粉丝东东就遇到过这种事。

有一次室友过生日，室友的一个朋友加了全场人的微信，结果之后她结婚，通知了当天在场的所有人，一个都没漏掉。

大家都蒙了，东东实在气不过，鼓起勇气去问对方："我们好像不太熟，你这样发请柬，过分了吧。"

结果对方苦口婆心地说："虽然以前我们不熟，这次你来参加婚礼，之后我们不就熟了嘛！而且你想想啊，你去参加朋友聚会，聚餐吃饭也是要AA的嘛。你来参加我的婚礼，就当是一次高质量社交。你放心，我的婚礼，绝对都是高端人群。你可能会在我的婚礼上，遇见能改变你一生的人脉呀！"

东东听完之后，觉得好有道理，感觉自己份子钱都给少了！

婚礼那天，东东盛装打扮，去了之后发现，现场果然都是高端人群啊。

年龄很高端，极其高端，都是50以上的大爷大妈。而且他们上来就指着桌子上的东西问："这个你们不要吧，这个你们也不要吧。"还没等大家反应过来呢，他们就把烟、糖、坚果装进袋子里，打包准备带走了……

东东当天想打110，告新娘诈骗……

摘自作者微信公众

图：小黑

【讨论区】你收过谁的子钱？哪些人的份子钱给得不情愿？扫码打开者圈，让我们不吐不快！

13. 答案：《万民法》。

多一事

@刘心武

宛大妈是公园凉亭戏迷聚唱的核心人物。有人问她："您是北京京剧团的吧？"她说："我曾是北京市京剧团的龙套，角儿唱杨贵妃，我是八宫女之一。"完了又解释一句，听起来是"多一事不如少一事"。

大家糊涂："这什么意思啊？"她笑着细掰："四五十年前，北京有两个市一级的京剧团，一个叫北京京剧团，后来成为排演《沙家浜》《杜鹃山》的'样板团'；另一个叫北京市京剧团，那政治地位、福利待遇，跟'样板团'可就差老鼻子拉。我呢，是在带'市'字的那个团，所以，当时北京戏剧界就流行这么一句话，叫'多一市不如少一市'。"那以后，有的人背地里就用"多一事"称呼她。

社区居委会有一些人，觉得她这个老太婆脾气有些古怪。那年两位居委会女士抱着给灾区募捐的捐款箱，按响她那单元的门铃，宛大妈却摇头说："我不做隔山打牛的善事。我行善，要面对面，知道我捐的究竟落在了谁头上。"

有一次宛大妈去医院看病，候诊的时候，见旁边一个外地汉子，给一把旧椅子装上轱辘，推他媳妇来看病。问起来，得知他媳妇是生了骨瘤。给媳妇治这个病，汉子快到倾家荡产的地步。他哥哥也在北京打工，母亲轮流在他们两家住，这个月又轮到住他家——所谓家，就是在几里外，每月 400 元租的原来工厂的排房。他哥哥的意思，是弟媳妇得了这病，母亲就别挪弟弟

那儿了，嫂子却不干。他那媳妇衰弱得说话也缺气，好不容易憋出句："就你话多。"

宛大妈看完病领完药，在医院外面又遇见他们，就过去跟那汉子说："让你媳妇等在超市门口，你跟我进去，我帮你把该买的买了。"见那汉子犹豫，就说，"我是真心要帮。你接受了是给我快乐。"汉子就把媳妇坐的轮椅安置在妥善位置，跟宛大妈进了超市。宛大妈往汉子的购物车里装了一袋米、一袋面、一桶玉米油……汉子直说："谢谢，够了够了。"她最后还往里添了两罐辣酱。

出了超市，她跟汉子说："我每月5 号上午10 点必来这家超市。你以后有困难可以按时候到这儿找我。我不会给你钱，不会给你买别的，就是给你买这些最必需的日常嚼用。"汉子和他媳妇连声道谢，问她："大妈贵姓？"她笑："莫问我的名和姓，就记住仨字儿吧：多一事。"

"多一事"的趣事很多。那天她去公园，推了个自备的帆布小购物车，里头是两提卫生纸。她没去凉亭唱戏，而是推车到公厕外的松树下守着。不一会儿，一位大嫂出来了，她迎上去问："又把厕纸整卷儿全搂走啦？"那大嫂脸上有些搁不住，嘴里硬撑着："你多一事不如少一事，对不对？"

又有一位胖老头从里头出来，他跟那位大嫂一样，也是几乎每天都要来这公厕收集厕纸的。宛大妈见两位占便宜的全在眼前，就说："道理你们也懂，不说了。今天我带了一提十卷的厕纸来，赠你们每人一提。只希望你们从此以后能保障其他游客的权益。"

那大嫂不知所措，那胖老头却理直气壮："你多什么事！我们这算什么问题？你有能耐逮那些贪官去！"宛大妈说："大贪要反，小贪也要戒。当年我演不了贵妃，就演好那宫女。如今我还是唱不了主角，干不成大事，可是我还能做点小的好事。我真是想送你们厕纸，好让你们生出点儿悔意，赶明儿别再这么贪小啦！"那大嫂和那胖老头灰溜溜地绕开她走了。后来管理员说，白搂厕纸的现象少多了。

凉亭里又响起宛大妈的唱腔，这回唱的是《穆桂英挂帅》："猛听得金鼓响画角声震，唤起我破天门壮志凌云……我不挂帅谁挂帅？我不领兵谁领兵？"

余娟摘自《大公报》

图：陈明

动物中的“武林高手”

@玉　琳

蛇怪蜥蜴：凌波微步

蛇怪蜥蜴生活在热带雨林的河流边，主要以小昆虫为食。蛇怪蜥蜴在水上逃跑的速度很快，可以达到1.5米/秒。当其爪子接触到水面时，细长且覆盖着鳞片的脚趾底部会产生气泡。正是这些气泡支撑着蛇怪蜥蜴的身体，使其不会下沉。而在气泡破碎前，蛇怪蜥蜴已经向前跑开了。就这样，蛇怪蜥蜴脚踏气泡从容地在水面上奔跑，宛若施展着绝世轻功凌波微步一般。

指猴：一阳指

指猴生活在马达加斯加的森林里，它有着神奇的中指——细长如铁丝，坚硬而灵活，可以随意转动。觅食时，指猴用这根手指敲击树干，藏在树里的蛴螬等小动物听到敲击声后，就会开始移动身体。指猴灵敏的耳朵就能清晰地“听”到这种移动的声音。一旦发现树干中有虫子，指猴会先用门牙咬开树皮，然后把铁钩一样的中指伸入树干内部抓住猎物。

游隼：九阴白骨爪

游隼素有“鸟中歼击机”的美誉。游隼飞行速度很快，在捕捉猎物时，最快可达360千米/时。它

们以这样快的速度追上猎物后，就会伸出利爪猛击猎物。如果不能一举击中，游隼会再次发动攻击，直到捕获猎物为止。捕猎时，游隼的利爪常常会刺穿猎物的颈椎骨，然后再用嘴啄破猎物颈部的血管，有时甚至会啄断猎物的脖子。面对如此凶悍的对手，斑鸠等鸟类的防御简直是不堪一击。

螳螂虾：金刚掌

螳螂虾生活在珊瑚礁海域的潮间带。准备捕猎时，螳螂虾把桨状肢末端的肌肉紧紧挤压在一起。追上猎物后，螳螂虾的桨状肢会迅速恢复到平时的状态，以爆炸般的力量把肢端向前推进，其速度可达80千米／时。当螳螂虾以这样的速度击打猎物时，在它的肢端和猎物表面之间会产生一些特殊的气泡。这些气泡迅速塌缩，气泡内的压力和水汽温度不断升高，这种高温、高压的水流给猎物造成的打击无疑是毁灭性的，即使是有着坚硬外壳的贝类和螃蟹，也难逃噩运。

鹈鹕：铁头功

鹈鹕广泛分布于世界各地。它们长着一对强有力的翅膀。一旦发现鱼群，鹈鹕首先利用双足调整好体态，然后在两翼的引导下开始俯冲。在入水前速度达到820米／秒的瞬间，它们收拢双翅，身体呈流线型冲入水中捕捉猎物。俯冲时鹈鹕胸部和颈部的气囊膨胀，就像汽车的安全气囊一样保护着鹈鹕而它们的头骨就像钢盔，保护着头部。有了这样完善的撞击保护装置鹈鹕自然可以保证自身的安全，同时，也让猎物无处可逃。

萤火虫：吸星大法

萤火虫发现地面上的蜗牛后并不会马上猛扑过去，而是慢慢地靠近蜗牛，轻轻地“亲吻”蜗牛原来，萤火虫头部的前端有一对钳子般的小颚，当它“亲吻”蜗牛时就把体内的麻醉液体通过小颚注射到蜗牛体内。等蜗牛完全失去知觉后，这只萤火虫便发出信号。接到“主人”的邀请后，其他萤火虫纷纷赶来，同“主人”围在一起吃上一顿蜗牛大餐：它们先往蜗牛体内注射一种消化物质，使蜗牛的肉变成水一样的液体。然后，萤火虫就像我们吸饮料那样，把蜗牛肉汁吸干净，只剩下一个空空的外壳留在那里。

司志政摘自《奥秘

图：小黑

14. 答案：《民法大全》，又被称为《法的阶梯》。

太爷长两辈

@许学诚

这天，我走进一家新开的水晶
。女店员立刻热情招呼：“老爷子，
可全是意大利进口的正宗货！”

我明知故问：“你这店是意大
人开的？”“不是，是我开的，
地土包子。”

“是意大利人投资的？”“老爷
真会开玩笑，我一个乡下丫头，
有这么牛！”

我郑重其事地把店员叫出门，
着匾额上的“意大利水晶店”诘
：“为什么取这个店名？”“为了
引顾客呗！”“这个店名不好，
改。”“这可是我在工商局注册过
，合法的。”

我去找工商局，得到的回答是
们管不了命名，这得找地名办。
名办回答，说是店名并非地名，
找文体新广局。这一回找对了，
长答应立刻督查整改。

可是过了三天，这水晶店的匾
依然如故。我耐不住了，就直接
问店员，得到的回答是：“老爷子，
原来是政协委员呀，谢谢您关注
店，在您的参政下，把名字越换越好，前天才改，昨天的生意就翻倍了！”

我真纳闷了，店员耐心地用手机放大指引我看那个“大”字。我终于看清楚了，本来“大”字空荡荡的大腿下边，添了一个用红墨笔画的空心“、”号，这“意大利水晶店”就变为“意太利水晶店”了。

我懒得跟这个店员唠叨，就气势汹汹地去文体新广局长那里兴师问罪：“你觉得这样改好吗？”

局长和颜悦色地让座递茶：“老领导，别动怒，听我慢慢解释。我觉得这个小姑娘改得好，不但别致，还体现了文化自信……”

“不好意思，我插一句，这把‘意大利’改为‘意太利’怎么就改出文化自信了？”

“老爷子，您是文化人，应该知道，在古汉语词汇中，‘太’比‘大’还要牛吧。哦，就说现代汉语吧，‘大爷’不过是大伯的称呼，而‘太爷’在任何地区，都要比‘大爷’长两辈呢……”

摘自《喜剧世界》

电表箱里的老孔

@猫主义

那天晚上加班回来，凌晨两点，有人和我一起进电梯，我按下五楼，他什么也没按。我用眼角余光偷看那个干巴精瘦的老头。五楼到了，我向后缩了缩，让他先出去。我家在502，右手边是501，左边是503。他向右拐，掏出钥匙，但是没有进501，而是打开了501和我家之间的电表箱，钻了进去。

我百思不得其解：电工这么晚还上班？还是偷电线的？

大概一个月后，我下楼买烟回来，又见到了那老头。这次是白天，他出来扔垃圾，我加紧脚步追上去。

他拉开电表箱又要进去，我实在忍不住了："大爷，您到那里面干吗呀？""我住这儿。"我惊呆了："这里面能住人？"他打量我一眼，嘿嘿一笑："住你是够呛。"

老头姓孔，我们不妨叫他老孔，他管我叫小宋。"小宋，网又掉了？"他敲着墙壁喊。我一看，狗果然又把网线碰掉了。

那个电表箱其实只相当于他家的玄关，电线扒拉开，后面还有一个小门，特别窄，像澡堂里的衣柜门，里面才是正题。我从没见过那小门里面是怎样的景象，老孔说我进不去，得卡门上，里面也只有电表箱那么宽。我找把尺子量了量，电表箱宽 55 厘米，我宽 72 厘米。

后来，我终于减肥成功，从老孔家的小门里侧着挤进去了。里面果然只有电表箱那么宽。只见左边的墙上挂着把雨伞，脚下有个鞋垫子，上面有双塑料拖鞋。

再往前，老孔跨过了一个凳子，招呼我在凳子上坐下，自己又跨过了一摞书、一个暖壶，弯着腰，不知道从哪里掏出一个茶壶。他转身沏上了茶水，坐在那摞书上，从墙上翻出一个板子支在我俩中间，跟我品起茗来。

我越过老孔的头顶看去，那边还有一个水槽，一个吊柜，一张床，床边是张电脑桌，然后是一扇小窗子。电脑显示器上，显示着WIN98的几何体变形屏保。

在老孔半米宽的房间里，从门口到窗子，一切都是线型排列的，只能从一个角度看过去，只能从一个角度走过去，三维空间缺失了一个维度，就像平面国里的世界。

我好奇地敲敲几乎要夹到自己肩膀的墙壁："这墙多厚？"老孔没回答，那边传来狗的咳嗽声。喝完茶，他在电脑上敲了几个键，打开了一个网络电台，开始边收听《新闻联播》，边洗茶杯。我忽然想起以前也经常听见501这边《新闻联播》的声音，问他："你盗用我家无线网多久了？"老孔想了想："两年吧。"

两年，是我搬进来的时间。

老孔住在电表箱里这件事儿好像真不是个秘密。有一天我发现门上贴了一张通下水道小广告，501、503门上也贴着，再一看——电表箱门上也贴着。还有一次社区发灭蟑螂的药，每个门口都摆着两盒，电表箱门口一视同仁。

老孔突然就搬走了。他在电表箱门上给我留了张纸条，说剩下的东西都送我了。只有一个凳子、一张床和一台20世纪90年代的电脑。

我把电脑搬了回来，里面什么资料也没有，但是系统很诡异。桌面有一个快捷方式，打开一看，是个电台播放器，在播放《新闻联播》，名字叫"老孔电台"。我忽然意识到这是老孔自己写的程序，这个系统也是老孔自己写的系统。然后狗往机箱上撒了一泡尿，电脑就再也启动不起来了。

我再没有得到老孔的消息。不管在什么地方，看见电表箱，我都忍不住拉一下它的门。

彼岸花开摘自《文苑·晚安么么哒》

图：恒兰

【请您续写】老孔是谁？他从哪里来？又往哪里去了？电表箱里的神秘邻居背后还会有哪些奇人异事？接下来就交给您了！投稿邮箱：836361585@qq.com，请注明"故事续写"字样。

火锅爱情理论了解一下

@多多黛

一

莫小棋众叛亲离来到W城，异地恋的男友却已有了新人。莫小棋甩了男友一个响亮的巴掌，拖着行李箱走了，但不知何去何从。

繁华的大街，华灯初上，莫小棋坐在街边的长凳上，看着行色匆匆的人，心里翻江倒海地难受。

“嗨，你好。”莫小棋抬起头，看到一张男子的脸。

“我不认识路，你找别人吧。”

“我不问路，只是请你帮个忙。离这一百米处，有一个火锅店，开业大酬宾，情侣消费半价……”

莫小棋站起身，拉起行李箱准备离开。一个宽大的手掌，却拉住她的胳膊。

“好人有好报啊。”

这个男子有着一张好看的脸

他说自己在追求一个女孩，无奈

中羞涩，所以有折扣，绝对要享受

莫小棋最后在路灯下和这个

陈雨翀（音冲）的男子拍了一张

影，把那张合影上传到火锅店的

群里，以拿到一张五折的优惠券。

下地铁时，莫小棋发现随身

行李箱不见了踪影，怎么办？她

眼了，正在这时，手机响了。

不等莫小棋说话，陈雨翀就

那边兴奋地说：“我约的人没来

你来吧，我点了很多菜，不吃浪

啊……”

半个小时后，陈雨翀赶到莫

棋所在的地铁站，一边安慰着莫

15. 答案：大秦是古代中国对罗马帝国及近东地区的称呼。

，一边打电话报警。

从警察局出来，莫小棋才注意陈雨翀手里打包的东西：一份麻火锅底料，一大包各种火锅材料。

陈雨翀邀请莫小棋去他的住处火锅。莫小棋摇摇头，又点点头。

那晚，莫小棋和陈雨翀一起涮火锅。莫小棋觉得，一切不真实，己怎么就跟一个陌生人在一起涮火锅，而陈雨翀呢，对着火锅，得满头大汗。

莫小棋随手拍了一张相片，发了朋友圈，备注的文字是："感有你。"

二

吃着火锅，喝着饮料，陈雨翀发感慨说："这涮火锅跟谈恋爱样。

"这火锅底料，就是两个人性铺垫的爱情基调。麻辣的锅底，是两个脾气急躁、做事直接的人一起的感觉；三鲜锅底，就是两性格温柔的人，在一起谈着不温火的爱情；鸳鸯锅底呢，就是一暴躁一个温和，感觉时而激烈，而清淡。个人根据自己的喜好，这爱情底料里，加各种'烫菜'，是，爱情也就有了百般味道。"

莫小棋若有所思地问："那调料呢，是什么？"

陈雨翀满足地打了一个饱嗝说："火锅的各种调料，就像一个人的恋爱史，因为它们，火锅里的烫菜，变成了自己喜欢的味道。有了那些过往，自己也会给当下的恋人加分减分。"

莫小棋盯着杯子里的饮料，看着那气泡一直在跳，莫名地笑了，笑着又哭了。

"你的火锅底料早该换了。"陈雨翀举起杯子，要为莫小棋的失恋干杯，"今晚，你睡床，我等会去客厅沙发上睡。"

夜里，躺在陌生的床铺上，闻着那被子上的阳光味道，一夜无梦，莫小棋睡得很好。

三

第二天，陈雨翀先出门上班，莫小棋准备走的时候，看见了客厅茶几上的钥匙。她试了试，正是开这门的钥匙，她把钥匙装在了口袋里。

莫小棋在一家银行办了张银行卡，让闺密给自己汇了款，在电脑城买了个笔记本电脑，去超市买了一些生活用品，又买了一些海鲜、一些现成的火锅材料。

晚上，陈雨翀回来，他从酒柜

里拿出一瓶红酒，说今晚要庆祝一下，他签了一个单子。

“钥匙是你专门留下的？”一杯下去，莫小棋心里想说的话，就开始嘟嘟往外冒。

“是的，我希望你不会走。”

“你认识我，对不对？”

“嗯，早在五年前，我就认识你，而且，我那时就已经喜欢你，无奈你是我哥们的女朋友啊。”

大一那年，中文系的才女莫小棋，众所周知，只是，哥们早早俘虏了她的心，陈雨翀只能把爱慕化成心中的祝福。

大学毕业后，莫小棋被家人强制带回老家，哥们那时，工作已经

安排在了 W 城，他现在的女朋友就是这家公司老总的千金。

陈雨翀一直偷偷关注她，所以知道她来 W 城，从火车站一直随她，直到看到那条街火锅店的扣活动，他灵机一动，想起那么个“相遇”的机会。

“你以为你很聪明呢，你用信扫那个火锅店二维码时，我在好友栏里，一眼就看到了他的名字心里就知道，你俩肯定认识。只是你不够了解我，我不喜欢麻辣锅。

陈雨翀仰起脸，觉得不相信莫小棋和哥们在一起时，一直都麻辣锅底的。

“那是因为他喜欢吃。”

“我说什么来着，涮火锅就同谈恋爱，你不喜欢的锅底，就不适合你的爱情，迟早会让你吃苦现在的我们，就如放在电磁炉上三鲜锅底，我的秘密公开，就如了电磁炉的电源，至于锅底什么候沸腾，何时放上烫菜，只需等间足够就可以。”

在火锅里涮着爱情，锅底和料都很重要。吃着喜欢的食物，如在合适的时间，遇见对的人，着自己喜欢做的事。

金卫东摘自《伴

图：豆

就是爱历史（古罗马）16．中国中古史籍中对东罗马帝国的称谓是什么？

爸妈的娃

@牛轰轰

看书的时候……
都看多长时间了
小心看成个书呆子!
没看书的时候……
你在这儿一天天干啥呢！！
能不能干点有用的，看看书
学学习，一点进取心都没有!
羊毛毡

不想吃饭的时候……
你这不吃东西怎么行?
吃这么点还不如不吃呢
多吃点对身体好!
胃不舒服
食欲很好的时候……
吃吃吃，就知道吃!
能不能让你的嘴歇会儿
咱们家啥时候缺过你吃?

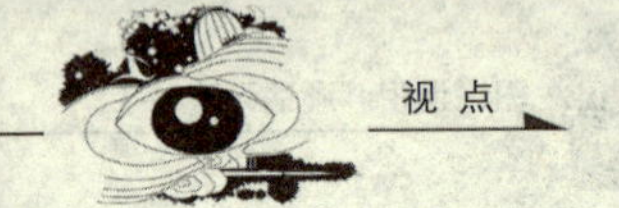

我睡觉的时候……
这都几点了，怎么还睡啊!
年纪轻轻的这么缺觉!

我没睡觉的时候……
中午
中午的时候你
也去睡个午觉啊!

晚上
这都几点了
怎么还不睡觉啊!

16. 答案：拂菻国。

我一个人的时候……

你能不能多认识些朋友
别总是一个人？你不会自闭吧！

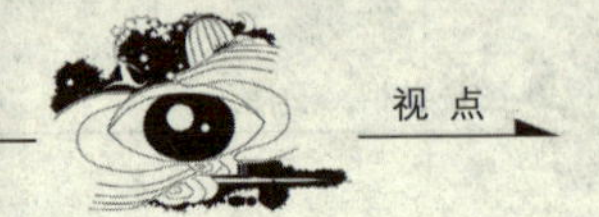

平平常常摘自微信公众号牛

你小时候干过什么傻事，说出来让我开开眼界

@驿鲁梨花

小时候看见路边有条粗实的棍，我就捡了拿回家，我妈说："你条棍子干吗？"我顿时找不到什理由，脱口而出一句："你可以来打我啊！"结果这条棍子陪伴走过惨烈的童年！

小时候被父母骂，伤心得想吊帘自杀，结果因为太胖把窗帘也下来了，于是又被狠狠地打了一。

小时候，和妹妹演宫斗戏，把单披身上坐在衣柜里，等着妹妹我开门下轿，结果妹妹去完厕所，到外面玩，把我忘了。我就在里睡着了，晚上全家人找疯了。

小时候，偷我爸的钱，偷了一张一百的，怕被发现，花了两元以后把找的九十八元放回去，心想就花了两元，我爸肯定发现不了，后来差点被打死。

捉几只小蚂蚁，放进冰箱冷冻室几十秒，拿出来，对着它们哈气，等它们醒过来，再放进冰箱……

一直要求妈妈让我在洗衣机里洗澡，我以为那会是个曼妙的过程。

小时候，弟弟不知从哪里弄来一片仙人掌，找了个盆栽了进去。

心急的他，不知仙人掌到底活了没有？于是隔几天，就拔出来看看长根了没有。

郭旺启摘自《课外阅读》

在美国当陪审员

@佚名

我刚当了几天美国公民，就被抽中做陪审员。

20 天里，我们陪审了 60 个案子：诈骗、偷盗、抢劫、贩毒、强奸、行凶，什么都有。

第一个案子是元旦凌晨发生的打人案件。被打的一男一女头部都被缝了针，虽然在几天里就恢复了几乎没留痕迹，可是年轻的女受害者还没开口就已泣不成声，立即获得了大伙的同情。

受害者、检察官和法庭的速记员离开后，陪审团顿时吵嚷起来。有人说：“我们现在就表决吧！”说着就把手举了起来。紧接着又有人说：“慢着！”

一位 60 岁上下的黄头发女士，用缜密推理使大家明白，女受害和警方的证词不一致。受害者说已被打后就昏迷了，可警方说她抬上救护车时还说了话。“她的词可信吗？”黄头发女士把我们问住了。

坐在我后面的一位大嫂放下在织的毛衣，说：“这个倒不可我儿子一年前被车撞了，他也不得被撞前后的事情。”

“谢谢你让我们分享你的经要是伤害真像他们说的那么严怎么他们的伤一点儿都看不出了？被打没几天啊。”又有人说。

“我们还是谨慎一点儿，我不想随便把一个人送进监狱。”位中年女士说。

17. 答案：老普林尼，著有《自然史》。

这时，一个戴眼镜的中年男子：“我提醒大家一下，别忘了我是大陪审团，我们只是决定这个子是不是应该进审判法庭，而不在判断这个人有没有罪，那是小审团的事。”大家都回过神来，是马上举手表决，结果一致同意嫌疑犯提起诉讼。

顺便说一下：大陪审团的原则“不放过一个坏人”，而小陪审的原则是“不错判一个好人”。

还有一个案子：嫌疑犯拿着别的信用卡去买摄像机，被收银员到签名的破绽，当即被商店的保扣留。收银员、保安以及被盗信卡的主人挨个作证，还有嫌疑犯签名复印件以及他写下的“以后不登门”的保证书，可谓铁证如，我们正准备表决时，这个案子嫌疑犯要求出庭。他否认盗用信卡，说他那天在商店捡到了一张用卡，把它交给收银员，没想到被陷害。

“那你为什么写下保证书说再登商店的门？”女检察官问。“我想脱身。”“你在1992年是否承非法携带武器？”“是的。”“当时，辩解说你是在路上捡到的武器，记得吗？”“不记得了。”

检察官的最后一个问题使我发觉，这个人在撒谎。哪有这么巧？手枪和信用卡都让你捡到？

“收银员没有理由诬陷他。”一位很少发言的短发大姐说。

最后12票通过。这一刻我才意识到手中的票确实关键。

两个星期后，许多人开始不耐烦了，桌子上出现了报纸和零食，大家在休息时分享饼干、葡萄干、花生米和各种坚果。我特意跑了几趟中国超市，趁机推广中国美食文化。打毛衣的女士开始了她的第二件“毛衣工程”。

四个星期后，我意犹未尽，想接着做陪审员。正好有一位女士不喜欢当陪审员，我就到法庭文书那里毛遂自荐，可他说：“你不能接着做，两年后才行。”原因是，如果有了“常任陪审员”，恐怕就会有人来收买。我真佩服立法的人，竟然把这些可能性都想到了。

摘自《青年参考》

图：豆薇

【小贴士】所谓陪审员，就是陪审团的成员。陪审团有大小之分，大的23人，小的9人。大陪审团的工作要持续4个星期，共计20个上午。

在美国，做陪审员是公民的义务，陪审员可以和法官平起平坐。给老板打工的人，工资由老板照发；自己做老板的人，法庭每天发给80美元的补助。

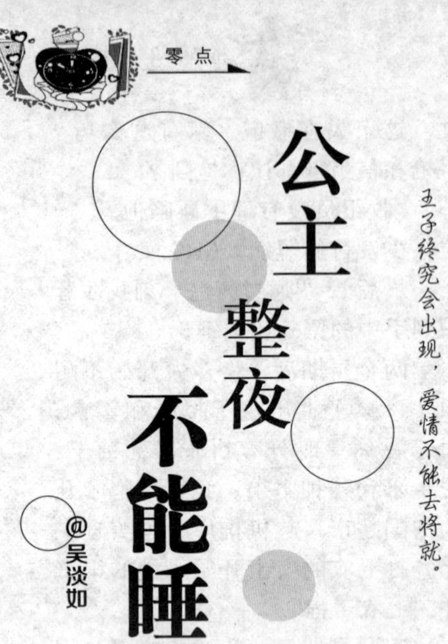

公主整夜不能睡

王子终究会出现，爱情不能去将就。

@吴淡如

从前的从前有个公主，她的后告诉她，她必须找到一个英勇王子，用爱俘虏他，为她消灭一三头六尾的千年巨龙。

“怎么用爱俘虏一个王子?公主问。王后叹了口气：“我也知道。从前我也是个公主，也奉去寻找一个可以降服千年巨龙的子，于是我找到你的父亲。他说他爱我，但他根本不肯为我去找条龙。他就跟我妈和我祖母的丈一样，他们都没有出征，所以那巨龙，至少已经活了好几千年。”

为了国家着想，公主决定和他公主们一起参加舞会找找看。第一个约会对象，就是第一个邀跳舞的舞伴。这位王子指着别的主对她说：“看，你应该把腰再紧一点，真正的公主在跳舞时应轻得像只燕子。”公主看着镜子淤青的腹部对自己说：我不知道是什么，但我不爱那个王子，我他一次痛苦一次。

第二个王子对她非常温柔。个夜晚，他们在玫瑰花园里一起月亮，公主问他，愿不愿意为她掉巨龙，王子躲到椅子下发抖：“从小最怕听到龙的故事。”

公主找到第三个王子。离开暗的舞会，她才发现王子穿了一

就是爱历史（古罗马）18．哪位天文学家的谬说后被教会所利用，统治欧洲达千年?

她的高跟鞋还高的高跟鞋，他摔一跤还装酷的脸显得很滑稽。

公主笑得整夜不能睡。

第四个王子是有点年纪的小国王。公主的侍女偶然打听到他原已经有妻子和一堆孩子。

第五个王子在第三次约会时就公主调头寸，但不久后公主却发王子买了一匹新的骏马，骏马后着另一个公主。

第六个王子饱读诗书，他为公朗诵了《王子屠龙记》的十四行，也为她写了《杀死龙的六十四技术》。但当公主问他："什么时你会为我宰掉那条龙呢？"王子对她说，他从来没有学过骑马和剑。

第七个王子看起来很能干，努地带公主去别的王国做"国民外"，建立自己的声望。公主问他来会为她杀掉龙吗，王子看了看已密密麻麻的行程表说："没空，空，我自己还有二十条龙要应付，那条不在我的计划之中。"

公主失望得掉头就走，又是整不能睡。王后对她说："女儿，到底有没有找到王子啊？人家隔的阿花公主和小咪公主，老早就到对象啦！"

"可是没有王子愿意杀龙！"

"没……没关系啦！你可以随便找个王子，也许会生个公主，等公主长大要她去找另一个王子杀龙，那就不关你的事了。"

公主开始学习骑马和剑术。可惜第八个王子孔武有力，脾气却比暴龙还难驾驭；第九个王子在夸耀自己的骑术时被马后空翻造成脑震荡；第十个王子败在她的剑下时告诉她，没有任何公主可以"真正"赢过一位王子。

公主气得发疯，驭马狂奔，拿着她的剑寻找三头六尾龙。

她越靠近那个庞大的身影，心脏跳得越厉害。然而，她离它越近，它变得越小。

严格说来，它只是条漂亮的小变色龙，只不过，它会耍点法术，你越害怕，和它隔得越远，它就变得越大，难怪历史上曾经记载，它比喜马拉雅山还高。

公主养了龙当宠物，独自统治王国。然而，公主还是整夜不能睡。

几年后公主在野外骑马时摔了跤，一个牧羊人伸出援手。于是，公主发现一个真正的王子，他们结婚了，那条龙在婚礼上免费制造烟火。

李云贵摘自《雪莲》

图：恒兰

诱 捕

@沈 煜

一个戴着草帽、一身旧衣裤的人从国中家的院子外走过，不一会儿又突然折回，那人脚上还穿着一双雨靴。大晴天的，穿个雨靴干吗？国中顿觉奇怪。

等国中走到院外时，那人已经消失了。但一行黄色粉末在院外柴堆边特别显眼，走近细看是刚刚撒上去的。国中更觉蹊跷了。

两天后，国中回家时，突然想起了那行黄色粉末，走到柴堆边时，眼前的景象让他一阵惊诧！

一条粗壮灰色的蛇在黄色粉末不远处一动不动，国中认得这是江南地带的蝮蛇，毒性很大。

这下国中明白了：那个穿着奇怪的人原来是民间捕蛇人。

几天后的一个中午，看到窗有一个熟悉的身影，还是那身打扌还是穿着那双雨靴，国中赶紧出跟着，只见那人又在不远处的老库前驻足，拨开草用一个铁钩撣几下。国中凑近站在边上看个究捕蛇人看了国中一眼，并没有搭理仍然专注地察看墙角处的几块大头。

不一会儿，只见那人从肩上斜挎包里，拿出一个瓶子，迅疾选择一处石头缝撒上黄色粉末。时，那人似乎才想起国中在身朝他甩了一下手。国中赶紧退后好几步。

只见那人拿出一个蛇皮袋，口朝着石头缝，右手的铁钩悬在

18. 答案：托勒密完善的“地心说”。

上方。约莫几分钟后，那人的左手同时发力，袋子套向前，钩子回拉。眨眼工夫，那人已经攥紧子，一脸轻松地朝国中走来。

国中赶紧凑上前，递上一支烟：师傅，刚才抓到蛇了？”

那人接过烟，脸上才有了几分意的神气，抖了抖手里的袋子：嗯，一条小蛇，我拿出来给你看！”国中很好奇，说话间那人拉开袋，手就伸了进去。

“哎哟，不好！”那人的手快从袋子里拔出，朝国中说，“咬了！能不能去你家处理一下？”

一旁的国中一阵惊恐，不知所，跟在那人身后，跑回自己家里。人靠桌子坐定，被咬的右手平直放在桌上，左手从挎包里取出一瓶子递给国中：“往我被咬的地涂一点药水！”国中慌忙照办，瓶里的黄色药水胡乱地涂在还渗血的伤口处。

伤口处瞬间冒出一股黑色的液，那人娴熟地挤了一下伤口处，事一般地开始和国中聊天了。

“这就没事了？”“是啊，常的事，没有这种药水我早没命！”“真是神奇的药，哪里有？”“这是我家祖传的，买不到，药不但治蛇毒，还可以治关节炎、颈椎病、风湿病呢！”

国中突然想起困扰自己多年的颈椎病，这几年没少折腾，看了不少医生，都不见好效果。

“师傅，那你把这个药卖给我吧，我有颈椎病。”“那不行，我这药是保自己命的，我从来不卖。我给你涂一次是可以的！”

说完那人打开小瓶，把药水倒在手掌里，在国中的颈椎处使劲地摩擦了几下。国中顿感一阵灼辣，几分钟后灼热渐退，转动脖子时耸耸肩膀，已经没有之前那种酸痛。国中想着这药或许真的能治好自己的病，此刻，他就像一个漂泊海上多日的人突然看见海岸，兴奋不已。

国中求药心切，差点给那人跪下了。一阵讨价还价后，那人终于答应以2000元的价格把药水卖给国中。临走前，他还不停地念叨：“真舍不得啊！”

等那人走后不久，想着今天的捕蛇和眼前的药水，国中突然冷静了许多，总觉得有点不对劲，但又说不出什么原因。他拿出手机，按照那人留下的电话号码打了过去：“对不起，您拨打的电话是空号……”

莫难摘自《吴江日报》

图：小柯

『商汤灭夏』这道菜

大地即为砧板，众国皆是鱼肉。

@尤色

夏朝末年，暴君无道，民不聊生。

“我必须宰了这个暴君！”月光下，一个满脸怒气的男人狠狠地打磨着一把黑漆漆的杀猪刀。

他叫伊尹，以后会成为商朝的宰相。但现在，他不过是夏王朝附属有莘国的一个厨子。

想推翻夏王朝，就要有强大的靠山。伊尹脑海闪过一个诸侯的名字：汤，商国的汤。

汤，犹如黑暗中蛰伏的巨大哈士奇，他最有实力也最有可能咬断夏桀的喉咙。

伊尹想加入阿汤哥的社团，灵机一动，做了有莘氏陪嫁的臣仆一起“嫁”进了商汤集团。

嫁进来只是第一步，还要能汤说上话。伊尹穷尽毕生所学，手里那把黑漆漆的杀猪刀为阿汤做了一碗天鹅羹。

世界融化了——这碗羹强烈震撼到了阿汤哥的食道和胃壁。汤哥油嘴一抹，宣布传唤这个厨子“告诉我，你还会做哪些美味？”

伊尹清了清嗓子报起了菜名“猩猩的嘴唇，獾獾的脚掌，洞的鳟鱼，东海的鲕鱼，昆仑的茹

寿木的花果，阳华池的芸菜，云梦泽的水芹……”

阿汤哥不禁食指大动，流着哈喇子问伊尹能不能得到这些食材做给他吃。

伊尹鄙夷地说：“你的国家就这么屁大点地方，不具备这些高端食材。你只有做了天子，才能要什么食材有什么食材。”

伊尹接着说道，“做天子呢，是不能勉强的，只有自己具备了仁义之道，才能成为天子，成了天子，那么美味就齐备了。”

阿汤哥确信眼前的这个厨子帮得到自己，于是下定了决心：推翻夏朝。

而接下来，就是最精彩的篇章。

伊尹凭借一个厨子的天赋，把烹饪之道糅入兵法之中，一举做成一道灭夏的大菜。

做一道菜，首先得了解这份食材。

伊尹使出苦肉计。他让阿汤哥用箭射伤自己，之后假装逃去夏朝，当了三年间谍。其间伊尹不仅收集了夏朝的情报，还成功策反了夏桀的宠妃妺喜，完成了一次碟中谍。

其次，整炖鸡、烤全羊这样的难度太高，做菜还是要先切碎的好，这样才容易下锅。

回到商国后，伊尹协助阿汤哥先后灭了夏朝的属国葛、韦、顾以及昆吾。伊尹运用出一套“小伊飞刀”干净利落地切割了夏朝，除去了它的羽翼和边边角角。

现在，夏王朝最精华的部分已经被扔进了滚滚葱姜沸腾水的热锅里。但什么时候出锅，还得掌握好火候。

伊尹让汤停止向夏进贡。

结果，夏桀勃然大怒，起九夷之师，九夷之师强硬地挺进商国。敌军还有三十秒到达战场，伊尹随即让汤发朋友圈道歉，并恢复进贡。

第二年，伊尹又尝了一口汤：第二次停止进贡。

夏桀大怒，举九夷之师。

结果，九夷之师不举。

伊尹意识到，此时不得人心的夏桀失去了一个很重要的功能：号召力。

于是他长舒了一口气道：“火候已到，是时候一锅端了。”

商和夏就这样展开了大决战。后人把这段历史称之为“商汤灭夏”。

伊尹从头到尾在背后操刀掌勺，可谓史上最强的厨子。

李云贵摘自《悦读》

图：小栗子

牛大姐家乐事多

主要人物：牛大姐（妈妈） 牛大哥（爸爸） 牛小美（女儿） 牛小宝（儿子）

钱多多（牛小美的男朋友） 刘姥姥（牛小美的外婆）

※ 牛小美和钱多多吵架，气得絮絮叨叨地向老妈历数钱多多的种种不是，本以为老妈会安慰她几句，没想到，牛大姐竟无限神往地说：“其实没事吵吵也好，我挺羡慕别人有架吵的。”

牛小美没好气地说道：“我还没听说过有人想吵架的，难道你和爸爸没吵过架吗？”

牛大姐叹了一口气，说：“唉，我也想和他好好吵一次啊，但每次我一高声说话，你爸就不敢出声了……”

※ 牛小宝和牛大哥去看电影。当他从银幕上看到一群印第安人都把脸涂成红色时，他不解地问爸爸那群人在干什么。牛大哥解释说，那是印第安人在准备打仗。

第二天早晨，牛小宝匆匆跑向牛大哥，他说：“爸爸，不好了妈妈正对着镜子抹口红，她准是准备打仗了。”

※ 牛小美出差，让钱多多帮喂鱼，过几天，钱多多给她打电话“哎，小美，你那鱼真好看啊，啥品种，在哪买的啊？”

牛小美：“……别说那没用的死了几条？”

※ 牛大姐、牛大哥带牛小宝看话剧，他们买的是楼上的票，小宝总是趴在栏杆上往下看。

只见一位工作人员过来说：“们好好看着孩子，别让他掉下去楼下是贵宾席，掉下去是要补的……”

※ 牛大姐好不容易挤上公

19. 答案：基督教。

车，看到有个空位刚准备坐下，旁边一个美女说："不好意思，这里有人了。"

没想到牛大姐对着空位大喊一声："走开！"然后对美女说，"好了，现在没有了。"说完就坐下了。

※ 牛小美催钱多多减肥，自己却不愿爬起来晨跑，钱多多问牛小美："一个人去跑步会不会显得很傻？"

牛小美："没事，一般会觉得你傻的人，那会儿还都没起床呢……"

※ 昨天下午，牛大姐忽然发现自己长了颈纹，于是晚饭也没心思吃，忙着在网上找颈部护理乳霜。

牛大哥探头进来说："饭也不吃就网购，你又想买啥？"

牛大姐没心思理他，简单回了句："买抹脖子用的。"

"啊，那还用买？咱家菜刀、剪刀都有。"

※ 牛小美请第一次来中国的外国客人吃火锅。在火锅店坐下后，服务员端上锅以及各种菜和肉，摆了满满一桌。

外国客人惊讶地问："材料上齐了，那这顿饭谁做？"

牛小美得意扬扬地说："我做！"

顿时，外国客人都向她投来了钦佩的眼神……

※ 牛大哥给牛小宝讲他小时候的故事："你一岁那年，我和你妈带着你乘火车，没坐票，轮流抱着你，后来实在太累了，就求人家把小桌子让开一点，把你搁上头。你还不乐意，一放下就哭。我那会儿累得实在烦躁，就狠狠打了你一下，呵斥说不许哭，你就嚎上了。旁边坐着的乘客反而不好意思，赶紧劝说孩子这么小打他干吗，主动让出一半座位，给你娘坐下。"

"所以我就这么一路坐到站？"牛小宝问。

牛大哥回答："不，让座那人很快就下车了，座位换了一个新上来的乘客。我们赶紧把你抱起来，给人腾地方。等过半个小时彼此比较熟悉了，又打了你一次，人家很快又让出半个座了。"

※ 牛小美："为什么洗完澡洗完头之后，照镜子会发现我变得更漂亮了呢？"

钱多多："因为脑子进水了。"

典当爱情

@一 瞬

“我妈妈不喜欢你。”自从那次去君译家吃过晚饭以后，他对我的态度便急转直下。今天，他终于表态了：“你很好……是我配不上你。”

“阿姨不是这么和你说的吧？她是说我配不上你吧？行吧，不用说了，我同意了。”我拎起包就要走，临了回头再看了他一眼，终究没能忍住。“拿着，给你带的。”我塞了一罐胃药到他手上。君译呆呆地望着我，迷惘无助的表情无数次让我心软，但是我这次被伤了，很疼。

我以前从来没发现这家店，门牌上刻着遒劲有力的行楷——“什么都能当”当铺。

“你们这里什么都能当，是吗？”“对，什么都能当。”前台小哥礼貌地笑了，“包括爱情。”

“……怎么当？”我来了兴趣。

“你想当多少？如果以 100%
程度来衡量的话，我们每次最低
受 10% 的典当。不过要提醒你，
们这里都是死当，不可以赎回的。

“那我就当……”我竭力思
出一个合适的数字，“10%！”

典当的过程非常简单，我随
在小哥指定的仪器上按了几下，
哥则在另外一头的屏幕监测。

“你很爱他。”小哥把屏幕转
来给我看。比起分布特别均匀的“
情”等，单“爱情”这一项已然
过了其他项目的总和。“你的情
特别丰沛，你很富有。”小哥说
很真诚，但我理解不了。

就是爱历史（古罗马）20. 被奥斯曼帝国所灭的是东罗马帝国还是西罗马帝国?

讲真的，我很少觉得自己物质上有多富有，但人生有那么几个瞬间，我的确在精神上感受到自己富比王侯。那是我和君译第一次亲密接触，两人一起看电影。君译让我枕在他的肩上，我们十指紧扣……

我把卡插进 ATM 机，跳出来的数字让我吓了一跳：个、十、百、千、万……二十万？

10% 的爱情可以当二十万块？那以此类推，100% 的爱情可以当两百万？有这笔钱我就可以在这座城市购买一套小房子了！

我忍不住想发消息给君译说我有钱了！但苦苦思索半天都想不起他的电话号码。思来想去，我拿着这张卡回到了当铺。当铺里已经有一个客户了，是一个中年男子。

“求求你了，我想赎回来，我老婆、孩子现在已经不认我了。”

“对不起，东西一旦典当，不可赎回。就算赎回，您现在的钱可远远不够。”

男子走了以后，小哥说：“那个男人因为赌博把亲情当掉了。在我们这儿，只有每个人最为看重的东西才能当出很高的价格。评分显示亲情在他心里连 10% 都占不到，于是我给他当了一万块。前几天还有个当掉一半健康的，那是个瘾君子，他的健康只值一千块。”

“你们可能搞错了，我的卡里收到了二十万，可是我只当了 10% 的爱情。”

我又把手放在检测仪上按了几下，小哥一阵操作以后倒吸一口凉气。屏幕上“爱情”这一项，赫然显示着几个鲜红的数字“100%”，我体内自动又生成了 10% 的爱情。

“之前所有人来典当的东西都是不可再生的，唯有你，竟然把这 10% 给补了回来，我需要向老板请示一下。”说着，小哥走到隔间内去打电话。我也忍不住打给君译：“最近好吗？胃还会疼吗？”此时我突然听见电话那头有一个娇俏的女声在喊君译去吃饭，“你交女朋友了，是吗？”

“我妈介绍的，我也该有新的生活了，不该……”

我把电话挂了。

小哥打完电话后看到我满脸泪痕，我郑重其事地对他说：“刚刚测到的 100% 的爱情，我全当了。”

“有件事我想告诉你。”小哥似乎犹豫了一下，“你的那位前任，早在几个月前，就在我们这里当掉了他全部的爱情。”

张秋伟摘自微信公众号大故事家

图：豆薇

是劳动创造了财富吗

@冯学荣

翠莲是中国古代的一个农村妇女，家中有一台织布机。但是翠莲织完一匹布之后，她就停下来，不再织了。她走出门外，逗孩子玩，晒太阳，和乡亲聊家常，一蹲就是一整天。

为什么翠莲只织了一匹布就不再织了呢？因为翠莲认为：这一匹布，已经足够全家人做一年的衣裳了，明年的布，明年再织。

翠莲这样做是吸取了去年的教训。去年翠莲多织了一匹布，找人借了一头毛驴，驮到集市上去卖。但是她家有布，别人家也有布，所以不好出手。翠莲和她的毛驴驮着那匹布，在集市上转悠了一整天都卖不出去，最终好歹和别人换三斤大米，骑着毛驴回到村里，莲已经筋疲力尽。又织布又借驴赶集的，折腾死人，最终所得只三斤大米，翠莲显然亏了。

所以翠莲就在村里晒太阳了最近不是农忙时节，翠莲也只能村里晒太阳。这种情况，我们叫劳动力荒置，富余劳动力没能转成财富。

读到这里你已经忍不住了，果断驾驶时光机器，穿越过去，是你和翠莲之间有了以下的对话：

你："你（翠莲）为什么宁

20. 答案：东罗马帝国。

闲着也不多织布？”

翠莲：“我织的布已经够我家用了，多织我没有好处！”

你：“你应该再织一百匹布，村里每人都送一匹，普度众生！”

翠莲（笑）：“神经病！”

你悻悻而归。但是第二天，邻村唯利是图的贩子旺财来了，旺财对翠莲说：“你家有织布机，你闲着也是闲着，这样中不？我认识马六甲的客商，我有销路，从今天开始，你尽管织布，我出一两银子收购你织的每一匹布！”

翠莲听了旺财的话，一头就扎进了织布房，开动手脚，“啪啪啪”地织起新布了……几天后，旺财果然来收购布匹，然后旺财将这些布匹转售给马六甲客商。

翠莲挣到了白花花的银子，果断购置了新的织布机，然后雇了几个穷乡亲帮忙织布，生意越做越大。后来翠莲为了进一步提高生产率，她和工匠们一起琢磨，发明了纺纱机，大大提高了织布效率，财富开始了爆炸式的增长。

翠莲挣钱之后，委托施工队盖新房。施工队接到活很高兴，新房子很快就盖好了。施工队挣钱之后，买了一头猪，杀猪开荤。养猪户卖猪挣了钱，也很高兴，赶紧购置了几头小猪苗……于是，布有了，房子有了，猪也有了，这些都是凭空创造出来的，它就是我们平时所说的“财富”。

在翠莲和旺财的故事里，远销马六甲的布匹是翠莲一手一脚织出来的，但如果说这些布匹（财富）的产生仅仅是翠莲的功劳，那么就无法解释：为什么在旺财出现之前，翠莲选择晒太阳？

记得我们经常从报纸上读到这样的新闻：瓜农种的西瓜滞销、烂在地里。这些瓜就不是财富，而是垃圾，因为它没有卖出去。没有贸易就没有财富，只有在贸易当中，才能实现财富。

翠莲的故事所阐明的道理适用于各行各业：泰国农民种植的大米远远超出泰国人所需，东莞生产的手机、广州制造的衣裳也远远超出中国人所需……这些财富之所以创造出来，不是因为人民勤劳，而是因为自由贸易的繁荣，因为商人的手脚被解放了。

解放了商人，就解放了劳动人民的生产力，懂得这点，你就能明白千百年来我们对商人的种种抹黑和中伤，是有失公道的。

李云贵摘自《启迪与智慧》

图：小栗子

家长会恐惧症

@刮油二姐夫

我小时候最怕家长会。家长会于我的记忆，可以凝结成一部童年血泪史，当年我若有心记录下来，再拟个爆款的名字：《亲爱的父亲啊，您横眉立目的样子让我泣血》《慈祥的母亲啊，您高高举起的擀面杖为哪般》诸如此类，投稿给杂志，稿费足够我提升一个生活档次。

我那时很傻，最初以为家长会是家长们凑在一起嗑嗑瓜子、喝喝茶、聊聊天的社交行为，然而残酷的现实让我明白，家长会对我来说属于告御状、拉清单的审判。

印象中，我头一次因家长会挨批是因为纪律。那年老师让写未来理想职业，语重心长地说理想可以很大，可以超于现实，这样才有发展空间。我于是激动地奋笔疾书写了一篇。

第二天老师问谁想上台来给大家念念，我高举双手冲上讲台，在大家殷切的期望中诚挚而自豪地念到：我，要当一名圣斗士，穿着闪亮的盔甲，一拳一个大坑地保卫国家。同学们爆发出赞许的掌声，并纷纷顺着我的思路热烈讨论起来，航空专家改行修炼起天马流星拳一些科学家说要在冰窟窿里泡一拜。我转头微笑着看向老师，被师一招天魔降伏揪着衣服领子提了教室。

我母亲在当年的家长会上被知，我个性过于激烈，喜好出风破坏课堂纪律而不知耻。我母亲家转告我父亲，于是，我一个卓的战士被亲爹重挫。

缘于诸如此类的事迹，我当被安上了不守纪律的帽子。我想达的是，我小时候也许确实挺讨厌但这种讨厌并非我主观故意，很能来源于傻——傻子是值得被呵的，但我却成了一名在家长会上“出彩”的孩子。

蝼蚁尚且偷生，我终究不甘坐以待毙，也懂得不打无准备之的道理，次数多了，竟让我研究一套严谨而细致的对策来。

首先，最大限度地降低敌方进攻意愿。这部分工作集中体现收拾书桌、书柜上，把一切与学无关的书籍杂志收起来，小说、画自不必说。总之一切闲书都可

民防小知识 1. 自制地震包可含不锈钢饭盒：亮面可做反光镜求救，还可敲击求救。

为导火索迅速引战，对敌方战意有加成作用。

其次，藏匿工具，降低伤害。这部分工作最考验斗争经验，也最耗费时间和精力。我们家卧室门后挂着的一排皮带，是首先要清除的武器。这物件使起来速度快，伤害高，关键还留痕迹。我一般把它们藏在大衣柜最下层，用换季的衣服遮好，找出来绝没那么容易。

还有鸡毛掸子，我把它扔到沙发底下，还要往里杵一杵。然后是擀面杖和笤帚，其实这两样原本不是什么威胁，我爸下手速度快，一般不会在抽我的时候再奔厨房去，但架不住我妈给他递呀。零碎的事情还有很多，一些小物件也不能忽视。比如家里的杂志报纸，随手卷起来敲脑袋一下也挺疼，塞床底下；衣服架子，大铁丝，藏于厕所；痒痒挠，竹子做的，卷被子里。总之，一切坚硬的物品全都不能放在明面儿上。

最后，准备物资。高筑墙也要广积粮，象征性地准备一些逃难物资，以备不时之需。兜里装点零花钱，往书包里放一些零食，到了危急时刻，出去溜达一圈是很好的解决办法。

当然，事情做到这样，不可谓没有尽人事了，但饶是这般复习，仍旧逃不开碰上超纲的题。比如有一年入冬家长会当日，我算计了一下这半年里闯的祸，前景不太乐观，于是如上策略细细做完准备，格外上心。完事已近傍晚，我看着屋内整洁有序，绝无凶器，完美，于是非常佛系地微笑着静坐在书桌前。

开门声响起来，我爸进门时，我胸有成竹，甚至颇有些淡定地冲他微笑起来，然后看到了他手里提着的一盒冻带鱼。

那天，我疼得很腥。

司志政摘自《哲思 2.0》

图：小黑孩

每个男人都有一位教父

@李宇恒

一

阿达是个挖藕匠，在麦镇一带小有名气。

挖藕挣的钱少，不如外出打工，曾经辉煌一时的挖藕匠们，渐渐零落下来，最终只剩一个阿达。观看挖藕的人日渐兴味索然，只有我还喜欢看。有一天我发现，我成了阿达的最后一个观众。

阿达并非甘愿挖藕。他是个鳏夫，妻子患恶疾去世，留下两个年幼的双胞胎儿子。

阿达平日里种田，是个地道朴实的农人。青壮年都去外地务工，田地大多荒废下来。阿达一人承包了二十多亩地，种麦子、玉米，也种棉花、红薯。粮食不值钱，为了增加一点收入，到了挖藕的季节，阿达就成了挖藕匠。

阿达四十余岁，生活的重压使他很显老。

阿达家离我家很近。我和他的两个儿子从小就在一起玩，关系不错，常常去他家蹭饭吃。我上初中时，不喜欢读书，爱逃课出去玩。阿达的两个儿子学习很好，从未逃过课。和他们在一起玩的时候，总有人跳出来拿我们做比较。久而久之，我就逐渐远离他们，阿达一直搞不懂我为什么不爱去他家了。

民防小知识 2. 自制地震包可含一瓶糖、一瓶盐、一盒封闭盒装蜡封的火柴。

二

秋末的一天，我又逃课去乡间。走到池塘边，看见阿达头戴草帽，一身布衣，半截腰深陷在淤泥中，只有脖子以上还是平常人的模样。阿达看见了我，踩着厚重的淤泥深一脚浅一脚向池边走来。他捧着一捆细小的莲藕，要我带回去做菜用。

“阿皮，又没上课哇！”他唤我的小名。

看他上岸，我便找一块干净的草皮坐下。他把莲藕放在池边，坐到我身旁。我从烟盒里抖出两支烟，一支给他一支给自己。他把泥手放在草地上使劲摩擦，稍微干净些，才接过我递给他的烟。我掏出火机给他点火，再给自己点上。

“你还在长身体，还是少抽烟为好。”他说。

我那时处在叛逆期，谁的管教也听不进去。阿达平时不会说这种话，那天忽然说了这么一句，我心里有点火。阿达大概知道触到了我敏感的心弦，立即转移话题，问我缺不缺钱。

他知道我缺钱。我不敢张口问家里要。我父母都在外地，家中只有爷爷奶奶，我更不忍心开口。有时候实在缺钱了，就想干点坏事，弄点钱花。

我认识的几个学生就是这么干的，他们去街上摸人口袋，或者偷偷变卖学校里的物品，屡屡得手，从未被抓到。看到他们整日大把花钱的快活样子，我很心动。他们曾邀我加入，我犹豫不决，想找人商议。思前想后，也只有守口如瓶的阿达值得信任。

我在地里找到阿达，他正背着药桶给棉花喷洒药水，正午的阳光把他晒得汗流浃背，蜡黄的脸膛上爬满汗珠。我说完后，他当即掏出身上所有的钱，塞到我手里。他说以后再缺钱，就去找他，他会力所能及地帮助我。他只有一个要求：千万别做坏事。

从那天起，每次见到我，他总是偷偷塞钱给我。有时候缺钱了，我就装作不经意出现在他面前，他口袋里有多少就会掏多少给我。这件事除了我俩，谁都不知道。

三

临近春节时，莲藕的价格会猛涨。有些池塘主为了卖个好价钱，会选择在冬季出藕。

冬季挖藕的时候，阿达会穿上皮衣皮裤，防水挡寒。在呵气成霜的天气里，一层薄薄的皮衣并不能驱退寒冷。

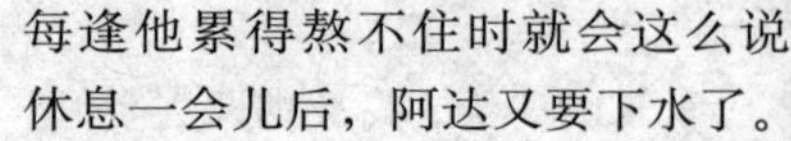

寒假里，我常去池塘边看阿达挖藕。开工前，阿达会央我去买烧酒，他需要灌上几口才有足够的勇气下水。天气再冷些，他还会嚼上几支辣椒，辣得满头大汗，满脸通红，像被火烧了一样。

阿达踩着浮冰向池塘深处走去，冰块“咔咔”碎裂。他在池塘中工作两个小时就要上一次岸回暖。刚上岸时他面色苍白，嘴唇发青，牙齿不住地咬合。我把手放在他身上，发现比冰还要凉。他一上岸，我就赶忙递过烧酒，他接过去一口气喝上七八口。过半天他才恢复正常的脸色，嘴唇也不那么乌青了。

“阿皮，你要出息，不要像我。”每逢他累得熬不住时就会这么说。休息一会儿后，阿达又要下水了。

有一天，阿达上岸后，我发现他的腰弯着，直不起来了。我想给他捶捶，稍微力重些，他便咬紧牙关眉头紧皱，脑门上布满细密的汗粒。我突然感到，阿达老了。

四

阿达老得很快，身体一年比一年坏。每逢阴雨天，便哼哼着腰疼腿疼。为了省钱，他不去看医生。

他的两个儿子在外地念大学，即便到了寒暑假，回来也只住两天就走。他们都很懂事，体恤父亲的不容易，假期找了兼职，挣点生活费。

在我的劝说下，阿达不再挖藕了，但还种着很多亩地。我劝他地也不要种了，他说不种地怎么行呢，阿周、阿正还要上学，以后还要成家，花钱的地方多着呢。

我在外面打拼的这几年，混得很不如意，钱也没攒下。后来我每月会按时给阿达寄一笔医药钱，要他拿去瞧病买药。他起初不肯收，总给我寄回来

 民防小知识3. 自制地震包可含绷带及消毒物品：双氧水、碘酒、棉签、口罩等。

我不说什么，照样每月寄出。半年后，他便开始收下，不往回寄了。

前年除夕，我从外地回来。吃过午饭我就带着饺子和酒朝阿达家走去。

他家的门虚掩着，推门进去，我看到他坐在椅子上，给柴鸡投食。阿达看见我，惊讶地站了起来。

他的腰仍旧弯着，颧骨和眼眶向外凸出，一张蜡黄的脸皮紧贴在塌陷的双颊上，人比以前更瘦了，衣服穿在身上显得松松垮垮。

“如果没有阿达，我可能会成为一个街头混混、扒手，甚至走私犯。

饺子带得恰逢其时，阿达果然还没吃饭。他说一个人不值得做。阿周、阿正都没回来，在餐馆里做寒假工，节日期间生意忙碌，老板不放人，说是过完年才能走。

阿达喜欢就着蒜吃饺子，他一边吃我一边给他剥蒜。一碗饺子，他只吃了一小半便停下了，以前他能吃上两大碗。问起腰伤，他说好多了，说我寄的钱还没花完。那天下午我坐到很晚才离开，临走时叮嘱他，没有钱了就告诉我。他点头说好。

去年端午前后，我接到消息，说阿达去世了。等我坐了一天一夜的火车返回家乡时，阿达已经下葬。仪式很简单，灵棚都没有，简单到称不上是葬礼。阿周和阿正遵照他的嘱托，将他的骨灰埋在了野外的荒草地里。

阿达的死因谁也说不上来，他没去检查身体。听说他死的时候，瘦得只剩一把皮包骨头。

人们在他的枕头下翻出我每月寄给他的钱，五千块，一分不少，他根本没去买药看病。从阿周口中得知，他把我的钱攒下来，是预备将来我结婚时，给我添彩礼用。

转眼一年多过去，我仍时时念起他。如果没有阿达，我可能会成为一个街头混混、扒手，甚至走私犯。如今回到麦镇的池塘边，蛙声依旧起伏响彻，身旁却再也没有一个人，跟我抽着烟，听我诉说烦闷心事了。

欲何依摘自微信公众号真实故事计划

图：小柯

看完还想听？
打开故事会百宝箱，
朗读音频随你听！

战×长×沙

@张寿臣口述 夏之冰记录

（文中有十处差错，你能找出来吗？答案在本期找）

关羽、黄忠，两个人俱有惊人的本领。关公有关公的精神，黄忠有老年人不服气的气魂。二人大战多少回合不分胜败，为什么马失前蹄呢？关公要败中取胜使用拖刀计。

关公在前面败，黄忠在后边追，直追到两匹马嘴尾相连，黄忠举起刀来往下就落，关公不用回头，就知道刀来了。他怎么知道刀来了呢？说书的说大将军眼现六路，耳听八方，听见金刃劈风。这叫胡说八道。怎么讲呢？刀砍下来带风这固然不假，可是风在后边，刀在前边。要是等听见风脑袋就开了。

这拖刀计怎么用呢？我是不懂的，听武术家谈论过，如果是败中取胜，他得看日头，是上午、中午还是下午。败的方向得背着目光走，上午往西边败，下午往东边败，前边就有人影，手里拿着大刀，古时战马的丝缰不在手里，是在马镫上，左右一边一个。马往里叫拐，往外边叫削。

关公败的时候瞧着地上影儿，后边的大刀举起来了，他的拖刀计要是用早了，敌人还能还手，用晚了命就没有了。大刀要往下落了，就在这时候踹右边的马镫，马向右一跨，后边的马还直着向前跑，这刀就落空了，可是关公的马就圈回来了，大刀一落整在黄忠的脖子上

民防小知识 4. 自制地震包可含手电筒，最好是手握发电电筒。

故此这叫拖刀计。

什么事儿也是寸劲儿。就在这时黄忠的马打了个前失。黄忠从马上掉下来了。大刀也洒手了，仰面朝天。关公刀就下来了，离着黄忠的脖子也就是二寸六分三吧——您瞧还有尺寸——关公把大刀停住了，没有往下落。

为什么呢？关公这个人性情最骄傲，他心里是这个想法：拖刀计用上了，可是不能杀黄忠，后人要是一谈论，不说我是用拖刀计胜了黄忠。说我是侥幸成功，说我败了，他从马上掉下来了，我得手了，才胜了黄忠。我不落这坏名声。

故此关公把刀停住了，勒住马就说话了：“黄将军，起来遛遛，没摔着哇？咱们明天再会。”还真客气。关公回营了。黄忠起来上马收兵回城。韩玄摆酒给黄忠压惊，这就叫马失前蹄。

第二天黄忠换了马啦。出城与关公又战上了。黄忠也来了个败中取胜，前边一败，关公在后知道他是假败，关公性情极其娇傲，打马便追。离着很远，倒看看他有什么招数。

黄忠听见后边马响銮铃，知道关公追过来了，一抬腿，在马鞍韂德胜钩上挂上大刀，抽弓搭箭。这箭也分好几种：古时候将官的箭壶里有透甲锥、狼牙箭，有一支长的还带着个葫芦，那是信箭，又名叫包头。还有一种鱼尾箭。黄忠没用透甲锥，为什么他不用这支箭呢？他想：昨天我从马上掉下来，他没杀我，今天我要是一下子要了他的命，到后来落个骂名千栽，这叫以德报怨。我要是不给他一箭呢？他也不知道我吃几碗干饭，故此用鱼尾箭射他的盔缨。回身一箭，直奔关公去了。

平常人射箭能躲得开，大将的箭躲不开。为什么呢？他的弓力大速度快，听见弓弦一响箭就到了，关公心里一惊，心说：坏了，吃了黄忠的亏了，他的百步穿扬箭天下驰名，只好闭眼等死。身上也没觉得疼，一阵风在头上过去了，回头一看，盔缨射掉了，关公知道这是成心，绝不是箭射偏了，这是补昨天的情。昨天我没杀他，今天还我这么一箭，这叫一命还一命，别追了，再追第二箭就没好地方了，收兵吧。

那么大的关公吓了一身汗，把脸都虾红了。要不怎么关公是红脸儿呢？让黄忠给吓得。

摘自中华相声网

图：小黑孩

凶手

@张寒寺

奇怪的病人

我回到诊室，看到他靠墙站着，大衣似乎不怎么合身，空荡荡的。

“你好，请坐。热的话可以把大衣脱了。”

听到这句话，他突然抬起头，两只眼睛死死地盯着我。

“要是不热就算了。怎么称呼？”

“医生，我确实很热。”

他的声音听起来有点衰弱，我再次与他对视，发现他的右眼没什么异常，左眼却布满血丝，这两只眼睛就像是分别属于两个人一样。

我能明显感觉到他的脚在地板上烦躁地踩踏，他心中不安，又或者，是身体不受控制？“你要是不介意，我可以帮你脱。”

我费了好一会儿工夫，总算把他的大衣脱了下来，然后我才发现——他只有一只手，右肩以下的部分都没有。

“工伤，被机器绞的，厂里没赔钱。”“左手也有问题？”“没问题。”“那你为什么不能自己脱衣服？”

“因为左手不想，医生，”他舔了舔嘴唇，转头看着我，“左手不想脱衣服。”

我看得出来，这个人不像是来逗我玩的：“除了不想脱衣服，左手还有别的反常情况吗？”

民防小知识 5. 自制地震包可含压缩饼干、饮用水、巧克力，要注意定期换新鲜的。

他似乎不太情愿。"这只手，"他抬起左手，盯着它的眼神就像这只手不是他的一样，"杀了人。"

"不是你想杀人？"

"我不想！"他的声音提高了不少，"医生，我真的不想，我是个胆子很小的人，我看佛经的，五戒十善我都能背，不杀生，不偷盗，不邪淫，不妄语，不饮酒，十善是——""好了好了，你告诉我，左手杀了谁？"

他垂着眼皮，看起来似乎颇为难过："厂长，左手杀了厂长。他跟我说厂里有难处，还说这不算工伤。他说我再胡搅蛮缠他就要叫警察了，我就不想他打电话，把他手机抢了。我也不知道怎么回事，左手一把操起他桌上那个砚台，砸他脑袋上，等我反应过来的时候，他已经没气儿了。"他一口气说完，虽然句句都有"我"字，听起来却像是在讲别人的事。

"先去做个核磁，检查一下脑子，你叫什么名字？"

"胡勇。"

还真是个憨厚的名字。

裂脑症

一目十行地看完报告之后，我大概明白了面对的是什么状况，这样的病例极其罕见，对于普通人来说，根本不会相信我马上要说的。

"你的工伤比你以为的要严重。"我指着他的脑门，"这里面，还有一处伤。"

我从书架上拿过一本书，翻到一张脑图，"我先给你普及一下，大脑分为左脑和右脑，左脑控制身体的右侧，右脑控制身体的左侧。

"左脑和右脑会进行信息沟通，左脑负责指挥，右脑服从左脑的命令，进而统一成一个意识，以免我们的身体不协调，而负责沟通左右脑的这个部位叫做胼胝体。"我一边放慢语速，一边把这两个普通人可能都不认识的字写给他看。

"你大脑中的胼胝体出现了严重的断裂，也就是说，现在你的左脑和右脑之间已经无法沟通了。不巧的是，你只有一只左手，它只能收到来自右脑的命令，右脑要用左手去做什么，你的左脑根本不知道，也没法阻止。"

胡勇好半天没有说话，过了一会儿，他抬眼看向我："医生，你的意思是说，这是右脑干的，我却不知道？"

"我简单说吧，你的右脑指挥左手杀死厂长，等作为人体总指挥的左脑反应过来的时候，右脑已经得逞了。”

“可是，这不太对啊，医生。右脑杀了人，它可以直接跟你说，是它干的，我们也不用这么费事了，做核磁还要钱呢。”

我一笑，他果然还是喜欢用钱来衡量这些事情：“只有左脑有语言中枢，右脑没有，也就是说，右脑不会说话，它是个哑巴。”

“要是这样，要是这样……”胡勇不断重复着这句话，好一会儿才接着说，“那算是我杀了人吗，医生，算吗？”

我往后靠回椅背上，细细打量他的每一寸面部表情，两边的肌肉现在很难配合了吧，“在长期的进化中，右脑被左脑控制，左脑才是那个‘我’。可是现在，你的右脑可以做一切它想做的事，至少从医学上讲，它已经成为了一个独立的人格、独立的意识。”

他的左手神经质地敲击着桌面，他很紧张，也很害怕，我看得出来，我只是看不出来这种情绪到底是左脑的还是右脑的。“医生，我会死吗？”

“我可以到法庭上为你做精神鉴定，但判决结果我不乐观，不过，”我拿过纸笔，写上一行字，“我会提议一种处刑方式，你把左眼蒙上。”

他蒙住了左眼，然后我把写的话给他看，他明白了，右脑则无所知。

迟来的真相

后来的故事说简单也简单，复杂也复杂。我跟着这个奇怪的子，跟了一年，直到它被宣判。果仍然是有罪，死刑。这在我的料之中，好在他们最终接受了我议的处刑方式，也就是胡勇的左知道，而右脑不知道的方式。

——处死他的右脑。

手术很成功，胡勇右脑被完摘除，作为偿还正义的代价。然后胡勇被送到精神病院，他可能会那里度过余生。

我去见了他一次，他的左侧体完全瘫痪，面部也是，即便对笑，也只是右脸在笑，左脸僵硬像一块岩石。他跟我说了谢谢。说：“看到你这个样子，我实在受不起这句谢谢。”

从精神病院出来，我感到非压抑，我给妻子去了个电话，问在哪里，她说在墨尔本。“真好啊总是到处跑。回来的时候带点土产什么的。”“你啊，就不知道跟说点浪漫的话，土特产，土得要死。

“我的右脑挺浪漫，但它不会话，左脑能说话，它又比较务实，怪就怪进化论吧。”“哼，我看左挺会说话的，油嘴滑舌。”她在话那边笑了起来。

我却没有跟着笑，她的话将一盲点暴露在我眼前。

我匆忙挂断，立即打给挂号处护士，她还记得胡勇。我问她胡在找我之前有没有看过医生，尤是脑科医生。她说看过的，他就被别院的脑科医生介绍到我这来。我要了那个医生的联系方式，了过去，他记得胡勇。

“裂脑症嘛，我给他诊断了，还不信，我就让他去找你啦，你法庭上的表现很精彩啊。”

我陡然感觉自己落入了冰窟。他看过医生，他知道自己的大脑有问题，他知道左脑和右脑的分别，也知道为什么左手不听指挥，他甚至可能知道我帮他分析的每一个字。他为什么要装傻？

假如，他得知自己的左右脑分裂之后，想找一个医生为他提供精神鉴定。

或者，在右脑杀人之后，他的左脑想要保住肉身，经过缜密的分析，他要找一个脱罪的方法，精神疾病是最安全最稳妥的。

再或者，他的左右脑都产生了杀意，为了逃避死刑，他同意牺牲右脑，我的方案简直正合他心意。

这里面任何一种可能，都让他有理由在我面前装傻，并一步一步把我变成给他脱罪的帮凶，就为了保住一条命。

我们处死了一个有罪的人格，留下另一个更狡猾的逍遥法外。

我站在人来人往的街道上，看着一个一个在我眼前晃过的脑袋，意识到我忘记了一件事情，一件非常重要的事情。

我忘记了左脑不仅能说话，同时，它还能说谎。

摘自豆瓣网

图：陈明贵

线上增刊 “码”上就看

5月号百宝箱

超好看 1元

网红作家大盘点，不管是帅气的六神磊磊、拳王李淳，还是美丽的辉姑娘、普二丁，或是神秘的张寒寺，小编为您精选这五位作家的过往佳作，值得一读再读！

超经典 0.5元

《故事会》文摘版为您隆重奉献文学大家苏童与刘心武的名篇经典，今天我们读大作家，明天我们是小作者！

超好听 免费

看完还想听？百宝箱里随你听！

超感动 0.5元

地震无情人有情，汶川十年，看沧海桑田，初心依旧！

无论富贵贫穷，无论洪水干旱心的最里面，有爱的坚持！希望就在明天！

超好笑 免费

漫画没看够？草木虫请您接着笑。

相声变大鼓？郭德纲也来《战长沙》。

超近距 免费

寄语小读者，徐鲁谈早恋与友谊

超人气 免费

故事会读者圈，吐槽聊天，芝麻开门！